新潮文庫

試練

—護衛艦あおぎり艦長 早乙女碧—

時武里帆著

新潮社版

11592

目次

試練

護衛艦あおぎり艦長　早乙女碧

第一章 艦長室

I

艦長室のドアは常に開けておく。

これは、早乙女碧《さおとめみどり》が護衛艦あおぎり艦長に着任して以来、貫いているスタイルの一つだった。

風通しのよい職場環境を整える方針を艦長自ら実践しているつもりだが、個別面談や人事会議など個人情報に関わる案件を扱う際は例外だ。人に聞かれては都合が悪い、外に漏れては具合が悪いといった話は、必ずドアを閉めて行なう。

逆にいえば、艦長室のドアが閉まっているときは、中でそうした難しい案件が扱われていることになる。

そして今、護衛艦あおぎりの艦長室のドアはピタリと閉ざされていた。

「では、退職の意志は変わらないということね？」

かすかに「はい」という返事が聞き取れた。

碧は、白い掛布のかかったソファに浅く腰かけている初任三尉《い》に改めて目をやった。

わずか五畳ほどのスペースには立派過ぎる応接セットである。

スラリとした長身の彼は、長い脚をサイドテーブルの下で窮屈そうに縮めていた。

どことなく品のよさを感じさせる、細面の古風な顔立ち。顔色は色白というより青ざめたと表現したほうがしっくりくる。頬だけがやけに紅潮しているのは、彼がそれなりの決意を固めていることを物語っていた。

「理由を聞かせてもらえるかな？」

本音であれ、建前であれ、退職を希望するからには理由が要る。

碧はじっと返事を待った。

じつはこの質問をするのはこれで二度目だった。一度目は前任艦長と艦長交代を行なった当日である。

慣熟訓練のための出港直前に、乗組員のWAVE（女性海上自衛官）が失踪《しっそう》するという服務事故が発生し、碧は今目の前にいる砲術士の坂上《さかがみ》三尉とともに艦外捜索に出たのだった。

坂上砲術士は一般大卒（二課程）の初任三尉で二七歳。初任にしては年齢が高いが、これは大学の学部途中で専攻を変えたことで卒業まで年数がかかったためらしい。ややこだわりの強い学究肌タイプの若手幹部である。

優秀な頭脳を有するものの、実務面においては全般的に押しが弱くて要領もあまりよいとはいえない。この件に関しては本人もよく自覚しており、「光輝《みつてる》」という自身の名前にさえ「名前負け」のコンプレックスを抱いている。また、一期下の防衛大卒（一課程）の幹部で、要領のよい大久保《おおくぼ》春翔《はると》船務士に引け目を抱いているような節もあった。

前任艦長から「退職希望者」として申し継ぎを受けていたため、碧は捜索の合間に機を見て、坂上砲術士に先ほどと同じ主旨の質問をしたのだった。

「理由はとくにない」が、その際の答えである。

もっと深く追及すべきところ捜索上の急展開があり、結局はうやむやとなったまま現在に至っていた。

この捜索に関して坂上砲術士は、とても退職を希望しているとは思えないほどの熱意を見せた。実際、くだんのＷＡＶＥの身柄確保、説得にあたっての働きは格別のものがあり、坂上砲術士のおかげで事件が解決したといっても過言ではない。

この一件を経て坂上砲術士も勤務に手ごたえを感じ、退職への意志をひるがえしたものとばかり思っていた。あれから約一週間が経《た》ったこのタイミングで、また退職の意志を伝えにやって来るとは想像もしていなかった。

なぜ、それほど辞めたいのか？　今回もまた、理由はとくにないと答えるつもりなのか？

坂上砲術士は艦長室の青い絨毯《じゅうたん》の一点を見つめたまま、やたらと素早いまばたきをくり返すばかりだ。

重苦しい沈黙が流れる。

やがて碧は悟った。

理由がないのではない。言いたくないのだ。

「退職した後は、どうするつもり？　なにか明確なプランはあるの？」

碧は質問を変えた。

「はい、ええっと……」

とたんに視線が宙を泳ぎ始める。

「得意の語学を活《い》かしてなにかできればいいかな、と考えています」

さらに頬を紅潮させ、しどろもどろで答える様子を見て、「取ってつけたような話だな」と思った。

当然ながら、「そうですか。分かりました」というわけにはいかない。

しばらく瞑目《めいもく》した後で、碧はゆっくりと口を開いた。

「この件、ちょっと預からせてもらえないかな？」

坂上砲術士の長いまつ毛に縁取られた瞳《ひとみ》の中に、軽い落胆と諦《あきら》めの色が浮かんだ。

「よろしくお願いします。では」

すごすごと立ち上がった坂上砲術士は、歯切れの悪い退室要領で退室していった。

ドアを閉める音が重々しく響き、碧は狭い艦長室に閉じ込められたような気がした。

2

「おはようございます！」

呉《くれ》造修補給所の衛門で警衛海曹の敬礼を受け、碧は軽く頭を下げて答礼した。

海上自衛隊では、原則として無帽の時は挙手の敬礼をしない。

チャコールグレーのパンツスーツの上にベージュのステンカラーコートを羽織り、

カツカツと黒パンプスのヒールを鳴らして門を抜ける。

帰艦（出勤）時から制服、という自衛官もいるが、たいていの者は私服だ。海曹士の中には、デニムにパーカーといったカジュアルなスタイルで帰艦してくる者も多い。

しかし、護衛艦一艦を率いる艦長ともなると、そうもいかない。おのずとスーツにコートといった定番のスタイルとなる。

端から見れば一般的なＯＬの通勤スタイルだが、衛門に連なる塀の上にぐるりと巡らされた鉄条網に目をやって思う。

まるで刑務所だなあ。こんなところに出勤するＯＬはまずいないよね？

碧は苦笑しながら歩き続けた。

鉄条網は内部からの逃亡防止のためではなく、外部からの侵入防止のためのもので、厳重な警備と自衛隊基地としての威容を保っている。

正面の工作部・資材部の建物は古い校舎を思わせる年代物のコンクリート製で、一階の一部は作業場兼資材置き場として、向こう側まで突き抜けている。

建物の先は、もう海だ。

資材置き場から吹き抜けてくる海風が、コートの裾《すそ》をめくる。

どんなに寒くても、コートの前は開けっ放しにしておくのが碧の流儀だった。

歩調を変えず、早足に植え込みの角を左に曲がった。

資材部・工作部の建物の脇《わき》を通り抜けると、一気に視界が開けて海が広がる。

Fバースの浮き桟橋が両脇に護衛艦を連ねて、はるか向こうまで伸びている。

壮観だ。まるで絵画の遠近法の手本になりそうなほどみごとな構図である。

碧が護衛艦あおぎりの艦長を拝命し、着任してから約一週間。

もう見慣れてもよさそうなものだったが、毎朝帰艦のたびに碧は静かな感動を押さえきれなかった。

つい最近、係留替えがあり、あおぎりは一番内側の手前に右舷《みぎげん》を横付けにしている。

あおぎりの左舷《ひだりげん》には訓練支援艦のてんりゅうが連なり、桟橋を挟んで反対側には同じ第一二護衛隊のおいらせとたまが仲良く並んでいる。

どの艦も一様に艦首をこちらに向け、港内のさざ波に合わせて外舷色の船体を揺すっている。

碧はあらためて朝日を浴びて輝くあおぎりの艦橋を見上げた。

銃眼のように横一列にびっしりと並んだ窓。左右に張り出したウイング。奥の旗甲板からはマストが高々と伸びて朝空を貫いている。

艦番号一五九。護衛艦あおぎり。私の艦《ふね》……。

全長一三七メートル、基準排水量三五五〇トンのあおぎりは海上自衛隊の所有する艦艇の中では中堅クラスにあたる汎用《はんよう》護衛艦である。

主砲は七六ミリ単装砲。両舷に二〇ミリ・シウス（機関砲）、ハープーンSSM（対艦ミサイル）四連装発射筒、後部にシースパロー短SAM（艦対空ミサイル）八連装発射機を積み、さらに対潜戦を想定して前部にアスロックSUM（ロケット式対潜魚雷）八連装発射機を配備し、両舷には短魚雷の発射管も備えている。

第二甲板後部がオープンデッキとなっており、通常はヘリコプター一機、必要に応じては二機まで搭載できる。

碧はあおぎり艦長として乗組員総員一七〇名の命を預かり、指揮を執っている。五年前に、やはり呉を母港とする練習艦むらゆきの艦長を務め上げて以来の久しぶりの艦艇勤務であり、二艦目の艦長職だった。

午前六時半。

朝食を艦で摂《と》るため、碧の出勤時間は艦長としては早いほうだった。

艦長の朝食は任意である。

停泊中は艦で朝食を摂らない艦長もいるし、艦長室に運ばせる艦長もいる。

碧はむらゆき艦長時代から停泊中も朝食は士官室で食べる方針だった。艦長が士官室にいるときといないときでは、士官室の雰囲気は大きく変わってくる。ほかの幹部たちにとって、艦長の存在はどうしても煙たいものだ。今までの艦艇乗組経験からして、その点はよく分かっている。だからこそなおさら、碧は士官室での朝食にこだわるのだった。

艦尾の自衛艦旗を掲揚する前、つまり艦が表向きの表情を見せ始める前の寝起きの表情を艦長として見ておきたい。具体的になにがどうというわけでもないが、寝起きの顔には素が現れるもの。素の表情から読み取れるものは大きい。

碧は前部に取った舷門から降りている斜め舷梯《げんてい》に足をかけた。

舷門は停泊中における艦の玄関に当たる。

門とはいえ、何か特別なしつらえがあるわけではない。せいぜい雨避《よ》けの天蓋《てんがい》が張り出されている程度である。むしろ目を引くのは斜め舷梯の脇に張られる横断幕のほうだろう。こちらは停泊中の艦の顔となる部分なので、各艦ごとに書体を変えたり、錨《いかり》マークを入れたりと意匠がこらしてある。

たいていの艦が白地に黒の書体で艦名を記してあるところ、あおぎりの場合は青地に白の書体で「護衛艦あおぎり」と記している。

「あおぎりブルー」と呼ばれるこの横断幕は、護衛艦のグレーの外舷によく映えていた。

停泊中といえど、艦艇勤務はいつでも即応可能な二四時間体制である。

舷門は舷門当直が交替で寝ずの番をして守っている。

俗に舷門小屋と呼ばれるテントのようなものが上甲板に備えてあり、当直海曹・海士は中の椅子《いす》に座って風を避けたり、深夜の暖を取ったりして過ごす。

今日はまだ前日の舷門小屋が片付けられておらず、上甲板に残っていた。

舷門には上陸員総員の名前入りの木札の掛かったボードが用意されており、札の表裏で誰が帰艦して、誰が未帰艦なのか一目で分かるようになっている。ちなみに木札という呼び方は旧海軍時代からの名残で、現在はたいていプラスチック製の札である。

これら木札の管理から来客の受付、電話対応、日課号令や乗組員の呼び出しまで舷門当直員の業務は多岐にわたる。

舷門を守るのが舷門当直なら、士官室を守るのは当直士官と副直士官である。

当直士官は自室で仮眠する場合が多いが、副直士官は基本的に士官室で仮眠を取る。

艦長が停泊中に艦に泊まり込むというケースは、ほぼない。

「おはようございます！」

舷門に整列した前日の当直海曹・海士と当直士官・副直士官、副長が一斉に敬礼をする。

当直士官は先日着任したばかりの飛行長、晴山芽衣《はれやまめい》三佐だった。

護衛艦において、搭載ヘリの運用に関わるすべての作業を受け持つ飛行科を統率するのが科長の飛行長である。

当然ながらヘリに精通している幹部でなければならず、経験豊富な航空学生出身のパイロットが飛行長に就くパターンが多い。

晴山はまさにそんな航空学生出身のヘリの女性パイロットであった。

航空学生は採用時の競争率が男子で約一〇倍のところ、女子では約二〇倍を超える。そこを勝ち抜いて入隊し、教育航空隊等での搭乗員教育を乗り越えて、初めて飛行幹部候補生として、江田島《えたじま》の幹部候補生学校に入校する。

飛行幹部候補生と一般幹部候補生とで課程は違うものの、碧とは江田島の同期にあたる。年齢も四四歳で、碧と同い年だ。

飛行幹部候補生の教育期間は約半年で、碧たち一般幹部候補生の半分。つまり、同期でありながら碧たちより後に入校してきて、一緒に卒業する。それでも候補生学校時代から晴山とともに過ごした時間はわずか半年に満たないが、それでも候補生学校時代から晴山の存在は際立《きわだ》っていた。

癖毛のショートヘアにくっきりとした目鼻立ち。女性にしては長身で遠目には少年のようなルックス。しかし、近くで見ると意外にも肉感的なボディラインに同性ながらドキリとした記憶がある。

当時およそ五〇名の飛行幹部候補生の中の紅一点。

華のある容姿も相まってメディアにも取り上げられ、まさに鳴り物入りで入校してきた晴山だったが、あおぎりへの着任もある意味で派手だった。

いや、あれは正確にはまだ着任前の出来事だった。

――緊急着艦完了！　搭乗員晴山三佐以下四名、お世話になります！

目の前にいる、黒の冬制服に身を包んだ晴山と、あの日、深緑色の飛行服に身を包んで颯爽《さっそう》と碧の前に現れた晴山の姿が重なる。

碧もまだ艦長交代したばかりのあおぎりで慣熟訓練の最中だった。そこへ急遽《きゅうきょ》、エンジントラブルにより大村の第二二航空隊所属の哨戒《しょうかい》ヘリSH-60Kが緊急着艦してきた。その機長が晴山だったのである。

晴山が近々あおぎりの飛行長として着任する件は知っていたが、まさかあんな形で正式着任の前に顔を合わせるとは思ってもみなかった。

いかにも晴山らしい、センセーショナルな登場の仕方だった。

あのエンジントラブルはエンジン系の計器故障と判明し、大事に至らずに済んだのは幸いだったが。

晴山は候補生学校卒業後、徳島県の小松島航空基地でSH－60Jのパイロットとして着々とキャリアを積んだ。同時期に着任した同期のパイロット四人の中で、いち早く副操縦士訓練《2PB・2PA》を終え、機長養成訓練《1PT》に入ったという噂《うわさ》を聞いた。晴れて機長となった際は、一般のニュースでも飛行服姿で花束を抱えた晴山の映像が流れた。

女性ながら発着艦の技術が的確との評判は、ヘリ搭載艦配置の同期から伝え聞いている。その後、海幕（海上幕僚監部）広報室勤務などを経て、このあおぎりで女性初の護衛艦飛行長に着任である。

これまで浮いた話は数々あっただろうに、いまだに独身を貫いている。

そもそもパイロットとして飛行配置につくことに特化して採用された飛行幹部候補生と海上自衛隊全体の指揮統率を念頭に採用された一般幹部候補生とでは、任官後の昇任スピードは異なる。

同期ではあっても、あおぎりにおいて碧は階級的にも配置的にも晴山の上に立つ。この点を多少は忖度《そんたく》すべきだろうかと考えていたところ、晴山の態度は最初から「忖度無用!」といったもので、かえって清々《すがすが》しかった。

江田島時代から約二〇年たった今も、晴山の印象は候補生のころと少しも変わっていない。

トレードマークであるショートヘアも健在で、まるで大輪のひまわりのように、エネルギッシュで屈託がない。

昔より少しふっくらとした感はあるが、それでも動作の一つ一つに隙《すき》がなく、どんな事態にも即応できそうなキレがある。

晴山が舷門に立っているだけで、そこだけ日が差したように明るく感じられた。

「飛行長は初めての停泊当直だったね。どう? あおぎりには慣れた?」

「いやあ、やっぱり搭乗員として乗艦するのと、個艦の幹部として乗るのは違いますねえ。副直士官からいろいろ教わってます」

晴山は肩をすくめて笑いながら、副直士官の遠藤孝太郎《えんどうこうたろう》通信士のほうを見やった。

副直士官の先任でベテランの遠藤通信士と新任の晴山飛行長を停泊当直に組ませた

のは、暮林省一郎《くればやししょういちろう》副長の采配《さいはい》だろう。

「通信士、飛行長をよろしく頼んだよ」

碧が肩を叩《たた》くと、遠藤通信士は照れたように笑った。

艦橋立直時はキリリとした切れ長の目元も、照れると意外に可愛《かわい》らしい感じがする。

「いえ、当直士官に教えるなんてとんでもないです。自分はただの副直士官ですから」

「いやいや、頼りにしてますよ。通信長」

晴山飛行長が遠藤通信士に向かって、わざと気を付けをする。

「艦長、ご存知ですか？　あおぎり士官室では、通信士は通信長って呼ばれてるんですよ」

くっきりとした目を見開いておおげさに報告する晴山飛行長は、さもおかしくてたまらないといった様子で笑っている。

なるほど。遠藤通信士くらいの練度と貫禄《かんろく》があれば、今すぐ当直士官も務まりそうだ。

「それは知らなかった。じゃあ、今度から当直士官で立直《りっちょく》してもらおうか。ねえ、通信長？」

「とんでもない。自分はただの通信士です」

遠藤通信士は顔を赤らめ、怒ったように猛烈に否定した。

「まあ、まあ。それだけみんな期待しよるわけだ。そうムキにならんでもええじゃろ」

それまで脇にひかえていた暮林副長が遠藤通信士をなだめた。

骨格のしっかりとした厳《いか》めしい顔つきが珍しく笑顔になっている。

誰に対しても渋面で接し、飛行長の晴山の着任時にさえ、新任の幹部に対して最初からそこまで突き放さなくてもいいのではと思われるほど距離を置いた対応だったのだが……。

遠藤通信士には好感を持っているのだろうか。

あれこれ憶測しているうち、暮林副長の笑顔は張り出した眉《まゆ》の奥にみるみる吸い込まれ、跡形もなく消えていった。

「艦長、本日の日例会報ですが、いつもどおり〇七一五《まるななひとごー》（七時一五分）からでよろしいでしょうか？」

ふだんと寸分も変わらない渋面になって碧にたずねる。

この顔を前にすると、碧の表情もおのずと硬くなる。

どうにかならないものかと思わなくもない。

しかし、これが一貫した暮林副長のスタイルなのだろう。

「はい。それでお願いします」

「分かりました」

艦長が代わると士官室の雰囲気も変わるというが、艦長に着任してからの一週間、碧はまだあおぎり士官室を自身の色に染め切れていない気がしていた。

士官室全体を染め変えるにあたり、まずは副長からと思ってはみるが、この粗塩で塗り固めたような顔つきはなかなかに手ごわい。

肚《はら》の内を割って話ができるようになるまで、どれくらいかかるだろうか。

いや、はたしてそんな日が訪れるのだろうか。

昨日、改めて退職を願い出てきた坂上砲術士の件といい、難題ばかりが重なっている。本人は口を割らなかったが、じつは坂上砲術士の退職希望の最大の理由は暮林副長にあるのではないかと碧は睨《にら》んでいた。

坂上砲術士の兼任している甲板士官の役職は艦の雑務の一切を取り仕切る、いわば雑用係であり、直接副長の命令を受け、副長の手足となって動かねばならない。

そのうえ、砲雷科を統率する砲雷長を兼任する暮林副長は坂上砲術士の直属の上司でもある。

密接な関係にある二人の相性は、艦長である碧の目から見て、どう見ても良さそうには見えなかった。

暮林副長は曹候補生から幹部となって三佐まで昇った出世株であり、エリート志向と叩き上げ気質の両方を併せ持っている。一癖も二癖もある人物で、碧でさえ少々やりにくいと感じているのだから、初任の坂上砲術士にとっては、さぞ難敵であるにちがいない。

艦長交代行事後の慣熟訓練を終えて入港した後、暮林副長を艦長室に呼び、通常航海直の当直割について「これを機に新しい直割にして、現在の通常航海直の当直士官と副直士官との組み合わせを変えてみたらどうか」と提案したのだが、「その必要があるとは思えません」の一点張りで、取りつく島もなかった。

坂上砲術士の退職希望の件に関しても「だいたい科長である私に一言もなく、いきなり艦長に申し出よる時点で礼を失しとります」と、甚だしい激昂《げきこう》ぶりだった。

――あなたに申し出にくかったから、直接前任の山崎艦長に申し出たんじゃないの？

碧は喉元《のどもと》まで出かかった言葉を呑《の》み込んで、暮林副長をひとまず士官室に帰したのだった。

このまま退職を認めるにしろ、引き留めの説得を続けるにしろ、いずれにせよもうそろそろ結論を出さねばならない。考え始めると気が重くなり、つい額に手をやりたくなる。頭の痛い問題とはこういうことをいうのだろう。

「では、艦長。のちほどよろしくお願いします」

前部出入口の廊室までついてきた暮林副長は、頭を下げて士官室に向かっていった。

「はあ。のちほど……ね」

碧は暮林のがっしりした後ろ姿に向かって、ため息まじりにつぶやいた。

3

艦長室で制服に着替えると、碧は士官室に足を踏み入れた。

絨毯の青と長テーブルの白いクロスのコントラストが清々しい。

すでにコーヒーと味噌汁《みそしる》の香りが入りまじった士官室の朝特有の匂《にお》いが満ちていた。

「おはようございます！　お先にいただいてます！」

暮林副長と向き合って朝食を摂っていた稲森元《いなもりはじめ》船務長が腰を上げて挨拶《あいさつ》をする。

士官室での食事は基本的に最先任の者が先に箸《はし》をつけてからスタートするが、朝食時は例外で、先に席に着いたものから順に食べ始める。

碧は稲森船務長を手で制して座らせ、ゆっくりと艦長席に着いた。

すでに箸置きの上に艦長専用の黒い塗り箸が置かれ、同じく艦長専用の藍《あい》地に白の染め抜きしぼりのご飯茶碗《ぢゃわん》が伏せられている。

その他の幹部はテーブルの箸立てからセルフサービスで箸を取り、白地にレトロな草花の模様が入った揃《そろ》いのご飯茶碗を使用する。箸も茶碗もとくに誰がどれを使うといった決まりはなく、つまりは艦長用の食器以外はすべて使い回しである。

艦長席は、長テーブルのいわゆる「お誕生日席」の位置にあたる。

あおぎりの場合、艦長席の両脇の角席に副長と飛行長。以下、序列の高い者から順に席に着く。

朝食は任意なので、必ずしも全員が摂るわけではない。空いている席は詰めて座るので、稲森船務長は副長の向かい側である晴山飛行長の席で食事を摂っていた。

暮林副長はもう食事を済ませたらしく、ゆっくりとコーヒーを飲んでいる。

「おはようございます」

士官室係の井戸田《いとだ》士長が艦長用のお櫃《ひつ》としゃもじを運んできた。

士官室係とは、要するに食事時の士官室の給仕係である。当番の海士が作業服の上に白衣をつけ、だいたい一人で任に当たる。さながら給食当番のようだ。

第一分隊の運用員で、錨《いかり》作業などを受け持つ前部員の中で紅一点の井戸田士長は手際よくお櫃としゃもじをセットし、朝食用の鮭《さけ》の切り身と味噌汁、香の物などを配膳《はいぜん》していく。

「今、お茶をお持ちします」

「自分でやるからいいよ、井戸田士長。そこに土瓶が出てることだし」

士官室での食事は和洋折衷。煮物からステーキまで幅広いメニューだが、どんなメニューの時でも、テーブルに二つから三つほどお茶の入った大きな土瓶が用意される。いや、大きな急須《きゅうす》と呼ぶべきだろうか。

紺地に白の水玉模様があしらわれた昔ながらの和風スタイルで、ティーポットというよりは土瓶と呼ぶほうがふさわしい。

碧は艦長用のお櫃から、白く湯気の立ったご飯を茶碗によそった。どこの士官室でもご飯だけはセルフサービスなのだ。

食べられる分だけよそって、まずは豆腐と長ねぎの味噌汁を一口。

だしの利《き》いた味噌の香りが鼻腔《びこう》一杯に広がる。

続いて、脂《あぶら》の乗った鮭の切り身に箸を入れ、あたたかいご飯の上に載せて頰張る。ほどよい鮭の塩加減が白米とじつによく合う。

ああ、いいなあ。やっぱり朝はこれだなあ。

朝、昼、晩と、艦で出される三度の「艦メシ」は、久しぶりの艦艇勤務の楽しみの一つでもあった。

「艦長、お茶をどうぞ」

碧が箸を戻すのと同時に井戸田士長がお茶の入った湯呑みを運んできた。

「あら、自分でやるからいいって言ったのに」

「では、二杯目からはそれでお願いします」

井戸田士長は緊張した笑みを浮かべて、士官食器室（士官室に隣接している流し場）に引き揚げていく。

ユニセックスなフレームの眼鏡がよく似合っている。刈り上げにちかいショートカットの髪からのぞいた耳が根元まで赤く染まっているのが初々《ういうい》しい。

艦長の給仕をするとなるとやはり緊張するものなのだろうか。

「いやあ。朝から若い女の子にお茶を出してもらうってのは、いいもんですねえ。僕、夢だったんですよねえ。まさか艦艇勤務でそんな夢が叶《かな》うとは思いませんでしたが」

稲森船務長が井戸田士長のうしろ姿を目で追う。できれば、自分のところにも、もう一杯運んできて欲しいといった目つきだ。

「船務長、そういった発言には気ィ付けんと。セクハラで訴えられるぞ」

暮林副長がコーヒーカップを片手にニコリともせずに釘を刺す。

「や、しまった。艦長、今のは聞かなかったことにしてください」

「いや、聞いたよ。しっかり聞いたよ、船務長。私でよければ、毎朝お茶を運ぶけど?」

碧が身を乗り出すと、稲森船務長は慌《あわ》てて顔の前で両手を振った。

「いえ、結構です」

「やけにきっぱり断るじゃないの。そりゃあ、どうせ運んでもらうなら、若い子のほうがいいよねえ?」

「いや、けっしてそういう意味ではなく。艦長にお茶を注いでいただくなんて、おそれ多いという意味で……。いや、もう、勘弁してください」

稲森船務長はしどろもどろになって、顔の汗を拭《ふ》きはじめた。

なかなか困らせ甲斐《がい》のある中堅幹部だ。

人のよさそうな丸顔に、はちきれそうな制服。

じつはこういうタイプこそ、お茶でもなんでも水分をたくさん摂って痛風予防に努めたほうがいいのだが。まだ三〇代半ばだからといって油断はできないぞ。

それにしても、女の子にお茶を出してもらうのが夢だなんて。ささやかすぎる願望だなあ。

稲森船務長がハンカチをポケットに収めたころ、シャッと音がして、士官室入り口のカーテンが開いた。

坂上砲術士だった。

稲森船務長を見てから坂上砲術士に目を移すと、細身の身体《からだ》がよりいっそう細く、頼りなく見える。

坂上砲術士はオドオドとさぐるような目つきで士官室の中を見渡してから、意を決した様子で入ってきた。

「おはようございます！」

精一杯の大声で碧に挨拶すると、坂上砲術士は暮林副長の脇に立って申告した。

「副長、甲板よろしい。異状ありません」

朝の甲板見回りが終わって報告に来たのだろう。

暮林副長はコーヒーカップからチラリと目線を上げて、坂上砲術士を見た。

「了解」でもなければ「ご苦労さん」でもない。

坂上は、しきりに長い睫毛《まつげ》でまばたきをくり返している。

やがて、暮林副長はコーヒーカップに目線を戻し、低い声で「ええよ」と漏らした。

「下がってええよ」という意味なのだろう。

坂上砲術士は深々と頭を下げて、長テーブルの反対側の端まで移動した。

ほっとした表情で席につくと、土瓶からお茶を注いでいる。

「砲術士、これから食事ならもっとこっちへ来なさいよ」

碧が声をかけると、坂上砲術士は「しかし……」ととまどった表情を浮かべた。

「いいじゃないの。席が空いてるんだから」

「そうだよ、砲術士。僕、もう終わったから、ここで食べるといい」

稲森船務長はサッと席を立ち、使った食器類を配膳口に運んで片づけた。

体型のわりに腰が軽く、いい動きをする。

ここまでお膳立てされてはさすがに断れなかったのだろう。

坂上砲術士は観念した様子で席を移動し、暮林副長の真向かいの席についた。

しかし、せっかく向き合って座ったにもかかわらず、暮林副長と坂上砲術士は一言も会話をしない。それどころか互いに目も合わせようとしない。

碧は、坂上砲術士が暮林副長を飛び越えて前任の山崎艦長に直接退艦を願い出た理由が分かる気がした。

さて、どうしたものか……。

両脇に座った二人の顔を見比べているうち、碧は坂上砲術士が卵を握ったまま動かずにいるのに気がついた。

「砲術士、さっきからなにしてるの？　もしかして、卵からヒナでもかえそうとしてる？」

「あ、いや、これは」

坂上砲術士は恥ずかしそうに顔を赤らめた。

「こうして人肌で三〇秒温めると美味《おい》しくなるんです」

ちょうど三〇秒がたったのか、坂上は吹っ切れたように卵を割って、ご飯の上にかけた。

「三〇秒なんて具体的じゃないの。データでも取ってるわけ？」

「いえ、ロサンジンの本で読んだんです」

ロサンジン？

ああ、北大路《きたおおじ》魯《ろ》山人《さんじん》か。芸術家で美食家の。

「へええ」としか答えようがない。

坂上の向かいでコーヒーを飲んでいる暮林副長の表情が、しだいに苦々しいものに変わっていく。

――そんなどうでもええ蘊蓄《うんちく》ばかり唱えよるけえ、貴様は仕事がデキんのだ。

そんな心の声が聞こえてきそうだ。

「ためしに私もやってみようかな？」

碧はとりなすように、傍らにあった卵を握った。

艦の強力な冷蔵庫から出してきた卵は、まだキンキンに冷えていた。

坂上砲術士はバツが悪そうに、卵かけご飯を掻《か》き込む。

急に静かになった士官室に、艦内ボイラーの音が大きく響いていた。

4

午前七時を過ぎると、士官室はしだいに忙《せわ》しなくざわめいてくる。

とくにテレビ前の小型テーブルに並べられた回覧書類は、日例会報前に誰もが目を通しておきたいので人が集まる。

回覧書類は、たいてい庶務の海曹がバインダーに挟んで運んでくるが、艦で合議を要するものは、起案者が直接回覧する。合議の順番は下級者から上級者なので、まずは初級幹部から目を通して書類の上部にサインをしていく。

その際、修正すべき箇所や意見がある場合は一人一人赤を入れ、最終的にはかなりにぎやかになった状態で「艦長、決裁をお願いします！」と回って来る。

サインの仕方もそれぞれに個性がある。

初級幹部はたいていシンプルなイニシャル。科長クラスになってくると、科長名か苗字《みょうじ》でデザイン性のある凝ったものになってくる。

艦長と副長のサイン枠は他の幹部より一回り大きいので、サインの仕方も考えねばならない。

とくに暮林副長のサインは、二センチ四方の枠を一杯に使ったみごとな崩し字だった。

判読できないが、おそらく暮林と書いてあるのだろう。

副長のサインを超えるグレードとなると、むらゆき時代のサインでは物足りない。

碧は艦長席まで運ばれてきた文書に目を通した。

「次により、甲板用具を点検する」

あおぎり艦長の名前で、副長が起案してきた甲板用具点検の日日命令《にちにちめいれい》である。

点検の日時は五月の連休明けになっている。

休み明けにいきなり点検かよ……。乗組員たちのボヤキが聞こえてきそうだが、これはまあ、しかたないだろう。

そのほか、規律振粛月間の周知文書、防衛省発令の一佐人事等々。

副長の隣のサイン枠をはみ出す勢いで、豪快に「早乙女」とペンを振るった。

「では、時間となりましたので日例会報を行ないます。艦長」

ものものしくこちらを見る暮林副長に、碧は黙ってうなずいた。

海上自衛隊では旧海軍時代からの伝統である五分前の精神を重んじる。

定刻の七時一五分の五分前には幹部総員が士官室の長テーブルに着き、背筋を伸ばしている。

艦長以下の席順はそのまま幹部の序列を表す。

暮林副長、晴山飛行長、本間《ほんま》機関長、稲森船務長、佐々木《ささき》補給長、と各科の長が続いていき、佐々木補給長の向かいにいる渡辺《わたなべ》航海長あたりから艦艇勤務も三年目あるいはそれ以上、といった中堅クラスの幹部となる。

その後に続くのが遠藤通信士を筆頭とした「士《さむらい》」と呼ばれる、初任から二年目くらいまでの初級幹部である。しかし、士の中には、定年間際に幹部に昇任したベテラン三尉や准尉《じゅんい》もおり、あおぎりでは黛《まゆずみ》機関士や三宅《みやけ》掌水雷士がそれに該当した。

「ええ、ではまず、夏の体験航海と訓練展示につきまして……」

暮林副長が淡々と進行を始めると、皆一斉に手持ちの筆記用具を広げ、気難しい顔で手帳にメモを取り始めた。

どの顔もまだ慣れぬ艦長の下の日例会報ということで、緊張しているのか、様子を見ているのか、本音を懐《ふところ》の奥にしっかりとしまい込んで鍵《かぎ》をかけているかのような表情だ。

最初のうちはだいたいこんなものか。

それにしても硬い。そして、遠い。

無理に打ち解けたり、砕けた雰囲気にする必要はないが、できるだけ自然に距離を詰めたいところではあった。

艦長交代後や春の人事異動後は、たいがいどの艦もすぐに宴会を開いて親睦《しんぼく》を深め合う。この宴会は艦艇部隊では伝統的に「士官室別法」と呼ばれている。しかし今回、あおぎりではまだその別法が行なわれていなかった。

艦長交代行事の当日に、ＷＡＶＥの乗組員が失踪《しっそう》する服務事故が発生したおかげで、一週間経った今も艦内の空気はまだざわついていた。そのうえ坂上砲術士の今後の問題などもあり、正直、別法どころではなかったのだ。

さらに明日は隊訓練のための出港である。

こんな状態で出港して、はたして大丈夫なのか。また、なにか事故や不具合が起きたりするのではないか。

気にしはじめると、どうにも悪い方向にばかり考えが向かっていく。いつのまにか険しい表情になっていたようだ。

「……という次第になっておるわけですが。いかがされましたか？　艦長」

気が付くと、暮林副長が怪訝《けげん》そうに碧の顔を見ていた。

「いえ、何でもありません。続けてください」

「は？」

暮林副長は「なにを言っているのか」といった顔でまた碧の顔を見た。

「続けるもなにも、もう体験航海と訓練展示についての話は終わりました。まだ少し先の話ですけえ、今の段階ではこれ以上詰められんのです。あとは艦長のほうでなにかありましたら……」

「ああ、そういうことね」

碧はあわてて姿勢を正した。

艦長は常に見られている。艦長の様子が少しでもおかしいと皆が不安になる。ゆえに一艦を率いる者として常に威容を保ち、どんな状況にあろうと泰然自若としていなくてはならない。

先輩艦長たちからずっと教えられ続けてきたことだった。いくら停泊中で艦橋を降りているとはいえ、日例会報中に気を散らしているようでは、まだまだ自覚が足りていない。

「体験航海と訓練展示に関して、今のところ私からはとくになにもありません。引き続き、よろしくお願いします。あとは、いよいよ明日から隊訓練ということで、ぜひ士気を高めていきたいわけですが、その前に……」

碧は言葉を切って、ぐるりと一同の顔を見渡した。

一様にうつむいていて誰も碧の目を見ていなかった。ガクリと力の抜ける思いがするが、気を取り直して続ける。

「前回の服務事故を受けて、各分隊長、分隊士には若年隊員を中心に積極的な声かけをこれまでにお願いしてきたわけだけど、問題点等、気づいた点があればここで共有したいので、挙げてもらえませんか？」

気のせいか、先ほどよりさらに皆のうつむく角度が深くなった。発言する者は誰もいない。

やがて暮林副長が「やれやれ」といった顔で、口をはさんだ。

「どうやらなにもなさそうですな」

碧は思わず椅子から腰を浮かしかけた。

そんなわけないでしょう……。

そもそもなにも問題がなければ、艦長交代当日に乗組員が失踪するなどあり得ない。しかも、その失踪の事実は慣熟訓練のための出港直前まで碧に知らされていなかったのだ。

碧に心配をかけず艦長交代行事をつつがなく終わらせたいという暮林副長なりの配慮だったのかもしれない。しかし、あのまま失踪したWAVEの乗組員を発見して連れ戻せていなかったら今ごろはどうなっていたか。

さらにいえば、そのWAVEの乗組員は離婚した妻との間にできた暮林副長の実の娘だった。あおぎりにおいてこの件について知っているのは、当人たちを除き碧と後《ご》藤清國《とうきよくに》先任伍長《ごちょう》の二人のみではあるが。

まさか、暮林副長はまたあのときと同じような配慮で、「問題はない」という方向にもっていこうとしているのか。

碧が真顔で見つめると、暮林副長もなにかを感じ取ったようで、つと目を逸《そ》らした。

「では、そろそろ時間ですので、本日の日例会報はこれで……」

「ちょっと待ってください」

碧は食い下がった。

「我々は基本的に上意下達で動く組織ですが、同時に下意上達も重要です。下からの意見を吸い上げ、現状の問題点を共有した上で処置対策を考え、乗員の心身の安定と職場としての艦の環境改善に努めていかないと」

「はあ」

暮林副長は一瞬、天を仰ぐような目つきをした。なんとなく人を小ばかにしているようにも取れる目つきだった。

「おっしゃるとおりですが、艦長。まさにその上意下達・下意上達の補佐にあたるのは先任海曹たちの役割と考えます」

まるで、こういう話は先任海曹《CPO》室へ持っていってくれと言わんばかりの口ぶりである。

「まあ、わしのほうから先任伍長によう言うときますけえ」

「いえ、私が直接かけ合います」

図らずも口調が強くなる。

暮林は「そうですか」と、面白くなさそうな表情を浮かべた。

なにはともあれ、CPOのほうに向かったベクトルをまた元に戻さねばならない。

碧はたたみかけた。

「下意上達は士官室においても同様に重要です。とくに若手の初級幹部がどんな問題を抱え、なにについて悩んでいるかといったことも、中級クラスの幹部はOJTの一環としてなるべく声かけを行なって、相談に乗ってやってほしい。むろん、初級幹部に限らず個々の幹部に対しても、今後は艦長面談の機会を多く設けていきます」

それまでずっとうつむいていた幹部一同が顔を上げ、皆、呆気《あっけ》に取られた顔つきで碧を見た。ただ一人、末席のほうにいる坂上砲術士だけが、こわばった表情でうつむいたままだった。

暮林副長はチラと坂上砲術士のほうに視線を投げてから、「なるほど。声かけですか」と、軽く肩をすくめた。

いや、そう見えただけで実際に肩をすくめたかどうかは定かではなかった。だが、暮林副長が碧の呼びかけにあまり賛同していないのは明らかだった。

「艦長、よろしいでしょうか？」

それまで発言のなかった幹部たちの中から、佐々木弘人《ひろと》補給長がおもむろに声を上げた。

給与や福利厚生面の経理、物品管理、食糧品や燃料の補給、といった後方業務を担当する幹部で、あおぎりの財布のひもはひとえにこの補給長が握っているといってよい。

まだ三〇代半ばながらしっかり者で、わりにつけつけと容赦ない物言いをするところがあった。

「おっしゃるところの声かけの趣旨が若干分かりにくいかと。艦内業務を円滑に進めるためのコミュニケーションというより、カウンセリングに近い意味合いと捉《とら》えたほうがよろしいんでしょうか？」

「ああ、補給長。それはその両方と捉えていいと思います」

碧が答えるより早く反応したのは、晴山飛行長だった。

「ようするに艦長が心配されてるのはいじめやパワハラの横行なのですよ。だから、セイフティーネット構築の意味も込めて、平素から部下や若手幹部とよくコミュニケーションを取り、その流れから、悩みを聞いたり相談に乗ってやれ、と。ですよね？」

皆があえて口にしないキラーワードを晴山飛行長があまりにもサラリと口にしたため、士官室全体の空気がピンと張り詰める。

しかし、言っていることはそのとおりなので、碧もうなずくよりほかなかった。

「はあ、なるほど」

佐々木補給長は納得したように、黒縁メガネの奥で忙しなくまばたきをくり返した。

晴山飛行長はいつものカラリとした調子で平然と続けた。

「しかし、こういったことって、なんだか中学校の延長みたいで、多少抵抗ありますね。まあ、なにもしないよりはいいかもしれませんが、はたして効果ありますかねえ」

晴山飛行長もあまり賛同はしていない様子だ。

碧はあえて尋ねてみた。

「WAVEたちのほうは、どんな感じ?」

じつは碧は晴山飛行長にWAVE幹部としてWAVEのとりまとめ役も頼んでいたのだ。

「はい、声かけはしています。していますが」

晴山飛行長はそこで少し首をひねる素振りを見せた。

「そもそも、WAVEたちっていう括《くく》り方もどうなんでしょう。航海科員は航海科員、電測員は電測員で、彼女たちもその道のプロフェッショナルですからねえ。それを一括りにWAVEたちって」

「むろん、それは分かってます。ただ性別上の違いで、居住区も別になっているので、便宜上、そういう分け方をしただけです。十把《じっぱ》ひとからげにしているわけでも、特別扱いしているわけでもありません」

また語気が強くなるのが自分でも分かった。

言い終わった瞬間、相手がスルーしてくれることを願ったが、願いに反して晴山飛行長はしっかりと応戦してきた。

「その居住区問題ですが、現在は潜水艦でもシャワーを男女で時間制にしたりしてますし、今後は必ずしも設備を別にする必要性もなくなってくるんじゃないですかねえ」

だんだんと空気が剣呑《けんのん》になってくる。

「ま、それはさておき」

晴山飛行長も察知したのか、サッと話を変えた。だが、結局はまた元に戻る形となった。

「WAVEに限らず、そもそも艦全体の士気が高ければ、こういった空気づくり雰囲気づくりみたいなところは、わざわざ艦長が呼びかけるまでもなく、自然にできてくるはずだと私は考えるわけです」

「じゃあ、とにかく訓練に専念して練度の向上に努めていればいい、と？」

「いえ、そういうことではなく。ただ、あまり上が神経質になると下にもそれが伝わり、結果的にあまりよろしくない雰囲気になるのではと懸念しているのです」

「飛行長、分かった。もうええ」

暮林副長が、やや面倒くさそうに晴山飛行長を制止した。

晴山飛行長はなぜ止められたのか、納得がいかない顔つきをしている。

暮林副長は、咳払《せきばら》いしてやおら碧のほうに向きなおった。

「艦長、こういった話はまた別の機会にしましょう。もう、旗揚げの時間ですけえ。本日の日例会報はひとまずここまでということで」

時計を見ると、まもなく自衛艦旗掲揚五分前だった。

たしかに日例会報の合間に済ますような話題ではなかったのかもしれない。

勢いでそんな話題を振って、火種を撒《ま》いた形になったのが悔やまれた。

なんとなく不穏な空気を残したまま、

「では、本日の日例会報を終わります」

　暮林副長の言葉で、幹部たちが一斉にサッと立ち上がった。

　停泊中は毎朝、乗組員総員が後部甲板に整列して艦尾の自衛艦旗に正対し敬礼する朝の儀式が行われる。

　碧は一人士官室に残った。

　自衛艦旗掲揚は午前八時。

　艦長が後部甲板に出るのは乗組員たちの整列が完了し、副直士官が「五分前」を知らせに来てからだ。

　誰もいなくなった士官室は、急にガランとして広く感じられた。

　一面に敷かれた青い絨毯《じゅうたん》を見ていると、狭い艦内のはずなのに、まるで孤島に浮かんでいるような気分になる。

　碧は席を立ち、配膳口の隣に据えてあるコーヒーサーバーからコーヒーをカップに注いだ。

　目を上げると、艦長席の後ろに、いつのまにか碧が訓示で述べた指導方針が貼《は》り出されているのに気がついた。

艦長指導方針
強く
新しく
黒々とした筆文字で大きく印してある。
——どうか、あおぎりに新しい風を吹かせて下さい。
申し継ぎの際、前任の山崎艦長にそう頼まれた。
碧は一人静かにコーヒーを啜《すす》った。
サーバーに落としてから時間の経《た》ったコーヒーの苦みが口の中に広がる。
やれやれ、そう簡単に風は吹きそうもないか。

5

その日、課業が終わってからも碧は艦長室の机の上にひじを突き、両手の指を絡《から》ませたり離したりしながら、しきりに考えを巡らせていた。
明日からの隊訓練に退職を希望している坂上砲術士を乗せて行くか、行かないか。

単純な選択なのだが、そう簡単に決められるものでもなかった。

退職の意志の固い者に任務を続行させてもロクなことにならない。事故の元にもなりうる。

しかし、例のＷＡＶＥ失踪事件の際の坂上砲術士の活躍ぶりを思い返すと、必ずしも通例にあてはまらない気がするのだった。

艦長室の机の上には最低限の筆記用具とメモ書き用の雑紙以外、なにも出ていない。机の前の応接セットに目をやる。白い掛布が青い絨毯の床に映えてまぶしい。視線を逸らして丸い舷窓《げんそう》から外を見る。

横付けしている僚艦の無機質な外舷が邪魔をして、視界はそこからいっこうに開けていかない。仕方なく応接セットの向こう側にある、電源の落ちたテレビ画面に目をやり、また白い掛布に目を細める。

さて、坂上砲術士を乗せて行くべきか、置いて行くべきか。

さきほどから、このわずか五畳ほどのスペースで、ずっと堂々巡りをくり返している。課業やめの時間はとうに過ぎているのだから、あとは停泊当直に任せ、明日の出港に備えて早く帰るべきだ。

碧が帰らなければ、ほかの幹部たちも帰りづらいだろう。

しかし……。

碧は指を絡ませ続けた。

もし、坂上砲術士をここで降ろして出港すれば、いよいよ退職させるしか道がなくなる。

本当にそれでいいのか？

——自衛隊に入れば自分を変えられるかもしれないと思ったんです。自衛隊で鍛えられれば、こんな僕でも光り輝けるようになるかもしれないって。

退職理由を問い質《ただ》した際の、興奮で裏返った甲高い声が耳に響く。

そうだ。問題はそこなのだ。

このまま退職したら「やっぱり駄目だった」という思いと、海上自衛隊に対する恨みつらみだけが残るにちがいない。

あの若者の自己肯定感は永遠に低いままとなってしまう。

碧は絡めた指を離した。

前任の山崎艦長はまだ説得の余地はあると言っていた。

かりに艦長交代の時期がもう少し遅かったとして、前任の山崎艦長だったらどんな説得を、どんな面談を行なっただろうか？

聞いてみたい。

つい舷窓の下にある隊内電話に手を伸ばしかけて、止《や》める。

いや、やはりやめておこう。きちんと申し継ぎをして引き受けた以上、前任者によけいな心配をかけるべきではない。

いや、でも……。

頭の中が何度目かまた同じところをくり返し巡ろうとしたところで、開け放しにしている艦長室のドアをわざわざ叩《たた》く音がした。

ハッと我に返って目をやると、晴山飛行長が立っていた。

「少しよろしいでしょうか？　艦長」

朝の日例会報時のやり取りを思い出すと、若干、バツの悪い思いがよぎらなくもなかった。

「どうぞ」

碧は努めて平静を装《よそお》い、応接セットのソファをすすめた。

「飛行長、入ります！」

晴山飛行長は一〇度の敬礼をして入室してきた。

すすめられたとおり、迷いなくソファに腰を下ろす。碧も机から移動して、晴山飛行長の向かい側に座った。

くっきりとした強い視線とぶつかる。

前任の飛行隊では、ずっとこんな目をして操縦桿《そうじゅうかん》を握り、空を飛んできたんだろうか。

哨戒機《しょうかいき》SH－60Kのパイロットとしての晴山飛行長のキャリアに思いを馳《は》せる。

碧は咳払いをして真顔に戻った。

「で？　用件は？」

「砲術士のことです」

坂上砲術士が退職を希望している件に関しては、本人を除き、暮林副長と碧以外に誰も知らない……はずだ。

碧は顔に出そうになった動揺の色を抑えた。

晴山飛行長の眉根がかすかにキュッと寄った。

「艦長。ドアを閉めましょうか？」

「そうね。お願い」

晴山飛行長はスッと立ち上がって艦長室のドアを閉めた。日ごろの鍛錬を感じさせる機敏で身軽な動作だった。

「船務科の内海《うつみ》三曹の失踪事件について、先任WAVEの岬《みさき》二曹から聞きました。艦長と砲術士の二人で艦外捜索に出られたそうですね。それも出港間際《まぎわ》、司令と副長に留守を任せて」

碧は苦笑した。

「正直、驚きました。生真面目《きまじめ》な早乙女艦長でもそんな思い切った行動に出るのか、と」

「生真面目？　私が？」

「はい。生真面目で……、それから、ちょっと心配性でいらっしゃいますよね」

「それはどういう意味なのかな？」

「率直に申し上げてよろしいですか？」

「そのつもりで来たんでしょう？　変にかしこまった言い方しなくていいから。同期なんだし」

「そうですか。では、遠慮なく」

晴山飛行長は、グイッと身を乗り出した。

「ズバリ、今の艦長の気持ちを当ててみましょうか？」

晴山飛行長の顔に少々いたずらっぽい笑みが浮かんだ。

「艦長交代して初めての隊訓練に、心が折れた状態の初任幹部を連れて行く。またなにかよからぬ事件が起こるんじゃないだろうか。あるいは事故が起きてしまうんじゃないだろうか。それを考えると、もう心配で心配でしょうがない……。違いますか？」

少々大げさだが、おおむね当たっているだけに面白くなかった。

「一艦を預かる艦長が艦と部下の安全に心を砕くのは当然でしょ。わざわざ人の揚げ足を取りに来たわけ？」

つい、語気が強くなる。

「ほら、またすぐムキになる」

晴山飛行長はカラリと笑い飛ばした。

「ま、だからよけいに分かりやすいんですけどね。砲術士の心が折れてることくらい、だいたいわかりますよ。あのガンコな副長の下で毎日シバかれてたら、砲術士もたまんないですよね」

晴山飛行長は顔色をうかがうように碧を見た後、ボソリとぼやいた。

「砲術士だけじゃなく、どういうわけか、私にも最初から風当たり厳しいですけど。やっぱり、アレですかね。女の飛行長が気に入らないんですかねえ」

おそらくこれは本音だろう。

天真爛漫《てんしんらんまん》に見える晴山飛行長でも、さすがに堪《こた》えるところがあるのか。

副長が気に入らないのは女の飛行長だけじゃないよ。女の艦長も……ね。

碧が心の中で独りごちると、晴山飛行長は「ま、それはおいといて」と目を上げた。

「とにかく真面目なんですよねえ、艦長は。真面目で心配性。いや、いいんですよ。いいんですけど、結局、それって信用してないってことなんじゃないですか？」

不意打ちのような一言だった。すぐに頭がついていかない。

「信用してないって、誰を？」

「誰も、ですよ。艦長は誰ひとり信用してない。だから、心配なんじゃないですか？ だから、すぐムキになっちゃうんじゃないですか？」

心の底まで見透かされそうな強い視線から、碧は思わず目を逸らした。

「そういうのって、不思議と伝わるんですよね。で、そうなったらもう、いくら声かけしたって、いくら説得したって駄目。そんなもので人は変わりませんよ」

なにを言い出すかと思えば……。

晴山飛行長があおぎりに着任してきてから、わずか数日。たった数日でなにが分かるというのだ。

言い返そうとした言葉は、晴山飛行長の新たな言葉にかき消された。

「私も航空隊では編隊長として編隊を組んで行動し、対潜戦のオペレーションにあたりましたが、編隊長の私があれこれ指示するまでもなく、僚機は私の思ったとおりの動きをしましたし、クルーたちもおのずと私の意を汲《く》んでサポートに当たってくれたものです。あうんの呼吸というんですかね。長く一緒に行動しているうち、自然と指揮官の方針や考え方をクルーや僚機の機長たちが吸収していくんです。だから、いざというときは指揮官が指示を出すまでもなく、部下のほうから『ああします』『こうします』と意向《インテンション》が上がってきて、指揮官はただ『よし』とうなずくだけでいい」

だから？　いったいなにが言いたいの？

碧の心の声が聞こえたのか、晴山飛行長は口角をニッと上げて笑った。

「指揮官に心を砕くべきところがあるとしたら、平素から自身の方針や考えを隅々まで行き渡らせ、いざとなったら、あうんの呼吸で動ける空気を作り上げておく、まさにそこの部分なんじゃないですかね？」

なるほど。私にはそれができていないというわけか。

「ちょっと待って。そもそもヘリと護衛艦では根本的に行動形態が違う。まったく比較にならないわよ。乗組員の数だって桁《けた》違いだし」

碧は反撃に入った。

「二〇〇名からの乗員を率いるには、どうしても各所掌に分かれて長を置き、各部の報告から総合的に状況を判断していかなきゃならない。指揮官であれば常に最悪のリスクも考慮に入れておく必要がある」

「報告か。『状況知らせ』ってやつですよね」

晴山飛行長は、がっかりしたように視線を落とした。

「私の理想はですねえ、艦長」

なかば独り言ともとれる言い方で晴山飛行長はつぶやいた。

「『状況知らせ』が要らない部隊なんですよ」

また途轍《とてつ》もないことを……。碧は呆れてしばらく言葉が出なかった。

そもそも、ほぼ一年で艦長が交代し、幹部も入れ替わる護衛艦の人事で晴山飛行長の語るような空気を作り上げるのは難しい。

難しいなかで、どうにかできないものかとあれこれ気を揉《も》んでいるのだ。

「それは極論だね。極論の、理想論だよ」

「分かってます。でも、指揮官の考え方が隅々まで行き渡っていれば、いちいち状況知らせて、指示を待たなくても動けます。逆に動けるようにしておかなければ、いざという時に間に合わない。少なくとも……」

晴山飛行長はそこでキュッと視線を上げた。

「艦長があれこれ心配してガチガチに手綱を握りしめていては、みんな手綱の中でしか動きませんし、各部の自主性が育ちません。心配なのは分かりますが、この際、思い切って手綱を放してみたらどうです？　各部を信用して任せるんですよ。声かけなんかよりずっと効果があると思います」

なるほど。要するにこれを言いに来たんだな。

碧は見返した。

「私は手綱を握りしめてなんかいない。ＯＪＴの一環として若手に声かけしてくれって言っただけ。それに誰も信用してないわけじゃない。そもそも、誰も信用しないで護衛艦の指揮が執れるわけがない！」

晴山飛行長はまたいたずらっぽい笑みを浮かべた。

待てよ。またムキになってるか。

——ほら、そういうところですよ。

晴山飛行長の声が聞こえた気がして、碧は黙った。

晴山は碧に正対したまま踵《かかと》を合わせ、姿勢を正した。

「明日からの出港中、砲術士には私からも声かけして、様子を見ておきます。こう言ってはなんですが、艦の幹部同士だとどうしてもやりにくいところはあると思います。その点、私はウイングマーク（航空徽章《きしょう》）ですので、畑違いといいますか、第三者的な立場なので砲術士も接しやすいところがあるのではないかと」

「ああ、そう。ありがとう」

平静を装うのが精一杯だった。

「飛行長、帰ります！」

晴山飛行長は入室してきたときと同様、機敏な動作で退室していった。最後にドアを閉めようとしたので、「ドアは閉めなくていい」と軽く制止するつもりが、思わず声高になって自身でも驚いた。

――あいつ、副長兼任じゃなきゃ嫌だってゴネたらしい。知ってる？

ふと、元亭主であり、碧と晴山飛行長にとって江田島の同期でもある越谷《こしや》から、以前もらった電話を思い出した。

あおぎり飛行長として着任する前、海幕からの打診の段階で晴山飛行長は副長兼任を希望していたようだ。副長兼任でなかったから物足りなかったのだろうか。だから、わざわざこんなことを言いに艦長室へ来たのか？

航空隊の理想論を艦艇部隊に持ち込まれても困る。護衛艦には護衛艦のやり方がある。あおぎり新艦長をナメないでもらいたい。

突然の晴山飛行長の入室は、碧にとってあまり面白いものではなかったが、逆にどこか吹っ切れた気持ちになったのも事実だった。

決めた。明日からの隊訓練に砲術士を乗せて出港する。

前任の山崎艦長のいう、説得の余地とやらがどこにあるのか。この出港中にそれを見極めてやる。

泣いても笑ってもこれが最後の出港だ、砲術士。

「さあて、明日は早いし、帰るとするか」

ひとりごちると、ソファから立ち上がって、私服に着替える。

定番のベージュのステンカラーコートを羽織ると、両手でパシッと頬を叩いて気合を入れた。

第二章 訓練発射

I

第一二護衛隊は呉を母港とした地方配備の護衛隊で、横須賀《よこすか》の護衛艦隊隷下《れいか》にある部隊だ。部隊指揮官は堀田《ほった》栄治《えいじ》司令。構成する護衛艦は、あおぎり、たま、おいらせの三艦である。

あおぎりはきり型の汎用《はんよう》護衛艦（DD）でヘリ搭載艦だが、たまとおいらせは沿岸防備を意図した護衛艦（DE）でヘリは搭載しない。

ともに排水量二〇〇〇トン、全長一〇九メートルで、あおぎりより小型ではあるが、ヘリの搭載がない点を除けば、兵装はゆき型の汎用護衛艦とほぼ同じ。七六ミリ単装速射砲、二〇ミリ・シウス（機関砲）が一基、ハープーンSSM（対艦ミサイル）四連装発射筒、三連装短魚雷発射管がそれぞれ二基、加えてアスロックSUM（ロケット式対潜魚雷）八連装発射機が一基といった具合である。

たまの艦長は碧より一期下の佐倉義之《さくらよしゆき》二佐。防衛大卒で中央勤務が長く、艦長経験はたまが初めてである。初対面の印象は線の細いインテリといったところで、端正な顔立ちゆえか、少々冷たい感じがしなくもない。

碧の着任挨拶《あいさつ》の際は、一期上の碧に対して気を遣ったのか、終始丁寧な応対だった。

一方、おいらせ艦長の小野寺聖一《おのでらせいいち》二佐は幹部候補生学校の同期で、卒業後の遠洋練習航海実習でも同じ班で共に訓練した間柄だった。

防衛大卒で、碧と同様に艦長はおいらせが二艦目である。

着任挨拶に出向いた際、小野寺艦長は「よく来た」とばかりに碧を迎え、おいらせ士官室でコーヒーを振舞ってくれた。

長身でどこかやさぐれたような顔つきの小野寺は、いわゆる出世にはあまり興味のない、潮気《しおけ》の強い艦艇乗りだ。とにかく艦《ふね》が好きで、艦長席がよく似合う。艦長になるために生まれてきたような男である。

例の失踪《しっそう》事件の際は、この小野寺艦長のいかにも彼らしい、機転の利《き》いたアドバイスが碧を救った。

「あの時はありがとう」

碧が礼を言うと、

「おう。良かったな」

と一言、あっさりとした反応が返ってきただけだった。飄々《ひょうひょう》としていて、恩着せがましくないところも昔から変わらない。

「どうだ？ 練習艦から実働のシステム艦の艦長に昇格した気分は？」

「昇格？」

元より序列や格付けといったことにこだわらない小野寺艦長から「昇格」の言葉が出たのは意外だった。

「昇格なのかな？ あおぎりは練習艦とは任務が違うっていうだけ。どっちが上とか下とか、ないと思うけど。ただ、久しぶりに艦に戻ってきて『やっぱり艦はいいな』とは思ってるよ」

「上も下もない、か。さすがだな。でも、そう言うと思った」

小野寺艦長は笑った。

「ヘリの運用は俺も前任艦で経験あるから、困ったことがあったら聞いてくれ。おいらせはごらんのとおりの小さい艦だけど、そのぶん運動性能は抜群だし、システム艦にはない良さもあって俺は気に入ってる。これからも僚艦としてあおぎりを支えていくからよ」

「ありがとう」

小野寺艦長はそこでニヤリと笑って「それから」とつけ加えた。

「当面はあおぎりに司令旗が揚がると思う。いろいろ大変だろうけど、よろしく」

要するに、これからの出港時、堀田司令はしばらくの間あおぎりに乗艦して指揮を執るだろう、というわけである。

司令の乗艦する護衛艦は司令部に対してなにかと気を遣うし、いろいろ面倒事も多い。それらも含めての「よろしく」なのだろう。

「了解」

苦笑いして応《こた》え、おいらせを後にしたのだった。

午前八時前、第一二護衛隊は三艦同時出港で整斉《せいせい》とFバースを後にした。

今回の隊訓練は主に対潜戦を重視したもので、三艦ともに訓練海域でのアスロックの訓練発射を予定している。

司令乗艦のあおぎりは白地に赤の桜マーク一つを染め抜いた隊司令旗を掲げての出港である。堀田司令以下、司令部六名が乗組み、さらに阿多田島《あたたじま》沖で哨戒《しょうかい》ヘリSH－

60Jを一機搭載する。

碧が着任して初めての航空機搭載であり、新任の晴山飛行長にとってもこれがあおぎりでの初仕事となる。

前回の慣熟訓練時、出港の一五分以上前から艦橋に現れた堀田司令は、今回はきっちり一五分前に艦橋に上がってきた。

早く上がってくると予想して身構えていたあおぎり艦橋は拍子ぬけしたが、本人はどこ吹く風だった。

せかせかとした足取りで司令席に着くと、前回と同じく物慣れたふうにサッと足を組んだ。

五〇歳で防衛大出身。いそゆきの艦長を務めた後、海幕勤務を経て統幕学校に入校。その後、中国四国防衛局防衛補佐官を経てDDHひゅうがの艦長を務め上げている。エリートだが潮気の強い隊司令だ。

年齢のわりに外見は若々しく都会的で、往年のテニスボーイといった感がある。小さくまとまった端正な顔立ちの中で、眉《まゆ》だけが黒々と野性的だった。

例のWAVE失踪事件の際、艦長自ら艦外捜索に出ると言った碧に暮林副長が猛反対したときも、堀田司令は泰然と構えていた。それだけでなく、俺が留守番しててやるから行って来い、とまで言って碧を外へ送り出してくれたのだ。

少々気障《きざ》なところが癪《しゃく》に障《さわ》るが、懐《ふところ》の深いところもある上官だった。

堀田司令の後を付かず離れず上がってきたのは、隊付《たいづき》（隊司令部付士官）の宝生敬《ほうしょうけい》介《すけ》一尉《い》である。

小柄だが筋肉質で、いかにも都会派のスポーツマンといったタイプだ。まだ三〇を過ぎたばかりで、あおぎりの士官室でいうと座間《ざま》龍之介《りゅうのすけ》水雷長よりは上で、稲森船務長より下といったところか。

堀田司令とはまるで親子のように、見た目の雰囲気がよく似ている。

もともとの背格好が似ているうえに、隊付として常に行動をともにしているうち、ますます似てきてしまったのかもしれない。

しかし、よく見ると目鼻立ちの印象は若干違う。

宝生一尉のほうが若いぶん可愛《かわい》げがある。

気分屋でつかみどころがない堀田司令の後をいつも必死になって追いかけており、どうにも気の毒な印象だ。

さきほどからずっと司令席の脇《わき》に立って、なにかの伺いを立てている様子なのだが、うまくいっていないらしい。

右舷側《みぎげんがわ》にある艦長席と左舷側にある司令席は中央の当直士官が立つジャイロ・レピーターを挟んでいるため、話の内容はよく聞こえないが、宝生一尉の困惑ぶりは伝わってくる。

しきりにこめかみのあたりを掻《か》いては「しかし、司令」「ですが、司令」といった言葉をくり返している。

そうこうしているうちに三艦の先頭を行くあおぎりは、まもなく奈佐美瀬戸《なさみせと》にさしかかろうとしていた。

「まもなく水道を通ります。航海保安配置につけます。司令！　艦長！　当直士官！」

遠藤通信士が海図台の前から声を張る。

「了解」

碧は首にかけた双眼鏡《めがね》を手に、艦長席から身を乗り出した。

航海保安部署とは、狭《きょう》水道などを通航する際、他の艦船との衝突や危険を予防するため、急ブレーキのかわりに錨《いかり》をいつでも投入できる状態にし、各部の見張りを強化する部署である。

つまり、通常の航行より注意を要する場面であり、ますます気は抜けない。

「水道を通る。航海保安配置につけ！」

あおぎり艦内にマイクが流れる。

瀬戸内海は小さな島々が無数にあるぶん、狭水道も多い。出港してもすぐに航海保安がかかるため、どの艦もたいていは出港後「錨用意そのまま。甲板片付け」の号令を流して錨を完全には収めずに航行する。あおぎりも例に漏れず「錨用意そのまま」の状態で航行していた。

奈佐美瀬戸は宮島の東に位置する大奈佐美島と江田島の沖美町《おきみちょう》から長く飛び出して伸びる岸根鼻《がんねばな》の間の狭水道で、最狭部での航路幅は五〇〇メートル以下。そのような狭水道であるにもかかわらず、牡蠣筏《かきいかだ》を引いた漁船や釣り客を乗せたプレジャーボートが結構なスピードで、あおぎりを追い抜いていく。

中には艦首方向を突っ切るように航行する漁船もある。ジャイロ・レピーターの前に立っている渡辺渉《わたる》航海長はそのたびに身構え、苦笑いをくり返した。

「なにもこんな朝早《はよ》うから釣りなんぞせんでもええじゃろが」

口をへの字に曲げ、小さな声でボヤいている。

もうじき五〇歳になるというのに、喜怒哀楽が顔に出やすく、子どものようなところがある。

いやいや、釣りというのはたいてい朝早いものでしょう。航海長。

碧は声には出さず、黙って艦長席から漁船の動きをうかがった。

渡辺航海長が思わずボヤきたくなる気持ちも分からないではない。

狭い水道では、プレジャーボートを含む運動性能の高い小型船舶は大型船舶の航行を妨害すべきではなく、横切りも制限されている。

それでも、たまにとてつもない動きをする船があるのだ。

海上衝突予防法を無視しているとしか思えなくても、向こうには向こうのやむを得ない事情があるのかもしれず、結局は安全航行を第一に危険を回避する行為に努めねばならない。

いくら「錨用意そのまま」であるとはいえ、急ブレーキの錨を使うのは最後の手段だ。

速度を抑え、ゆっくりと慎重な航行を続ける。

やがて、最狭部の中央にある緑色に塗装された中の瀬灯標が見えてきた。

ポツリと小さな灯標で、心許《こころもと》ない感じはするものの最狭部の浅瀬であることを示す重要な灯標だ。

「前のタンカーとの距離が近いので速力を落とします、艦長」

渡辺航海長が双眼鏡とレーダーで、前にいる小型タンカーとの距離をしきりに気にしている。

碧が了解すると、即座に「赤一〇《あかじゅう》！」と減速をうながす号令をかけた。

タンカーとの距離は、碧も先ほどから気になっていた。

渡辺航海長は航海科の信号員から上がってきたベテランで、たいていは碧が指示・確認をする前に自身の操艦に対する意向《インテンション》を上げてくる。

操艦技量に関しては暮林副長と並んで申し分ないレベルにある。

人情味があって航海科の乗組員たちからも絶大な人気と信頼があるのだが、なまじ情が深いだけに、どうしても航海科びいきなところがあり、その点を他分隊の者から指摘されると途端にプイと拗《す》ねてしまう。

暮林副長以外で坂上砲術士と航海直を組ませるとしたら渡辺航海長だろうと考えていたが、総合的に判断すると、やはり暮林副長と組ませたほうが艦の運航上は安全なのかもしれない。

渡辺航海長の深い人情が逆に坂上砲術士を駄目にしてしまう可能性もある。

現状の航海直はいろんな観点から見て綿密な考えの下で組まれたものなのだろう。

「まもなく中の瀬ライト正横《せいおう》かわる！」

ウイングにいる見張り員からの報告が入る。まもなく中の瀬灯標の真横《まよこ》を過ぎるという意味だ。

よし。あともう少し。

碧は気を引き締めて双眼鏡を構え続けた。

2

「水道を出た。航海保安用具収め！」

「両舷前進原速！」

後続するたまとおいらせの先頭を切って奈佐美瀬戸を抜けたあおぎりは、通常の速力に戻り、宮島沖南下を続けた。

左には、島の真ん中がこんもりと盛り上がったベレー帽のような形の小黒神島《こくろかみ》が見える。その向こうには、瀬戸内海最大の無人島である大黒神島《おおくろかみ》の島影が浮かんでいる。

何年か前、この付近の海域で釣り客を乗せたプレジャーボートと海自の大型輸送艦の衝突事故が起きているだけに、航海保安が解けても決して気は抜けない。

それに、これからいよいよ阿多田島沖のヘリ搭載海域に差しかかるのだ。

阿多田島は宮島の南約五キロに位置する金魚のような形をした島だ。

「あたたかい」島がなまって島の名となったという説もある。

島面積は約二・五平方キロメートル、人口約二五〇人の小さな島で、広島県の大竹市に属する。

島民のほとんどが漁業を生業《なりわい》としており、大竹港との間でフェリーが行き来している。

しかし、このフェリーの航行は航空機着艦針路に直接差しさわりはない。

気になるのはやはり操業中の漁船と、あとは風だ。

ヘリの着艦時に重要なのは相対風なので、あまり強風でも困るが無風でも困る。

前方から適度な風を受けるように艦を向け、風が弱ければ艦を増速させ相対風を起こさねばならない。

幸い、この日は天気良好で視界も良く、風もそこそこ吹いている。

とくに艦を増速させる必要はなさそうだ。

長崎の大村航空基地から飛んでくる搭載機に関しては、すでに晴山飛行長が航空隊側と調整済みで、搭乗してくる先任機長以下八名の氏名も分かっていた。

今ごろ、晴山飛行長はＣＩＣ（戦闘指揮所）でコンソール（制御盤）の画面を見ながら航空機着艦部署のために待機しているだろう。

宮島沖から南下を続け、やがて阿多田島沖の搭載海域に入ると、定刻通りSH－60Jらしき機影が遠くの島伝いに見えてきた。

「搭載機視認！」

渡辺航海長が双眼鏡を目に当てながら声を上げる。

よし。来たか。

碧も双眼鏡を手にして、艦長席から身を乗り出す。

最初は洋上のさざ波のようだった機影が、しだいに黒い塊となって空中に浮かび上がり、こちらに近づいてくる。

ヘリの飛行は遠目にはさほど高速には見えない。しかし、じつは最大で約一五〇ノット（時速約二七七キロ）、新幹線の最高速度並みの速力が出せるのだ。

今はだいぶ速度を落としているとはいえ、存在を視認してから目視で機影を確認できるに至るまでは、あっという間だった。

「搭載機が近づきますので着艦用意をかけます、司令、艦長」

渡辺航海長が進言する。

堀田司令が双眼鏡を目に当てながらうなずき、碧もすぐに片手をあげて「了解」の合図を出した。

遠藤通信士が艦内マイクの指示を出す。

「航空機着艦用意！」

広島湾内に進入したＳＨ－60Ｊが右斜め前方にくっきりと姿を現す。

空気を叩《たた》くような音を上げるメインローターは意外にもゆっくりとした回転で、巨大な剃刀《かみそり》の刃を思わせる四枚のブレードの形がしっかりとうかがえる。

ローターの下にぶら下がる機体は輝くばかりに白く、機体前部は団子鼻のように丸く突き出している。胴体部のキャビン扉後ろには赤い日の丸マーク。

この日の丸を境に、それまでなだらかに膨らんでいた機体のラインは、機尾まで一気に直線を描いて引き伸ばされる。さながらサメの尾びれを思わせるシャープな機尾には「海上自衛隊」の文字が並ぶ。

機尾の末端《エンド》に位置するのは黄色いラインの引かれたテールブームだ。ブームの先ではテールローターが垂直方向に回転し、水平方向に回転するメインローターと対照的な動きで空を切り刻んでいる。

すでに高度を三〇〇メートル程度に落とした機体は、底部からのぞくタイヤの形もくっきりと、ローター回転音を響かせながら、あおぎりのはるか右を反航していく。

碧は艦長席からふり返って、飛行甲板を映すモニター画面に目をやった。

発着艦員が三名ほど、飛行甲板を点検している様子が映っている。

そのうち一名はヘリを誘導する信号員《シグナルマン》で、黄色と黒のチェッカー柄のジャンパーを着ている。

晴山飛行長はすでにCICを出て、後部の飛行甲板にあるLSO（発着艦指揮所）に移動したはずだ。

モニターにはLSOの中までは映らないが、晴山飛行長とLSO補佐の海曹が配置についているだろう。

航空機発着艦部署発動中、艦長の持ち場は艦橋である。

艦橋から動けない艦長は、ヘリの発着艦に関しては飛行長とヘリの機長を信用して一切を任せるしかない。

――結局、艦長は信用してないんじゃないですか？

昨日の夕方、艦長室をたずねてきた晴山飛行長の言葉が思い出される。

信用してないわけないでしょ。信用しなきゃ、航空機発着艦なんてできやしない。

碧はモニター画面から目を離し、ふたたび前方に向きなおった。

「艦首《あたま》を風に向けまして、着艦針路を七二度とします。艦長！」

渡辺航海長がジャイロ・レピーターを睨《にら》みながら叫ぶ。

針路上に行合船はいない。

よし。

碧は「了解」のかわりに片手を挙げた。

渡辺航海長が飛行甲板のＬＳＯとつながっているヘッドセット型の電話で着艦針路をＬＳＯに告げる。

ＬＳＯからも了解が来たらしい。

あおぎりはやや右に舵《かじ》を取って着艦針路に定針した。

「搭載機接近！　左艦尾！」

左見張りがウイングから叫ぶ。

ヘリの機長席は機体の右側にあるため、たいていの場合、ヘリは操縦席からよく見える艦の左舷艦尾からアプローチを開始する。

アプローチから着艦まではは順調にいけばわずか五分程度。

しかし、この五分間は機長と飛行長の魂を削るような、研ぎ澄まされた集中と緊張の五分間なのだ。

ほんの一瞬、わずかなミスが大事故につながりかねない。

そもそも、ＳＨ－60Ｊは全長一九・八メートルで全幅一六・四メートル。メインローターと、その三分の一に満たないテールローターの回転が全高五・二メートルの機体を空中で支えている。総重量は空載時で約六トン。

　水測機器やディッピングソナー（吊《つ》り下げ式ソナー）、磁気探知機、赤外線監視装置などを搭載した精密なシステム機を、たかだかバスケットコート一面分の飛行甲板、それも洋上で動いているところへ降ろすのである。

　着艦の際は、ヘリの機体底部から出ている小さな突起を飛行甲板の中央にある着艦拘束装置に差し込んで固定する。

　通称ベアトラップと呼ばれるこの拘束装置は文字通り熊《くま》を捕まえるために仕掛ける罠《わな》のような形状で、およそ九〇センチ四方の枠でしかない。

　まるでダウジング用のペンデュラムの先を天井の高さから、テーブルの上の五〇〇円玉の上に落とすようなもので、テーブルが動いていない分だけ、このほうが簡単かもしれない。

　機体を操縦する側の機長と機体を誘導する飛行長の呼吸がピタリと合っていなければならず、「今、ここだ」というタイミングを見極める、両者の瞬時の判断と高い技量が必要とされる。

　この間、艦に求められるのはひたすら「揺らすな」「曲がるな」だ。

着艦に安全な針路を保持し、一定の速力で真っすぐに航行する。

しだいに艦尾からのローター回転音が大きくなり、振動が艦橋に伝わってきた。

搭載機がいよいよ着艦体勢に入ったのだろう。

「航空機着艦準備完了です、艦長」

ＬＳＯからの報告を渡辺航海長が伝える。

碧は前方を見据えながら着艦許可を出した。

「了解。航空機着艦！」

あおぎり飛行甲板に研ぎ澄まされた五分間がおとずれる。

堀田司令は、司令席で腕組みをしながらも余裕のある笑みを浮かべている。

その昔、ＤＤＨひゅうがの艦長として何回も発着艦を経験し、同時に複数のヘリの運用を行なってきた堀田司令にとっては、慣れたものなのかもしれない。

じつは碧にとっても、ヘリの発着艦自体は初めてではなかった。

むらゆき艦長時代に人員輸送のため、ヘリを発着艦させた経験がある。

しかし、むらゆきは練習艦のため、飛行甲板はあるものの格納庫がなく、発着艦の管制も船務士が行なった。

この艦でも、慣熟訓練時に緊急着艦を経験してはいるが、やはり無事着艦するまでは落ち着かない。

艦長席の後ろにあるモニターに目をやると、ヘリは左艦尾からにじり寄るように飛行甲板の直上に移動していた。

機体をやや後ろに傾けているため、まるで腹でも見せるかのように機体底部があらわになっている。

底部の中央にある、メインプローブと呼ばれる小さな突起までもがよく見える。

荒天で艦の動揺が激しいときなどは、このメインプローブと飛行甲板上の着艦拘束装置をホールドダウンケーブルというワイヤーでつなぎ、ヘリをワイヤーで引っ張り込むようにして着艦させるのだ。

この時点でホールドダウンケーブルをつないでいないところをみると、ケーブルを使わず、メインプローブを直接着艦拘束装置に挿し込む方法で降りてくるようだ。

前者の着艦方法をテザードランディング、後者をアンテザードランディングと呼ぶが、着艦拘束装置のない飛行甲板はフリーデッキランディングしかない。

どのような着艦方法にするかは、ヘリの機長と艦の飛行長が決める。

今日は晴天で艦の動揺も少ないため、アンテザードランディングで着艦すると決めたのだろう。

ヘリはさらに高度を落とし、後傾気味だった機体も飛行甲板と水平になった。

洋上によく映える、輝くような白い機体があおぎりの飛行甲板に華を添える。

機体が左右に振れるたび、機首に黒字で付けられた「88」の機番号も揺れ、操縦席のウインドウに日光がキラリキラリと反射する。

頼んだよ、飛行長。

碧は心配を吹っ切るように前を向いた。

艦長がいくらモニターを眺めていたところでどうかなるものではないのだ。

ヘリの機長と飛行長に任せた以上、艦の安全な航行に努めるしかない。

幸い、行合船もなく、艦は着艦針路を保持したまま順調に航行している。

渡辺航海長は難しい顔をしてジャイロ・レピーターを睨み、左舷側の司令席では堀田司令が大きなあくびをしている。

もし、ここでヘリが着艦に失敗して事故を起こしたとしたら、その責任を負うのは艦長の碧である。

司令も無関係というわけにはいかないだろうが、艦の責任者としての立場と隊行動の責任者としての立場の違いは大きい。

たった五分間が永遠に続く五分間にも思えた。

あおぎりのガスタービンのエンジン音がSH－60Jのローター回転音と混じり、掻き消されていく。

やがて、渡辺航海長がヘッドセット式の通信器をつけた耳を押さえながら叫んだ。

「航空機、着艦しました！」

LSOから報告が入ったのだろう。

アスロックの発射や主砲発砲時の衝撃に比べると、ヘリ着艦の衝撃は意外に小さなものだ。

艦の動揺はほとんど感じられなかった。

改めてモニターをふり返る。

画面の中では、飛行甲板の中央にローターを回転させたままのSH－60Jがでんと構えている。

よし、いいぞ。機長、飛行長。

碧は心の中で、ほっと胸を撫《な》でおろした。

3

哨戒ヘリSH－60Jのクルーは機長と副操縦士、センサーマン二人の四名で一チーム。通常、一機に二チーム八名が搭乗して、二直交代で任務を遂行する。

センサーマンとは機体の操縦にあたる機長と副操縦士以外の搭乗員で、海上自衛隊では航空士と呼ばれる職域の者がこの配置につく。

センサーマンの任務は搭載電子機器の操作や機上整備、写真撮影など多岐にわたり、場合によっては機銃射撃を行なったり降下救助員を兼ねたりもする。

階級は三曹から一尉くらいまでさまざまで、年齢も二〇代半ばから五〇代までと幅広い。

乗り合わせた二チームそれぞれの機長のうち、先任の機長が派遣隊長となる。

今回の搭載での派遣隊長は飯塚正征《いいづかまさゆき》一尉、次席の機長は菅雄司《すがゆうじ》二尉で、ともに航空学生出身の飛行幹部。副操縦士二名もやはり航空学生出身の飛行幹部候補生で、センサーマン四人は海曹の航空士だった。

それまで所属する航空隊の指揮下にあった派遣隊長以下八名は、着艦と同時にあおぎり艦長である碧の指揮下に入るとともに、ひいては第一二護衛隊司令の堀田一佐の指揮下に入る。

クルーを代表して派遣隊長の飯塚一尉が次席の菅二尉をともない、さっそうと艦橋に着艦報告に上がってきた。

「航空機搭載完了！　搭乗員、飯塚一尉以下八名、乗艦しました。よろしくお願いします！」

深緑色のつなぎの飛行服に身を包んだ二人が艦長席の脇に並んで挙手の敬礼をすると、当直士官以外の艦橋直員の視線が一斉に二人に集まった。

同じ海上自衛官でも、艦艇部隊勤務の者と航空部隊勤務の者は醸《かも》し出す雰囲気が異なる。どちらがどうというわけではないが、ふだん艦橋で見慣れない飛行服姿が上がってくると、それだけで艦橋の空気が変わる気がする。

「はるばるお疲れ様でした。これからよろしくお願いします」

碧が答礼すると、二人のパイロットは引き締まった面持ちで「はいッ！」と返事をした。

先任の飯塚一尉は飛行服のよく似合うスマートな体型で姿勢正しく、いかにも身体能力の高そうなパイロットだった。

どう見てもまだ三〇代前半。稲森船務長より少し若いだろうか。

こういうタイプを細マッチョっていうんだろうなあ。

涼し気な顔立ちに合った、シルバーの華奢《きやしや》なフレームの眼鏡をかけていた。

パイロットといえば視力が良く、眼鏡とは無縁のイメージだが、最近では眼鏡をかけている者も多い。常用的に使用するというよりはフライト時だけ使用するといった傾向にあるようだ。

一方、菅二尉のほうは見るからに視力の良さそうな、くっきりとした二重の目をしており、眼鏡はかけていなかった。

くっきりしているのは目だけではない。眉も鼻も、全体的に顔のつくりそのものが濃い。そのうえ、まるでシャワーでも浴びて来たかのように顔中汗ばんでおり、額やこめかみにも玉の汗が浮き出ていた。

小柄でがっちりとした体躯《たいく》は小熊のようなイメージで、どことなくかわいらしい。

二〇代後半くらいだろうが、二〇代前半でも通りそうだ。

細マッチョタイプの飯塚一尉と並ぶと、よくもまあこんな対照的な二人がチームを組んで乗り合わせてきたものだと思う。

着艦報告を兼ねた挨拶を終え、二人がクルリと回れ右をして帰ろうとしたところ、反対舷の司令席から「おおい」と声がかかった。

堀田司令が座席のひじ掛けから身を乗り出すようにして二人を呼んでいる。

堀田司令への挨拶は、すでに碧への挨拶より先に済んでいる。

若いパイロット二人は互いに顔を見合わせ、いったん降りようとしたところを引き返して、司令席の脇に並んだ。

「やあ、そちらの隊司令はお元気か？　じつは昔、海幕勤務のときに一緒に呑《の》んだことがあるんだよ。いや、あんな大人しい顔して、底なし沼みたいな人だよね」

堀田司令が杯を傾けるしぐさをしながら笑うと、二人のパイロットも合わせて笑った。

社交家なだけに、若いゲストを相手に話をしたくてたまらなかったのだろう。

その後もくわしくは聞こえて来ないが、堀田司令の長話は続き、二人のパイロットがようやく解放されたのは、隊付の宝生一尉による「司令、少しよろしいでしょうか？」の一言だった。

宝生一尉も宝生一尉なりにタイミングを見計らっていたのだろうが、なかなか話が途切れそうにないので、強行突破に踏み切ったらしい。

「なんだ？　隊付」

堀田司令は途端に不機嫌な顔になって宝生一尉に向きなおる。

「じつは今後の行動予定ですが」

隊付は司令席の横でいきなり海図を広げ始めた。

その様子を見た二人のパイロットはまた顔を見合わせてうなずき合い、「失礼します！」と会釈《えしゃく》して艦橋を下りていった。

堀田司令は海図をのぞきこみ、「なに？　それじゃあ、厳しいだろう。もう少し早められんのか？」と、先ほどとうって変わって、なじるような口調になった。

「しかし、司令。ここを早めますと次の予定が」

宝生一尉も負けていない。

左舷側で粘り強いやり取りが続くうち、やがてあおぎりが通常航海直に戻る時間となった。

「別れ。第一直航海当番残れ」

第一直の当直士官は暮林副長、副直士官は坂上砲術士である。

碧は身構えるように、艦長席の座席に座り直した。

4

その日は搭載ヘリのパイロット四名を加え、あおぎり士官室の昼食はにぎやかなものとなった。

碧がいつも座っている艦長席には堀田司令が陣取り、以下、順に席次が一つずつずれていくわけだが、パイロット四人はゲスト扱いのため、碧と暮林副長が向き合った席の隣に着席した。パイロットたちを挟んだ向こう側には、晴山飛行長と隊付の宝生一尉が向き合って座った。

堀田司令は終始上機嫌で、艦橋で宝生一尉を詰問しているときとは別人のようだった。

「あおぎりの食事は、我が隊でも自慢の一つなんだよ。しばらくの間、楽しんでいったらいい」と、まるで自身の艦であるかのように得意げである。

「はい。いただきます」

先任の飯塚一尉が先に箸《はし》をつけると、以下のパイロットたちも一斉に食べ始めた。

この日の主菜は鶏のミートローフに赤パプリカのマリネを添えた一品とピーマンと

なすの味噌《みそ》しょうが炒《いた》め。副菜は豆苗《とうみょう》ときくらげのナムルにジャーマンポテト。汁物は白菜と豆腐の味噌汁、デザートはミルクプリンだった。

ミートローフの中にはうずらの卵とクルミが入っており、断面の黄身の色と付け合わせの赤パプリカの赤が見た目にも楽しく、食欲を誘う。

司令やパイロットたちが乗艦するとあって、北永《きたなが》料理長がよりいっそう腕を振るったのだろう。

ミートローフのやわらかな食感にクルミの歯ざわりと風味が絶妙に利いている。

夢中になって黙々と箸を運ぶパイロットたちを眺める堀田司令の目つきは、さながら自身の息子や孫たちでも眺めるかのようだった。

「搭乗員の先任は君だったね。ええーっと？」

堀田司令は目を細めて、派遣隊長の飯塚一尉の名札を見た。

「はいッ、私です。飯塚ですッ」

飯塚一尉はようやく箸を休めて堀田司令のほうに身体《からだ》を向けた。

「飯塚一尉、出身はどこかね？」

「はいッ。鹿児島です。鹿児島の鹿屋《かのや》です」

堀田司令は「ほう」と感心したように口をすぼめた。

「それじゃあ君、まるで回転翼（ヘリの呼称）のパイロットになるために生まれたようなもんじゃないか」

鹿屋航空基地には、回転翼基礎課程および回転翼実用機の教育訓練を行なう教育航空隊がある。

「はあ。子どものころから当たり前にＯＨ（ＯＨ－６Ｄ／ＤＡ　回転翼練習機）が飛ぶ姿を見て育った感じですかね。残念ながらもう除籍になってしまいましたが……」

「ああ、今はＴＨ（ＴＨ－１３５　回転翼練習機）に替わったようだね。で、今日の着艦は君が？」

「いえ、本日の着艦は私ではなく、こちらの……」

飯塚一尉が向かい側でミートローフを頬張っている菅二尉を手で差すと、菅二尉は大きな目を上げて姿勢を正した。

あわててミートローフを飲み込み、返事をする。

「はいッ。私がいただきました。菅です」

「そうか。ご苦労だったな。菅二尉も鹿児島か？」

「いえ、私は」

「分かった。その顔は……熊本だな？」

菅二尉の返事をさえぎるように堀田司令が口を挟む。

「いえ……」

菅二尉は苦笑して向かいの飯塚一尉の顔を見た。

飯塚一尉は笑いを嚙《か》み殺すかのようにうつむいている。

「よく言われるんですよ。鹿児島とか熊本とか、あるいは沖縄とか」

大きな目を動かしながら、菅二尉は顔を赤らめた。

たしかに、顔のつくりそのものが濃い菅二尉は、どうしても南のほうの出身に見える。

「すみません。じつは静岡なんです」

堀田司令は「へえ」と意外そうな表情を浮かべた。

「なにも謝ることはない。そうか、静岡か。静岡も広いからな。静岡のどこだ？」

「今は静岡市になってますが、昔は清水市でして」

「おお、清水といえば、ちびまる子ちゃんだなあ？　副長」

急に話を振られて、暮林副長は一瞬、たじろいだようだった。

「はあ。まあ、どちらかといいますと、私には次郎長のイメージのほうが強いでしょうか」

向かいの席でひきつったような笑顔を浮かべる暮林副長を見ながら、碧はミートローフを口に運んだ。

うずらの卵がまるごと入っているため、鶏とはいえギッシリとした食感がある。

うん、白ワインに合いそうだな。

心の中で独りつぶやく。

それにしても、堀田司令の口から「ちびまる子ちゃん」が出てくるとは意外だった。

「今やまる子は次郎長と並ぶ清水のスターだからな。若い世代には、清水といえば次郎長よりまる子かもしれんなあ」

暮林副長は面白くなさそうな顔つきで、上機嫌の堀田司令を横目に見ている。

「ところで、菅二尉。艦橋に挨拶《あいさつ》に来たときも思ったんだが、君、汗だくじゃないか。今日のSHは冷房でも故障したんか？」

堀田司令は菅二尉から飯塚一尉に視線を移し、さらにその向こうの副操縦士の候補生二人に目をやった。

どう見ても、汗をかいているのは菅二尉だけである。

「いや、これはSHの問題ではなく、私の腕前の問題でして。まだ経験が浅いもので、着艦には全身の汗をふりしぼります」

萓はすっかり恐縮した様子だった。

「萓二尉は若いですから経験が浅いのは仕方ないにしても、パイロットとしての技量は高いんです。なにせ、すべてのシラバス（資格教程取得計画）を最短でコンプリートしてきてますから」

飯塚一尉がすかさずフォローする。

「ほう。それは優秀だな。それだけ優秀でも、やはり着艦は緊張するか？」

「はい。それはもう」

萓二尉は深くうなずいて、汗で色の変わった飛行服の襟元のあたりに手をやった。

「あおぎりにも優秀なパイロットがいるが……。どうかね、飛行長？　着艦させる側も緊張するか？」

副操縦士たちの向こう側で赤パプリカをつまんでいた晴山飛行長は、姿勢を正し、キリリと眉根に力を入れた。

「もちろんです。無事に発着艦を終え、無事に航空隊にお返しするまでは一ミリたりとも気は抜けません」

きっぱりと言い切った後、四人のパイロットたちの顔を見比べながら力強くうなずいた。

堀田司令が満足そうな笑みを浮かべる。

「飛行長はこれまでに何回も着艦してきたんだろう？ どうだ？ 先輩パイロットとして、どれくらい発着艦すれば一人前の機長といえるものなのかね？」

「そうですねえ」

晴山飛行長は苦笑いを浮かべた。

「なにをもって一人前というか、でしょうね。定められたシラバスを経て検定に合格すれば一人前の機長なんですが」

真剣に話を聞いている副操縦士二人の顔を見比べながら続ける。

「どんな状況でも自信を持って対応できるとなりますと、まあ、発着艦を五〇〇回ってところですかね」

晴山飛行長は最後に明るくアハハと笑い飛ばした。

「ほら、聞いたか？ 副操縦士《コパイ》の諸君。五〇〇回だそうだ！」

堀田司令はあおるように大声を上げる。

晴山飛行長の隣に向き合って座っていた副操縦士二人は、固い表情に無理やり笑顔を浮かべた。

菅二尉よりさらに若い、まだ二〇代前半の飛行幹部候補生たちである。

大村の航空部隊で経験を積み、これから江田島の幹部候補生学校に入校する。前途洋々ではあるが、一人前の機長になるまでは、まだまだたくさんの試練が待っている。

ニキビの浮かんだ彼らの若く、張りのある顔は頼もしくもあるが、晴山飛行長の貫《かん》禄《ろく》と比べると、ほんの子どものようにも見える。

下関市の小月《おづき》教育航空隊に入隊したばかりの一人息子、航太《こうた》の顔がチラと頭をかすめた。

「まあ、副操縦士諸君には立派な先輩たちの後につづいてがんばってもらうとして……。菅二尉はシャワーでも浴びて、ひとまず着艦の汗を流したらどうだ？　それくらいかまわんだろう？　なあ、甲板士官？」

末席のほうで上品にミルクプリンを掬《すく》っていた坂上砲術士の動きが固まった。

「うん？　どうした？　あおぎり甲板士官はおらんか？　艦橋《うえ》でワッチ中か？」

第一二護衛隊所属の三艦に乗艦する堀田司令にとって、それぞれの艦の甲板士官の名前と顔など、うろ覚えであるにちがいない。

「はいッ。あおぎり甲板士官です！」

坂上砲術士がプリンとスプーンを置いて姿勢を正すと、堀田司令はようやく目を留めた。

「おう。そんなところにいたか。この後、特別に菅二尉にシャワーを許可してやれ」

これは一見なにげない命令だが、なかなか厄介な命令だ。

真水《まみず》管制中に特別に搭乗員一人だけシャワーを許可するとなると、個艦の乗組員たちの手前もある。

そもそも隊司令に個艦の運航、内規に関しての直接的な指揮権はないはずだ。

すぐに歯切れのいい返事をしない坂上砲術士に、その辺りの空気を読んだのか、当の菅二尉は「いえいえ、大丈夫です。こんなこともあろうかと着替えを多めに持ってきていますので、汗をササッと拭《ふ》いて着替えてしまえばなにも問題ありません」と、カラッとした笑顔を浮かべた。

堀田司令は「そうかね、しかし、君……」と、左側にいる碧にチラリと目を向けた。

ここで碧があおぎり艦長として甲板士官にシャワーの許可を命じれば、堀田司令の顔は立つのだろうが、碧は敢《あ》えてそれをしなかった。

毅然《きぜん》として前を向いたまま、ミルクプリンを静かに口に運ぶ。

碧の向かい側にいる暮林副長も手にした湯呑みからチラと目を上げただけで、すぐに視線を湯呑みに戻した。

気まずい空気が流れた。

と、そのとき、絶妙なタイミングで堀田司令の後ろにあるテレトークのランプが点灯した。

テレトークとは、ちょうど玄関のインターフォンのような形をした通信装置で、この装置を使って艦橋から士官室や艦長室、司令室等に直接通話ができるようになっている。

通話ランプが点灯したということは、艦橋の当直士官から士官室にいる艦長に報告があるという知らせである。

気がついた遠藤通信士が下座のほうから素早く席を立って、テレトークの脇《わき》に移動する。

「士官室、艦橋。当直士官から艦長へ。変針三〇分前になりました！　次の変針点は……」

テレトークから流れてきたのは、艦橋で副直士官として立直中の大久保船務士の声だった。

変針三〇分前の報告を当直士官に代わって告げてきたのだ。

テレトークが流れている間、士官室の食卓で口を利《き》く者は誰もいない。

さしもの堀田司令も黙ってお茶を啜《すす》り始めた。

大久保船務士の元気一杯の報告が、少し前の気まずい空気をものともせずに蹴散《けち》らしていく。

「以上です！」

艦橋からの報告が終わると同時に、テレトークの脇に立った遠藤通信士が碧のほうを見た。

碧が深くうなずくと、遠藤通信士はテレトークに付いている小さなレバーを下げて、屈《かが》んでマイクに顔を近づけた。

「艦長了解」

遠藤通信士は一礼すると、スマートに元の席に戻って食事を続けた。

タイミングがいいのか悪いのか、テレトークの報告により話を中断された形になった堀田司令はムスッと不機嫌な顔つきになっていた。

暮林副長は澄ました顔でお茶を飲んでいる。

碧は残りのミルクプリンを口に運び、席を立った。

「司令、変針点が近づいておりますので、お先に失礼します」

「まだ三〇分前だろう？　そんなに急がんでもいいじゃないか」

「いえ、そういうわけにもいきませんので」

「そうか」

堀田司令は、ますます不機嫌な顔つきになった。

碧の退席を察知した遠藤通信士が「艦長上がられます！」と声を上げようとしたが、碧は目で制した。

たしかに堀田司令の言うとおり、変針まではまだ三〇分あるし、さほど難しい航路を航行中というわけでもなかった。

そこまで急いで艦橋に戻る必要もないといえば、ない。

「やれやれ、あおぎり艦長はよほどの真面目《まじめ》なのか、よほど私の隣にいたくないのか……だなぁ？」

退出する間際《まぎわ》に、堀田司令が笑いを取ろうとして四人のパイロットに語りかけているのが聞こえたが、誰一人笑っている様子はなかった。

ちょっと露骨すぎたか？　私もまだまだ修業が足りないな。

碧は首を傾けながら、艦橋への階段《ラッタル》を上がった。

5

大分の関崎《せきざき》と愛媛の佐田《さだ》岬に挟まれた豊予《ほうよ》海峡は瀬戸内海と太平洋をつなぐ海狭で、呉を出港した護衛艦が太平洋に出るためには必ずここを通る。豊予海峡から続く豊後《ぶんご》水道を抜けて太平洋に出なければ、搭載武器等を使用した大掛かりな訓練はできない。

司令護衛艦であるあおぎりを先頭に、続くたま、おいらせの三艦は今まさに豊予海峡を抜けようとしていた。

別名速吸瀬戸《はやすいのせと》とも呼ばれる豊予海峡の潮流は速く、ここで獲《と》れる関さば、関あじは脂《あぶら》がのっているだけでなく、速い潮流に揉《も》まれたおかげで身がほどよく締まり、ブランド魚として知られている。

速吸瀬戸にさしかかると、ジジジジジと唸《うな》るような独特の小刻みな振動が艦に伝わる。

碧にとって懐《なつ》かしい感触ではあるが、これは気を引き締めねばならない警告の意味を持つ振動でもあった。

このあたりは浅瀬も多いうえ、美味《おい》しいブランド魚の漁場ゆえに漁船の数も多いのだ。

すでに日没の時間を過ぎ、あおぎりは航海灯を出し、航海諸灯を除いた灯火管制としていた。とはいえ、外はまだうっすらと明るい。

薄暮の中、左前方に愛媛県最西端の佐田岬の陸影がかすみ、その先端に佐田岬灯台が見える。

海に突き出るように細長く約四〇キロにわたって伸びる佐田岬半島には、吹きつける海風の力を利用した風力発電所がある。

天気の良い昼間なら、発電所の白い風車がいくつもクルクルと回っている様がはっきりと見えるのだが……。

日没後の暗がりの中では、岬の先でなにかが蠢《うごめ》いている程度にしか見えない。

一方、右に見えるのは、大分の佐賀関半島とその突端にある関埼灯台である。

佐田岬ほど長く突き出ていないかわりに半島の先には、まるで半島からちぎれたように小さな島、高島の島影が浮かんでいる。

「タンカー一《ひと》、左二〇《ふたじゅう》度、二〇〇〇《ふたせん》（二〇〇〇ヤード、約一八三〇メートル）、反航！」

「右三〇度に漁船群、操業中！」

艦橋では先ほどから、左右の見張りがひっきりなしに報告を上げ、その合間を縫うようにCICからも次々と測的目標の動向が上がってきていた。

「右の漁船群はこっちに気づいてる？」

「はあ。操業に夢中でおそらく気づいてないものかと……」

さすがにベテランの渡辺航海長でも、これだけ漁船がひしめいているとピリピリとしている。

碧も艦長席の背もたれに背を預ける余裕はなくなっていた。

「艦橋、まもなく最狭部！」

やがて、水上レーダーの指示器の前に張り付いていた当直海曹が叫んだ。続いてCICからも「CIC、まもなく最狭部！」と報告が上がる。

「艦長、反航中のタンカーとの距離近づきますので、舵をやや右に取ります」

行合船の航法では、たがいに相手の動力船の左舷側《ひだりげんがわ》を通過するように航行しなければならない。だが、碧が見るかぎり、反航中のタンカーとの衝突の可能性はさほど高くないように思われた。

それよりも右側の漁船群のほうが危険だ。

「右の漁船が出てきたらどうする？」

渡辺航海長の眉根《まゆね》がキュッと寄った。

「えー、では、速力を落としまして、タンカーのほうは最狭部通過まで様子を見ます。漁船が出てきましたら舵を右に取って避航します」

「後ろにいる、たまは？」

渡辺航海長が答えに詰まると、すかさず後ろにいた遠藤通信士が「CIC、艦橋、後続艦たまとの距離知らせ！」と声を上げた。

「CIC、艦橋、たまとの距離一〇〇〇！」

CICからの報告を受け、レーダーの指示器を覗《のぞ》いていた当直海曹からも「後続艦のほか、艦尾から近づく目標なし！」と報告が上がる。

現在は陣形を組まず、各個に行動しているとはいえ、旗艦で先頭艦である以上、後続艦のことを考慮しなければならない。

やむを得ない場合はしかたがないが、できれば急な舵は取りたくないものだ。

碧は祈るような気持ちで、右側の漁船群に双眼鏡を当てた。

あおぎり艦橋に、キリキリと張り詰めた時間が流れる。

やがて反航中の小型タンカーが先に右に舵を取ってきた。

たがいに減速しながら、すぐ横を行き違う。

すれ違いざまに船橋にいる操船者の顔が見えそうな距離だ。

左舷側の司令席では、堀田司令が椅子《いす》から身を乗り出しながら、通過していくタンカーの動きを眺めていた。

「反航中のタンカー、CPA（最接近距離）かわった！」

「測的やめ！」

右の漁船群は相変わらず操業中だが、こちらに飛び出してきそうな様子はない。

よし、いいぞ。このまま出て来ないで！

碧は心の中で念じた。

6

どれほど時間が経《た》っただろうか。

気が付くと、いつの間にか膝《ひざ》の上に毛布がかけられていた。首の付け根あたりに鈍い痛みを感じながら、碧は目を覚ました。

速吸瀬戸で反航する小型タンカーとぎりぎりで行き違い、最狭部を抜けるまで、心配していた漁船群に動きはなかった。

その後も豊後水道の中央にある水の子島灯台付近を通過するにあたり、気が休まらない夜航海が続いた。

最狭部を過ぎて航路幅が広がったとはいえ、そのぶん漁船の数もぐんと増える。夜航海では、暗くて船体が見えづらいので、マストや両舷に掲げている灯火の見え方で、漁船の動向を判断していかなくてはならない。

船体が五〇メートル以上の船舶は、前後のマストに高さの違う白色灯をつけ、右舷には緑、左舷には赤の舷灯、さらに白色の艦尾灯を掲げる決まりとなっている、五〇メートル未満の船舶ではマスト灯は一つである。

星を撒《ま》いたように散らばっている白、赤、緑のマスト灯や舷灯に気を配り、衝突の危険が迫れば、素早く当直士官に替わって自ら操艦号令をかけねばならない。しかし、あまり早い段階で替わってしまっては、当直士官たちのためにならない。

こうした実地指導はどの段階で口を出すかの見極めが難しく、どこまで黙って見守っていられるか、艦長の度量と忍耐力が試されるのだ。

碧は内心ピリピリとしながらも、努めて冷静を装《よそお》って艦長席に詰め続けた。最大の難所を過ぎたところで当直士官に艦橋を任せ、艦長室で仮眠を取ることはできたが、どうしても艦長席を空けたくなかった。

万が一の事態が発生した場合、艦長席にいればすぐに飛び起きて対処できるが、艦長室にいたのでは艦橋に上がってくるまでに時間がかかる。わずかなタイムラグが致命的な事態に発展しかねない。

結局、艦長席で仮眠をとることにしたのだった。

艦長席はゆったりとしたサイズで、かなり大柄な艦長が座っても余裕がある。背もたれにも適度なクッションが利いていて、ちょっとしたリラクゼーションチェアのような造りになっている。

小柄な碧にとって艦長席での仮眠は椅子に埋まって眠るようなものだった。

そうは言っても、ベッドの上でゆったりと四肢を伸ばして眠るのとはわけが違う。意識がはっきりしてくるにつれて、背中や腰のあたりにしだいに痛みを覚えはじめた。

開け放たれたウイングの扉から、海風が入り込んでくる。

鉛のように重く感じる身体《からだ》に、ひんやりとした朝方の風は心地よかった。

隣を見ると、当直士官用のジャイロ・レピーターの前にがっしりとした上体のシルエットが浮かんでいる。

暮林副長だった。

まだ暗くて表情はよく分からないが、いつものように顔をしかめているにちがいない。

今度ばかりはこの渋面に救われた。

夜航海では第三直の稲森船務長、第四直の座間水雷長と、操艦技量・判断ともにまだ未熟な二人の当直士官の立直が続き、横であれこれと注意喚起をしながら指導を行なったために疲労と心労はピークに達していた。

そんな折、第一直の暮林副長が当直士官交代で艦橋に上がって来たのである。

正直なところ、ほっとした。

とっつきにくい相手ではあるが、技量・経験ともに申し分のない暮林副長であれば、安心して艦橋を任せられる。

暮林副長もそんな碧の心情を察知したのか、「艦長、少し部屋で休まれよったらいかがですか？　なにかありましたらすぐにお知らせしますけえ」と、珍しく優しい言葉をかけてくれたのだった。

難所は過ぎていたし、かりに突発的な事態が起きたとしても、暮林副長なら、碧が艦長室から艦橋に上がってくるまでに適切な初動を取って持ちこたえてくれるだろう。

しかし、碧の口から出たのは「ありがとうございます、副長。では、ここで少し仮眠させてもらいます」だった。

「そうですか。分かりました」

このとき、暮林副長がどんな表情を浮かべたかは暗くてよく見えなかった。可愛《かわい》げのない女だ、と思われたかもしれない。

暗がりの中で聞いた静かな応答に、とくに気を悪くしたような響きはなかったようには思うが。

そのまま碧は沼に落ちるように眠りの中に落ちていったのだった。

暮林副長の立直中だからこその、しばしの安堵《あんど》の眠りだった。

「……で、隊付は何と言っておったんだ？　ちゃんと起こしよったんか？」

うつらうつらとしている碧の耳に、暮林副長の叱声《しっせい》が飛び込んできた。

坂上砲術士からの返答は、相変わらずモゴモゴとした発声でよく聞き取れない。

凝り固まった首をどうにか後ろにふり向ける。

外に明かりが漏れぬよう、ぴったりと遮光カーテンで閉ざされていた海図台は、まもなく日出《にっしゅつ》を迎えるため、カーテンを半開きにしてあった。

海図の前で気を付けをしている坂上砲術士の姿が見える。

艦橋内もしだいに明るんできた空と同様にうっすらと明るい。

左舷側の様子をうかがうと、司令席は空席だった。

堀田司令は司令室でまだ就寝中なのだろう。

隊付の宝生一尉《い》の姿も見えない。

と、突然、ウイングから信号員が報告を上げてきた。

「おいらせ、発光！　おいらせから発光信号です！」

碧は艦長席で身体を起こした。

「おいらせ艦長より隊司令部宛《あ》て。『合同はまだなりや？』受信しました！」

信号員が受信帳を手に、声を張り上げる。

「ほれ、みろ！　モタモタしよるけえ、おいらせから先に問い合わせが来よったわ」

暮林副長がいまいましそうにつぶやく。

おいらせ艦長。普段は飄々《ひょうひょう》と振る舞っていながら、ひとたび艦橋に上がるとキリリと顔つきまで変わると評判の同期、小野寺艦長の面長の顔が浮かんだ。

小野寺のことだ。おそらく碧と同じく艦長席に詰めたまま一夜を明かしたにちがいない。

そろそろ合同の時間なのに、いっこうに合同の指令が流れないので、しびれを切らして信号員に問い合わせを指示したのだろう。

——まったく司令部はなにやってんだよ。

小野寺艦長のつぶやきが聞こえてきそうだ。

「早《はよ》う行って、隊付を起こして連れて来い！」

静かな艦橋に暮林副長の怒声が轟《とどろ》く。

「はいッ！」

坂上砲術士が、駆け足でラッタルを降りていく音が響いた。

改めて窓の外に目をやる。

左正横に見えるのは、土佐沖ノ島灯台の灯にちがいない。

沖ノ島は高知の大月半島の南西沖にあり、四国最南端である足摺岬《あしずりみさき》の西約四〇キロに位置する有人の離島である。

面積は約一〇平方キロと小さいが、この島が見えてくるといよいよ豊後水道の出口が近いという一つの目安になっていた。

太平洋はもうすぐそこだ。

碧は艦長席に座ったまま伸びをして、首を左右に曲げた。

コキコキと頸椎《けいつい》の鳴る音がする。

長い夜だった。

しかし、もうすぐ明ける。

うっすらと明るむ水平線に碧は目を細めた。

ここまでくれば、豊後水道を抜けたも同然だ。

あれほど無数に散らばっていた他船舶の航海諸灯も、今はすっかりまばらになっている。

唐突に乱暴にラッタルを上ってくる靴音が艦橋に響いた。

明け方の静けさがにわかに乱される。

「なんだよ。もう明るいじゃないか！　もっと前に起こせって言っただろ！」

隊付の宝生一尉の荒々しい声が聞こえる。

「ですから、何回も起こしました」

坂上砲術士が泣きそうな声で言い返している。

「馬鹿野郎《ばかやろう》！　ちゃんと起きるまで起こして初めて起こしたというんだ」

「ですが、隊付……」

「ああ、もういい！」

宝生一尉が全身の怒りを露《あら》わにしながら上がって来た。

操舵《そうだ》に当たっていた先任ＷＡＶＥの岬磨季《まき》二曹が真っ先に「おはようございます」

と挨拶したが、怒り心頭の宝生一尉の耳にはまったく届いていないようだった。

「で、今、どこなんだよ」

荒々しく海図台のカーテンをまくり上げ、艦位を確かめている。

そこまでする必要はない。カーテンは半開きになっているし、海図で艦位など確かめるまでもなく、窓の外を見ればどこをはしっているかは分かるだろう。

たしかに坂上砲術士のおっとりした起こし方では威力がないかもしれないが、うっかり寝過ごしたのを人のせいにするなど、逆ギレもいいところだ。

見た目だけでなく、少々自分勝手なところまで堀田司令によく似ている。

碧が呆《あき》れていると、暮林副長も同様に呆れた様子で「やれやれ」と首を横に振っていた。

やがて宝生一尉は頭を掻《か》きむしりながら海図台から出てきた。

碧や暮林副長には目もくれず、大股《おおまた》で左舷の司令席の横にある交話装置に向かうと、マイクをひったくるようにして、全艦に宛てて指令を流しはじめる。

焦《あせ》っているためか、やたらと早口でがなり立てるような指令である。

隊の三艦は旗艦あおぎりを先頭に、指示された針路に定められた順番で単縦陣（等間隔で一列）を成形せよという内容だ。

副直士官の坂上砲術士はただちに暗号を翻訳すると、艦長席横の交話装置を取り、やけっぱちな声で「ラジャー・アウト（了解）！」と叫んだ。

続いて、僚艦のたまとおいらせからも次々と「ラジャー・アウト」の声が流れてくる。

この指令が発動となれば、いよいよ本格的な隊訓練の始まりだ。

眠気を引きずったような、まったりとした艦橋の空気が一瞬にしてピリリと引き締まった。

当直海曹は作業帽を被《かぶ》り直し、操舵に当たっている岬二曹も操舵コンソールを片手ずつ持ち替えながら肩を回し始めた。

「発動用意……発動！」

ほどなくして宝生一尉の大声で発動が下令された。

「発動になりました。艦長！　当直士官！」

坂上砲術士の緊張した声が響く。

「了解」

暮林副長は前を向き、重々しい声で操艦号令をかけた。

「おもーかーじ！　両舷前進原速」

岬二曹が号令を復唱し、キリリとした面持ちで操舵コンソールのハンドルを回す。

右に舵《かじ》を取ったあおぎりの船体が、回転数を上げたガスタービンエンジンの振動に震える。

窮屈な水道で縮こまっていた身体を解き放つかのように、今、あおぎりは思い切り伸びをして太平洋に繰り出そうとしていた。

碧は静かに艦長席を降りてウイングに出た。

各個に行動していたたまとおいらせが、それぞれ白い航跡《ウェーキ》を引いて一斉に後方に移動してくるのが見える。

夜航海の疲れなどみじんも感じさせない、気持ちのいい艦隊運動である。

「たま、おいらせ、移動を開始しました。艦長！　当直士官！」

ああ、やっぱり艦はいい。

整斉とした艦隊運動は、いつ見ても胸が高鳴る。

夜明けの海風に吹かれながら、碧はふつふつとした高揚感を覚えていた。

7

無事に豊後水道を抜けたあおぎり、たま、おいらせの三艦から成る第一二護衛隊は、陣形運動や占位保持運動を行ないながら、順調に航行を続け、予定通り正午前に太平洋四国沖の訓練海域に到着した。

ここまでくると、周りは見渡す限り鉛色の海で、わずかな陸影すら見えない。

他船舶の姿も見えず、つい昨日まで漁船の動きや浅瀬の位置にピリピリしながら航行していたのが嘘《うそ》のようだ。

嘘のように変わったのは周りの景色だけではなかった。

海と山の天気は変わりやすいというが、何の問題もなくヘリを着艦できたほどの昨日の快晴が、今日はうって変わっての荒天である。

鉛色の海は、ところどころ白く裂けるように高く波打ち、波に揉《も》まれて船体もグラグラと揺れながら傾いたり戻ったりをくり返している。

雨混じりの強風が吹きつけているため、左右のウイングに出ている合羽姿の見張り員たちは全身濡《ぬ》れネズミで、色の変わった帽子のつばから雨の雫《しずく》を滴《したた》らせていた。

やれやれ、お約束の荒天か。

碧は艦長席の窓から空を見上げた。

むらゆき時代から、どういうわけか、ロケット式魚雷アスロックの訓練発射の日は決まって荒天だった。

いや、むらゆきよりも前、初任三尉で乗ったあやぐもでも、初めての訓練発射の日は嵐だった記憶がある。

雨女なのか？　私は。

空には黒々とした雨雲が、ところどころに禍々《まがまが》しい光を孕《はら》みながら、立ち込めている。

いや、雨女どころじゃないな。嵐を呼ぶ女、嵐女だ。

笑うに笑えない空模様を恨みながら、左舷側の司令席に目をやると、堀田司令はなぜか楽しげな顔で空を見上げていた。

この後に予定されている対潜戦闘訓練で、第一二護衛隊の三艦はそれぞれアスロックを発射する。

弾は訓練弾だが、発射はシミュレーションではない。実射だ。

警戒を兼ねて、搭載中のSH－60Jも発艦して上空を飛ぶ。

しかし、この悪天候の中、無事に発艦できるかどうか。

朝の打ち合わせでは、晴山飛行長も搭載機の先任機長である飯塚一尉も、よほどのことがない限り飛ぶと言っていたが。

今のところ、堀田司令から訓練予定の変更についての通達はない。

予定通り決行というわけだ。

もとより、これが有事であれば雨が降ろうが槍《やり》が降ろうが、状況は一時たりとも待ってくれない。精強、即応を誇る海上自衛隊の艦艇部隊として、常に不測の事態を想定して訓練にあたらねばならない。

たとえ訓練が不測の事態に陥ろうとも。

堀田司令が司令席のそばに隊付の宝生一尉を呼び寄せた。

宝生一尉は手にしたバインダーを司令のほうに見せ、しきりに堀田司令の確認を取っている。バインダーにはさまれているのは、この後の訓練の想定表か今後の行動予定にちがいない。

ようし。そろそろだな。

碧は空を睨《にら》みながら、身構えた。

8

「本艦の右三〇度、二〇マイルを航行中の貨物船が沈没した。本艦はただちに現場海域に急行する」

いっこうに回復の様子を見せない空模様の下、ついに対潜戦闘訓練の想定シナリオが伝達された。

艦橋でマイクを取っているのは、航海科WAVEの桃井《ももい》あすか士長である。二〇歳になったばかりで、艦内マイクは今回が初めてのようだ。

普段はよく笑っているのに、緊張のためか愛嬌《あいきょう》のある丸顔が硬くこわばっている。

懸命に状況を伝えようとする姿勢と、なにより声が大きいのには好感が持てた。

ちょこんと束ねられた短い髪が作業帽の下から雀《すずめ》の尾羽のように飛び出しており、桃井がキョロキョロと頭を動かすと、まるで雀が忙《せわ》しなくエサをついばんでいるかのようだ。

桃井士長による想定の実況はまだ続いた。

「貨物船は潜水艦に雷撃された可能性がある。当海域には潜水艦の存在が見積もられる。対潜警戒を厳《げん》となせ」

あおぎりはすでに艦内哨戒《しょうかい》配備となっており、暮林副長や稲森船務長らはＣＩＣに詰め、艦橋では渡辺航海長が航海指揮官として舵を取っていた。艦長はＣＩＣと艦橋いずれからも指揮を執れるのだが、碧は艦橋に詰めて指揮を執ることにした。

「各部対潜警戒を厳となせ！」

桃井士長の実況を受けて、各部に対潜警戒が下令される。

現場海域へと急ぐあおぎりは、増速のため自らが立てる荒々しい波しぶきと高波で、艦首がほとんど見えない状態だった。

ここまでくると、船体に施された波よけのナックルラインも主砲の前を囲むブルワークもほぼ意味をなさない。

波に突っ込んだ艦首が海面に出ないうちに次の波がきて、艦橋の窓を思い切り叩《たた》いていく。ズズズズという地鳴りのような振動が艦底から上がってきて、その度に船体が大きく斜めに傾く。

こうした動揺が長く続くと、いくら艦に乗り慣れた艦艇要員でも船酔いを起こす者が出てくる。

これはばかりは一度症状が出ると、もうどうにもならない。立っていようが、横になろうが、吐き気と頭痛が混ざったような不快感が延々とつきまとう。

効果的な対処法はとくになく、「ひたすら耐える」のみ。皆、それが身に染《し》みて分かっているので、早い段階で諦《あきら》める。船酔いとは慣れるものではなく、諦めるべきものなのだ。

碧が初めて船酔いを経験したのは、幹部候補生学校卒業後の遠洋練習航海実習で外洋に出たときだった。

フィリピン沖で巨大な低気圧に遭遇して、自艦が今どのような状態になっているのか、状況をまったく想像できないほどに揺れた。なまじ、それまでの護衛艦実習や国内巡航で一度も船酔いを経験しなかっただけに、ダメージも大きかった。

吐きたいのか、横になりたいのか、なにをしたいのかも分からないほどの不快感で、結局、うめき続けるしかなかった。

周りで同様にうめいている同期たちを見て、「ああ、これが船酔いか」と悟ったのだ。

結局、後にも先にも船酔いの経験はその一回のみである。

碧は激しい動揺のたびに艦長席のひじ掛けにつかまってバランスを保った。

誰もが険しい顔で艦の動揺をやり過ごす中、司令席の堀田司令だけが不敵な笑みを浮かべて艦首方向を睨んでいる。大型ＤＤＨの艦長を務め上げただけあって、いかにも百戦錬磨といった余裕の笑みである。

頼もしいかぎりだが、隊司令の立場では、あおぎりの運航に関しての責任はない。一歩退《ひ》いた立場ゆえの余裕でもあるのだろう。

そう思うと、堀田司令の足の組み方が少々癪《しゃく》に障《さわ》らなくもない。

碧は司令席から目を逸《そ》らし、ふたたび艦首方向に目を戻した。

高波に揉まれながらも、しだいに四国沖の現場海域が近づいてくる。

訓練シナリオ上、貨物船を雷撃した潜水艦の伏在海域と想定された海域である。

今回の対潜戦闘訓練はアスロックの訓練発射に重きをおいたもので、潜水艦との合同訓練ではない。

シナリオに登場する潜水艦はあくまで仮想の潜水艦で、位置、態勢等はＣＩＣにあるコンソールのシミュレーションプログラムを使って隊司令部があらかじめ設定している。

コンソール画面上で動く仮想潜水艦のアイコンを三艦で追いかけ、訓練弾を撃って攻撃するのである。

訓練を統制する司令部側のコンソール画面にも仮想潜水艦と三艦の動きが表示され、司令部側はこの画面を見ながら、各艦の行動や攻撃に評価を下してシナリオを先に進めるはこびとなっていた。

「艦長、対潜戦闘配置につけます」

当該海域にさしかかったあたりで、CICにいる稲森船務長からの申告が、渡辺航海長を通じて上がってきた。

碧がうなずくと、桃井士長の緊張した声が艦内一杯に響いた。

「対潜戦闘ようーい（用意）！」

続いて緊迫したアラームが鳴り響く。

カーン、カーン、カーン。

艦橋にいた乗組員たちが一斉にカポック（救命胴衣）を装着し、ライナー（ヘルメット）を被《かぶ》って戦闘準備を整える。

碧も傍らに用意されていたカポックとライナーを装着する。

ともにグレーの外舷色で、一斉に装着すると誰が誰やら判別がつきにくい。そのため、カポックの背面上部には「艦長」「航海長」といった具合に役職名が白地で抜かれている。

「艦長」のカポックは前任の山崎艦長が装着していたものだけに緩く、締め付け紐《ひも》をすべて引っ張って調節しなければならなかった。

最後にライナーのあご紐をキュッと締めると、碧は艦長席に座り直した。

さて、いよいよだ。

各部から次々と「対潜戦闘用意よし」の報告が上がってくる。

想定上の潜水艦と戦う訓練はたいてい攻撃武器の使用もシミュレーションで行なう「教練対潜戦闘」なのだが、今回は想定上の潜水艦であっても実際に魚雷を発射する「対潜戦闘」である。

あおぎりで初めて指揮を執る対潜戦だった。

「アクティブ捜索はじめ！」

仮想潜水艦を探知するため、実戦さながらにソナー（水中音波探知機）から音波を発振し、その反響で潜水艦の位置を捉《とら》えるアクティブ捜索が始まる。

カーン。

鋭く長く、ソナーの発振音が響きだす。

通常のパッシブ捜索では、もっぱら潜水艦の出す音を聴いて捜索するのだが、潜水艦伏在の可能性が高い海域ではアクティブ捜索に切り替えて、潜水艦の探知にあたる。海面が荒れていると、そのぶん水中雑音も多く、捜索には水測員の高い練度を要する。

カーン、カーン。

ソナーの発振音が響く。

海上自衛隊ではソナーを「ソーナー」と表記し呼称するので、ソナーに関わる区画や機器の名称にはすべてソーナーの文字が付される。

つまりは、この発振音は「ソーナー室」の「ソーナー画面表示盤」の上で独特の波形を描き、画像解析されることになる。

潜水艦の反響があるとこの波形に乱れが生じ、水測員たちは聴知した反響と画像解析からソーナー探知を報告し、表示盤上にマークする。

今回は潜水艦が参加していないので、司令部側がソナーシステム上に設定した仮想潜水艦を水測員たちが表示盤上にマークした段階でソーナー探知となる。

やがて時間となり、ソーナー室からシナリオどおりに「ソーナー探知！」の報告が上がってきた。

次に行なわれるのは、探知目標の評価である。

実際の対潜戦において、目標の一番高い評価は目視だ。潜望鏡を発見できれば、目標が潜水艦で間違いない。

しかし、潜行中の潜水艦は目視できないため、ソナーの発振音に対する反響で目標が潜水艦であるかどうかを評価しなくてはならない。

今回は目標が仮想潜水艦であると分かっているが、実戦に即して水測員が表示盤上でマークした目標の測的を開始する。

「目標は潜水艦らしい」

水測員はシナリオどおり、目視による評価の次に高い評価を報告してきた。

目標が潜水艦だと判明すれば、すみやかにその脅威を撃滅する。これが対潜戦の要《よう》訣《けつ》である。

「航空機即時待機とします」

この後に展開される攻撃支援と訓練発射の警戒のため、CICにいる稲森船務長の申告が上がってきた。稲森船務長は対潜戦の際の攻撃指揮官として専用のコンソールの前に詰めている。

水測員が探知した仮想潜水艦はマークされた時点ですでに攻撃指揮官用のコンソール画面にも表示されており、司令部側で設定されたプログラムに沿って実在の潜水艦さながらに画面上を動いている。

この動きを見ながら、稲森船務長は攻撃指揮官として潜水艦への攻撃を艦長に申告しているのだ。

対潜戦を有利に進めるためにはヘリによる攻撃支援は欠かせない。艦からの魚雷攻撃が不発に終われば、ヘリからの魚雷攻撃を仕掛ける。

今回は艦のソーナー探知という想定だが、先にヘリを飛ばしてソノブイ（投下式ソナー）やディッピングソナー（吊《つ》り下げ式ソナー）を用いて、探知にあたるケースも多い。

有事に備えてヘリ搭載艦はヘリを使ったオペレーションの練度を上げる必要があり、今回の訓練もまさにそのためのものだった。

しかも、今日はアスロックの実射がある。ヘリには上空から付近の警戒に当たる役目も担《にな》ってもらわねばならない。

年間業務計画で決まっている実射が、悪天候を理由に取りやめになるとは考えられなかった。

しかし……。

碧は眉根を寄せて窓の外を見た。

吹き荒れる風は制限一杯の風速である。

荒天でなくとも、発着艦訓練中にバランスを崩して墜落したヘリの例はある。

「飛行長は何と言ってるの？」

「はいッ。動揺の合間を捉えて発艦させると言ってます！」

航海指揮官の渡辺航海長がヘッドセットを押さえながら叫ぶ。

艦橋で戦闘配置に着いている乗組員たちが一斉に「嘘だろ？」といった驚きの表情を浮かべる。動揺の合間を捉えるといっても、この荒天ではそれは神業に近い。

艦橋の窓はワイパーをマックスで稼働《かどう》させているにもかかわらず、叩きつけてくる雨で前が見えづらい。

発艦できたとしても、着艦はさらに難しいだろう。

碧が指摘しようとした矢先、司令席から堀田司令が声を上げた。

「艦長、最悪の場合、着艦できなければ小松島か大村に降ろせ。今、隊付が調整しとる」

そんなにカリカリするな、と言わんばかりの冷静な口調である。

司令は、どうしても飛ばせたいのだな。

碧はゴクリと唾《つば》を呑《の》んだ。

いくら飛行長と機長が「飛ぶ」と言っても、司令が「飛ばせろ」と言っても、艦長の碧が発艦許可を出さなければ、ヘリは飛ばない。

あおぎりの運航上の責任者はあくまで艦長だ。

最終的な判断を任されているだけに発艦許可の号令は重い。

これがヘリ搭載艦の艦長の重圧というものなのか……。

艦橋配置の乗組員たちが固唾《かたず》を呑んで、碧の決断を待っている。

痛いほどの視線を背中に受けながら、ふたたび黒々とした空を見上げた。

朝の打ち合わせ時に、晴山飛行長が見せた強気の表情がよみがえる。

――ヘリに関しては我々にお任せください。確実に飛べると判断しないかぎり飛びませんが、飛べると判断した時は、確実に飛びます。

あの表情は、けっして虚勢ではなかった。

着実な経験と計算に基づく自信に満ちていた。

先任機長の飯塚一尉も晴山飛行長の横に控えて強くうなずいていた。

よし、信じよう。信じるしかない。

碧は肚《はら》を決めてふり返った。

「航空機即時待機。準備でき次第発艦!」

マイクを構えていた桃井士長は一瞬驚いた表情を浮かべたが、すぐに真顔に戻り、マイクに向かって碧の下令をくり返した。

艦内に緊迫した空気が満ちる。

碧は艦長席の後ろにある飛行甲板のモニターに目をやった。

艦橋から見える前甲板と同様に荒れている様子が見て取れる。

SH－60Jの白い機体を甲板につなぎとめているタイダウンチェーンが風にしなって大きく揺れている。

即時待機を受けた搭乗員たちが深緑色の飛行服の上から救命胴衣を装着して走っていく。

操縦桿《そうじゅうかん》を握る機長は先任の飯塚一尉のようだ。飯塚一尉の後を副操縦士の候補生が追い、さらにその後をセンサーマンたちが、大きなフライトバッグを提げて走っていく。

飯塚一尉たちが機内に乗り込むと、発着艦員たちが外側から素早くヘリのドアを閉めた。

「艦長、発艦針路に向けます」

渡辺航海長がジャイロ・レピーターを睨みながら叫ぶ。

「おもーかーじ（面舵）！」

右に舵を取ったあおぎり艦橋の窓に、ますます強く雨が叩きつける。

頼む。無事に発艦して。

祈るような気持ちでモニターに目を戻すと、エンジンを起動し、必死にメインローターを回しているSH－60Jの姿があった。

風が強すぎてなかなか試運転がうまくいかず、風向きを変えるための針路変更が何度か繰り返される。

そうこうしているうち、たまとおいらせもソーナー探知し、潜水艦に向けて短魚雷攻撃を行なうと報告がきた。

「たま、おいらせ、短魚雷発射！」

桃井士長が上ずった声で叫ぶ。

短魚雷は小型軽量、主に対潜水艦に使用される射程距離の短い魚雷で、この短魚雷を弾頭にして、ロケット式発射機で打ち上げて射程距離を伸ばしたものがアスロックである。

たまとおいらせから発射された短魚雷はいずれも中部上甲板にある水上発射管から発射されたものだった。

碧は斜め前方に位置する二隻《せき》の僚艦に目をやった。

手前のたまはかろうじて視認できるが、その向こうにいるはずのおいらせは遠くて見えない。

あおぎりより一回り小さいたまは、高波の上でまるでおもちゃの船のように翻弄されている。

ＣＩＣから「本艦も短魚雷攻撃を」と攻撃許可要請が上がってきたが、碧はじっと腕組みをして状況を待った。

舵取りをしている渡辺航海長も気が気ではない様子で、チラチラと視線を送ってくる。

「たまとおいらせの攻撃評価は？」

碧が尋ねた、その直後だった。

「魚雷音探知！　六〇度！」

ソーナー室から急を告げる報告があがってきた。

仮想潜水艦側があおぎりに向けて魚雷を撃ってきたのだ。

あくまで表示盤のプログラム上に設定されたものだが、艦橋の空気が一瞬にして引きしまる。

「艦長、ただちに回避運動に入りますッ！」

渡辺航海長はライナーの下から帽子のつばを摑《つか》み、ずれを直しながらジャイロ・レピーターにかじりついた。

「とーりかーじ（取舵）！」

急ぎながらも肚の据わった号令である。

ベテランの操舵長がすぐに復唱して、操舵コンソールのハンドルを一気に回す。

「回避運動開始。動揺に注意！」

桃井士長のマイクが終わらぬうち、急旋回のあおりを受けて、あおぎり船体が大きく傾いた。

艦橋配置の乗組員たちが一斉に近くの手すりや柱につかまる。

遠藤通信士は海図台の上に覆《おお》いかぶさるようにして物の落下を防いでいたが、防ぎきれなかった鉛筆が一本、落ちて床を転がった。

碧も艦長席から半分腰を浮かして動揺をやりすごす。

体勢を立て直す間もなく、次々と荒波が襲ってくる。

たとえ訓練であっても、雷撃されてはたまらない。

懸命な回避運動が続いた後、やがてＣＩＣから「魚雷回避成功」の報告が上がってきた。

ＣＩＣに詰めている司令部側が、潜水艦から発射された魚雷は、あおぎりの曳航《えいこう》する囮《おとり》魚雷（デコイ）の発信する信号に惑わされ、雷撃針路を大きく逸《そ》れたとの想定を出したのだ。

艦橋に無言のどよめきが起こり、じわじわと安堵の色が広がってゆく。

「魚雷回避成功！」

桃井士長の明るい声が艦内に響く。

渡辺航海長はまたずれたライナーの位置を帽子ごと直し、遠藤通信士は転がった鉛筆を拾って海図台に戻した。

朗報は立て続けにもたらされた。

「航空機即時待機完了しましたッ。艦長」

渡辺航海長が小さくガッツポーズをしながら、うれしげな声を上げる。

この厳しい状況のなか、懸命に試運転を続けてきたＳＨ－60Ｊがとうとう即時待機を完了し、いつでも飛べる状態になったのだ。

よく頑張った！

心の中でねぎらいながら、碧は再度発艦許可を下した。

「よし。準備でき次第発艦」

ここから先は晴山飛行長と機長の飯塚一尉の腕頼みである。

モニターに目をやると、発着艦員たちによりタイダウンチェーンを外されたSH－60Jは、今まさに飛行甲板を離れようとしていた。

機長席の窓のワイパーが激しく左右に振れて、水しぶきを飛ばしている。

「まもなく航空機が発艦する！」

桃井士長の艦内マイクに力がこもる。

白い機体が前のめりの姿勢で浮き上がり、みるみるうちに高度を上げていく。

あれほど時間のかかった試運転が嘘のようだ。

「艦長、航空機発艦しましたッ」

渡辺航海長がLSOにいる晴山飛行長からの報告を伝えると、またもや艦橋にどよめきが起こった。「おおー」という感嘆まじりのどよめきである。

モニター画面上にすでにSH－60Jの姿はなく、忙しなく飛行甲板を片づけている発着艦員の姿が映っている。

あっという間の、みごとな発艦だった。

「航空機発艦！」

桃井士長のマイクとほぼ同時に、艦橋の左舷側《ひだりげんがわ》を通り抜け、高く上がっていく白い機体の腹が見えた。

風を叩くようなローター回転音をあげながら、SH－60Jが離れていく。

「うーん、よくやった」

堀田司令は遠ざかる機影に向かって感心したように何度もうなずいた後、CICへと下りていった。

これで対潜戦闘訓練フェーズ1は終了だろう。

飯塚一尉、晴山飛行長。

二人とも呼吸を合わせて、悪天候のなか、よく頑張ってくれた。

「よし」

碧は快哉《かいさい》を叫んだ。

9

その後、あおぎりもたまとおいらせに続いて短魚雷攻撃を行なったが、いずれも攻撃効果は不明。そうした状況下で、対潜戦闘訓練フェーズ2が始まった。

いよいよアスロックの訓練発射である。

発射順はたま、おいらせ、あおぎりの順で、発射を終えた艦から後方へ移動して待機する。

最初のたまはランチャーの不具合により発射不能となり、一発も発射できぬままに終わった。ランチャーの不具合は艦長一人の責任というわけではないが、たんに運が悪かったとも言い切れぬものがある。

すごすごと後方に引き揚げてくるたまの姿に双眼鏡を当てながら、碧はたまで初めて艦長を務める佐倉の無念を慮《おもんぱか》った。

明日は我が身と思い、気を引き締めなければならない。

続くおいらせの発射は順調に推移した。

荒波に激しく上下に揺られながら、発射位置を離脱したおいらせが意気揚々と引き揚げてくる。達成感に鼻の穴を膨らませている小野寺艦長の顔が目に浮かぶようだ。

「おいらせ、アスロック発射終わり。続いて本艦がアスロック攻撃を行なう」

隊からの指令により、あおぎりは一気に増速して発射位置まで移動を開始した。

心持ちおさまっていた雨風が、増速によってまた強まる。

「艦長、アスロック攻撃を行ないます」

渡辺航海長が改まった表情でＣＩＣからの具申を伝えてくる。

「了解。行なえ」

碧は静かに下令した。

「アスロック攻撃はじめ！」

勢いのある艦内マイクが流れる。

さあ、いよいよ攻撃開始だ。

この日のためにランチャー整備、弾薬搭載など着々と準備を積んできた魚雷員たちはアスロック管制室に詰めて、発射の瞬間を今か今かと待っているはずだ。

直接発射号令をかけるのは、ＵＢ（対潜指揮室）にいる若手の座間水雷長である。

「射線方向クリア」

「アスロック用意！」

ジリジリリリッ！

警告のベルが鳴り、前甲板にある八つの直方体を集めたような形状のアスロックの箱型ランチャーが射線方向に旋回する。

発射する右端の発射セルのみが仰角を取って指向する。

「テーッ（撃て）！」

轟音《ごうおん》とともに発射セルからブースター・ロケットに点火した火焔《かえん》が一気に噴き出した。同時に船体にグンッと沈み込むような衝撃が走る。

出た！

碧は艦長席のひじ掛けを握って衝撃をやり過ごした。

白い煙を吐きながら、空を切り裂くようにアスロックが勢いよく飛翔《ひしょう》していく。

たまのように故障や不具合により、発射ボタンを押してもランチャーが作動しない場合もあるので、安全に作動するか、ちゃんと弾が出るかどうかは発射前の最大の懸《け》念《ねん》といってよい。

正直なところ発射直後はただ「出た！」という以外、言葉が浮かんでこない。

「アスロック発射終わり」

最大射程九キロをマッハ一の速さで飛翔するアスロックは、あらかじめ設定された目標が近くなってくるとブースターを切り離す。弾頭部が降下すると同時にパラシュートを開いて着水する。

その後は、短魚雷として調定された深度まで潜り、敵潜水艦を追尾して攻撃する。

今回発射したのは訓練弾なので爆発こそしないが、着水までは実弾同様に飛翔する。

発射の衝撃が去った後もしばらく前甲板には発射の際の白煙が立ち込めていたが、

やがて、波に洗われるように煙も引いていった。

「アスロック弾着」

監視していたヘリから報告がもたらされた。

続けて実戦と同様に攻撃効果確認のため、ヘリを弾着点に向かわせる。

ここで攻撃効果が得られなければ、さらにヘリからの魚雷攻撃をかけねばならない。

姿勢を正して攻撃効果の報告を待つうち、司令部側から「想定出し終わり。訓練やめ」の指示が入った。

要するにここで潜水艦撃沈というわけである。

渡辺航海長がヘッドセットに手を当てながら小さく「了解！」と応答し、碧のほうに正対した。

「艦長、弾着点付近に大量の浮遊物を視認。目標を撃沈したと思われます！」

むろん、実際に浮遊物を視認したわけではない。ヘリからのこの報告は、対潜戦闘訓練の「想定出し終わり」の後にもたらされる決まり文句のようなものだった。

ひじ掛けを握っていた手の緊張が一気にゆるむ。

「アスロック攻撃やめます」

「了解」

桃井士長が待ってましたとばかりに艦内マイクを入れる。

「アスロック攻撃やめ！」

厳しい表情を保ちながら、渡辺航海長も安堵の色を隠せない。

ほどなくして、稲森船務長の申告が上がってきた。

「潜水艦を撃沈したと思われます。対潜戦闘用具収めます」

艦橋で戦闘配置についている者たちから一斉に「ふう」と息が漏れる。

「潜水艦を撃沈した。対潜戦闘用具収め！」

桃井士長のはりきった声が、あおぎり全艦に響きわたった。

10

約半日をかけた対潜戦闘訓練は終わった。

ヘリ搭載艦の艦長としての初めての対潜戦は、乗組員たちの士気旺盛《おうせい》で武器等の不具合もなく、上々の感触だった。

これなら、呉帰投後に行なわれる隊の事後研究会でも胸を張っていられるだろう。

しかし、まだ発射したアスロックの訓練弾を揚収し、発艦させたヘリを着艦させる作業が残っている。

雨風は当初より収まってはいたものの、まだまだ油断はできない。

碧は艦長席で腕組みをしながら、今後の行動について考えを巡らせていた。もし、ヘリが着艦できなければ小松島か大村の航空基地まで飛ばして降ろす。この件に関しては隊付の宝生一尉《い》が調整してくれているから結果を待つとして、まずは訓練弾の揚収だ。

揚収に関して、碧には出港前夜に肚を決めた案があった。

それをいよいよ実行に移すときがきたのだ。

アスロックランチャーから発射された訓練弾は、すでにソナーが探知しており、さらに搭載ヘリも上空から位置を確認して知らせてきている。

あとは魚雷拘束具を舷側に取り付けた作業艇を降ろして、訓練弾を横抱きに拘束して帰艦させ、引き揚げるのみ。

第一分隊砲雷科の魚雷員を中心に十数名の揚収作業員が作業にあたる手筈《てはず》になっており、指揮官として掌水雷士の三宅信義准尉《のぶよしじゅんい》が作業艇に乗り込む予定になっていた。

「魚雷揚収用意！」

艦内マイクが入り、上甲板がにわかにざわつきだしたところで、碧は意を決して艦長席からふり返った。

「マイク。『砲術士、艦橋（艦橋へ来い）』！」

マイクを構えていた桃井士長は一瞬、ポカンとした表情を浮かべて碧をみつめた。

だが、碧が念を押すようにうなずくと、あわててマイクを構え直し、「砲術士、艦橋」と指示のとおりにマイクを入れた。

ＣＩＣから艦橋に上がって来ていた暮林副長が驚いた顔で碧を見たが、碧はあえてなにも説明しなかった。

「作業艇指揮官を掌水雷士から砲術士に交代させます」

あらかじめ決めていた方針を淡々と告げる。

暮林副長はますます驚いた顔で碧をみつめた。

「艦長、それはこの海の状況を見よってのご判断ですか？」

「ええ、もちろん」

艦長席でうなずく碧に、暮林副長はさらに言葉をたたみかけた。

「私にはとても正気の沙汰《さた》とは思えんのですが？」

「いえ、正気です。まったくの正気です」

暮林副長は真顔になり、睨みつけるように碧を見た。

「では私も正気で申し上げます。この状況で砲術士を作業艇指揮官として海に出すンは危険です。正直ゆうて事故の元です」

ほかの乗組員たちが聞いている手前、はっきりとは言わないが、退職意志の固い者をなぜにわざわざ作業艇指揮官に据えて荒波の中へ放り込むのか、といいたいのだろう。

その懸念は重々理解していた。

暮林副長の唱えている異議は、かつての碧が山崎前艦長に唱えた異議でもあったからだ。

退艦意志の固い者は一刻も早く艦から降ろすべきだ。

それは正論だ。

しかし……。

「これは砲術士一人の問題じゃありませんけえ。一緒に乗り込む揚収作業員たちの命もかかっとるんです。その辺も考えてのご判断かと聞きよるんです！」

碧は静かに艦長席を降り、暮林副長と向き合った。

「私が責任を取ります」

もしも魚雷揚収に失敗して事故につながれば、艦長である碧も責任を問われ、何らかの懲戒処分が下されるだろう。処分の程度にもよるが、幹部自衛官は一度でも懲戒処分を受けると、いわゆる出世コースからは外される。もしくは大幅に出遅れるのが通例だ。深刻な事故の場合、訴えられて国家賠償を争うケースすらあり得る。いずれにせよ、碧がこれまで築いてきた海上幹部自衛官としてのキャリアに傷が付く。

だが、今はそんなことはどうでもよかった。

「もう一度言います。すべての責任は私が取ります」

暮林副長の口元がにわかに歪《ゆが》んだかと思うと、腹の底から突き上げてくるような怒声が轟《とどろ》いた。

「じゃけえ、そういう問題じゃなかろうゆうとるんです。ベテランの掌水雷士でさえ危ないゆうのに、よりによってあの砲術士とは、信じられん。だいたい女のあんたが責任取るゆうても、たかがしれよるじゃろがッ！」

艦橋の空気が一瞬にして張り詰める。

乗組員たちの視線が一斉に碧と暮林副長に集まる。

ついに本音が出たな、副長。

碧は、まじまじと暮林副長の顔を見据えた。

ようやく腹を割って、本音で話せる瞬間《とき》がきたわけだ。

「女も男も関係ありません。あおぎり艦長は私です。副長」

静かにクサビを打ち込むように碧は言い渡した。

「作業艇指揮官の交代は艦長命令です！」

一喝すると、暮林副長の、猛禽類《もうきんるい》を思わせる目に一瞬ひるんだ色が浮かんだ。

次の言葉が出てくるまでには少し時間がかかった。

やがて、暮林副長は苦々しげに口を開いた。

「分かりました」

静かだが太く、よく通る声だった。

碧の覚悟が伝わったのか、反対するのを諦めたのか。

あるいは、暮林副長も副長なりの覚悟を決めたのかもしれない。

と、そこへわけも分からず艦橋に上がってきた坂上砲術士が、ひょっこりと姿を現した。

おそらくなにか怒られるにちがいないと覚悟してきたのだろう。

戦闘服装のまま、ほっそりとした首をすくめ、おびえた表情を浮かべている。

「砲術士」

暮林副長は吹っ切るように、坂上砲術士に向き直った。

坂上砲術士はさらにびくりと首をすくめた。

「指揮官交代だ。貴様が掌水雷士に代わって魚雷を拾ってこい。これは艦長命令じゃけえ」

不意打ちをくらったような表情の坂上砲術士に向かって、暮林副長は投げつけるようにしてトランシーバーを手渡した。

坂上砲術士はトランシーバーを手に、戸惑った顔で暮林副長と碧の顔を交互に見つめている。

「本艦のコールサインはオーシャン・ブルー。作業艇のコールサインはリトル・ブルー。作業艇が発進したら、ただちに通信機の感度チェックを行なう。それから……」

暮林副長の口調には、一切の質問を挟ませる余地がなかった。

「訓練弾はT《タンゴ》と呼称する。タンゴの位置は本艦の七〇度、二〇〇〇（二〇〇〇ヤード、約一八〇〇メートル）。すでにヘリが近くの海面に目印のスモークを落としてくれようけえ、すぐに分かるはずじゃ。ええかッ！」

「はいッ！」

坂上砲術士は最初のうちこそ、わけが分からない、といった顔をしていたが、すぐに状況を理解したようだった。

「以上、細かい指示は追って知らせる。貴様も現場の状況と作業の進捗《しんちょく》状況を適宜報告せえ。分かったか？」

「はいッ！」

坂上砲術士も即座に覚悟を決めたようだ。

「よし、かかれ！」

坂上砲術士はカチリと踵《かかと》を合わせて気を付けをすると、口元を引き結んで敬礼をした。

そのままクルリと回れ右をして、駆け足で艦橋を下りて行く。

少し頼りない後姿を見送りながら、暮林副長は肩で息をするように身体《からだ》を上下にゆすっていた。

碧はふたたび艦長席に戻り、艦橋の窓から海面を眺めた。

高々と盛り上がっては、ところどころで白く裂ける高波は、まるで牙《きば》を剝《む》く獰猛《どうもう》な獣のようだ。

初めて魚雷揚収に向かった初任三尉のころを思い出す。

あのときの海も、まさに今日のようにどす黒く渦巻いていた。

海面に浮かぶ訓練弾を目指し、次々と目の前に盛り上がってくる高波に突っ込んでいく恐怖は、どんなに言葉を尽くしても説明し切れるものではない。

あのとき初めて、碧は海というものの本性を思い知ったのだった。

魚雷揚収はたいてい第一分隊の配置にあたった初級幹部が行くもので、艦艇要員なら誰もが経験するというわけではない。配置の巡り合わせによっては、一度も魚雷揚収を経験しないまま上級幹部となる者も多い。

坂上砲術士の場合、かりに退職を思いとどまったとしても、今回の機会を逃せば、一度も魚雷揚収を経験せずに中央勤務となる可能性が高い。むろん、退職すれば、このような機会など永久に巡ってはこないだろう。

せっかく海上自衛官を志し、艦艇勤務の花形である第一分隊配置、しかも甲板士官まで務めたのに、海の本性を知らぬまま、作業艇一艇を任される醍醐味《だいごみ》も味わぬままに終わるのはあまりにも悲しい。

退職して一般人となってから、かつての艦艇勤務を人に語る時、艦に対する恨みつらみしか出てこないのはさらに悲しい。

これまで碧が行なってきた説得や声かけは、どれ一つとして坂上砲術士の心には届かなかったけれども、この高波ならばダイレクトに届くかもしれない。

この荒天下の魚雷揚収作業で、言葉でも理屈でもないなにかを感じ取ってくれるかもしれない。

その可能性に賭《か》けてみたいと思ったのだ。

坂上には幹部自衛官としての資質と意外な度胸がある。彼なら、このミッションをこなせるはずだ。短期間の付き合いながら、碧はそう感じていた。

――心配なのは分かりますが、この際、思い切って手綱を放してみたらどうです？　各部を信用して任せるんですよ。声かけなんかよりずっと効果があると思いますよ。

出港前日、艦長室での晴山飛行長の言葉が浮かんだ。

手綱は放したよ、飛行長。これでいいんでしょう？

碧は海を見ながら苦笑した。

砲術士、私は君を信用して、君に魚雷揚収の指揮を任せる。指揮官として作業艇一艇を指揮する醍醐味を存分に味わって来なさい。このまま退職するにしろ、思いとどまるにせよ、この経験は、今後の君の人生において、必ず活《い》きてくるはずだから！

今回の賭けが吉と出るか、凶と出るか。

すべての責任は、艦長の私が取る。

目に力を込めて、碧は海面を睨んだ。

11

「リトル・ブルー、リトル・ブルー。ディス イズ オーシャン・ブルー。ただいまから通信機のチェックを行なう！ 感度どうか？ オーバー」

暮林副長が艦長席の横でトランシーバーを片手に大声を張り上げている。

艦の右前方を坂上砲術士たちを乗せた作業艇が木の葉のように揺れながら進んでいく。

舷側に魚雷拘束のための金具を取り付けた内火艇である。

高波に揺られて海面で暴れ回っている約四〇〇キロの鉄の塊を捕まえ、舷側の金具で挟んでから拘束バンドで固定して横抱きにするわけだ。

アスロックの訓練弾は直径約三四センチ、長さ約四・五メートル。ブースターを切り離しても、約七メートルある作業艇の長さの半分を超える。

うっかりぶつかれば作業艇が破損したり、作業員に怪我《けが》をさせかねない。最悪の場合は転覆して、作業員たちが海に放り出されるかもしれない。

その危険な作業の指揮を碧は坂上砲術士に命じたのだ。

「オーシャン・ブルー、オーシャン・ブルー。ディス イズ リトル・ブルー。感度良好。これからタンゴ揚収に向かう。オーバー」

坂上砲術士の弱々しい声が電波に乗って聞こえてくる。

「ディス イズ オーシャン・ブルー。ラジャー・アウト」

暮林副長が容赦なく通信を切る。

「完全に腰が引けよるわ」

暮林副長は遠ざかっていく作業艇に双眼鏡を当てて、口元を歪めた。

碧も続いて双眼鏡を当てる。

作業艇の中央部にどっしりと構えて舵取りをしている艇長の海曹の後ろにしがみつくようにして立っている坂上砲術士の姿が見えた。

最初はまあ、あんなものだろう。

高波は次々と面白いように立ちはだかり、そのたびに作業艇はトビウオのように海面を飛び上がる。

助走のないジェットコースターに乗ったようなアップダウンの感覚を碧は久しぶりに思い出していた。

坂上砲術士の絶叫が聞こえてきそうだ。

「オーシャン・ブルー、オーシャン・ブルー」

しばらくして、風音に混じって、坂上砲術士の興奮した声が届いた。

「ディス イズ リトル・ブルー。スモーク視認。タンゴを発見した。これより拘束作業を開始する。オーバー!」

暮林副長はフンと鼻を鳴らしてトランシーバーを構え、「ディス イズ オーシャン・ブルー。ラジャー・アウト」と短く応答した。

しかし、それから先の報告がいっこうにあがってこない。

「なにを手こずりよるんか」

しびれを切らした暮林副長が「リトル・ブルー、状況知らせッ。オーバー」と、トランシーバーに向かって吠える。

「ディス イズ リトル・ブルー。ただいま拘束作業中。波高く困難ッ」

泣き叫ぶような坂上砲術士の声が返ってきた。

作業艇内の喧騒《けんそう》も漏れ聞こえてくる。

作業は相当に難航しているようだ。

暮林副長は通信をいったん切ると、厳しい面持ちで碧を見据えた。

「我が子を千尋《せんじん》の谷に落とすのもよろしいが、必ずしも無事に上がってきよるとは限りませんけえ」

「わかっています。腹案はあります」

碧はきっぱりと言い切った。

あくまでも人命が優先で訓練弾はあきらめる。

上からは咎《とが》められるだろうが、私一人が処分を受ければいい話だ。搭載物品紛失で戒告か、あるいは減給といったところか。

もう少しだけ待ってみよう。

碧は作業艇のいる方向に双眼鏡を当てた。

遠すぎて作業艇内の様子はよく見えない。

それ以前に、作業艇をレンズ内に捕らえておくことすら難しい。激しい波の勢いで、作業艇はレンズ内に収まったかと思うと、あっという間に外れていく。昔の自分も、艦橋から見ると、こんな感じに映っていたのだろうか。

初任三尉だった自分を作業艇指揮官として魚雷揚収に送り出した当時の艦長と副長も、こんな感じで艦橋から双眼鏡で見ていたのだろうか。

あれから二〇年も経《た》ったのだなあ。

波間を漂う黄色い訓練弾の影がよみがえる。

近寄れば躍るように逃げていき、そうかと思うといきなり作業艇めがけて突進してくる。

暴れ馬のような鉄弾。

すると、唐突にブツッとトランシーバーの通話スイッチが入り、坂上砲術士の絶叫にちかい声が響いた。

「ディス　イズ　リトル・ブルー。タンゴ拘束しましたッ！　タンゴ拘束完了ッ、タンゴ拘束完了ッ！」

艦橋配置員の視線が一斉に暮林副長のトランシーバーに集まる。

「そこまで繰り返さんでも、よう聞こえるわ」

暮林副長は苦笑いを浮かべながら、トランシーバーの送話口に顔を近づける。

「ラジャー。ただちに帰投せよ、オーバー」

「ディス　イズ　リトル・ブルー。ラジャー・アウトッ！」

トランシーバーから飛び出す坂上砲術士の声が、勝ちどきのように聞こえた。

艦橋に安堵《あんど》の空気が満ち、帰艦する作業艇と訓練弾を揚収するため上甲板は色めき立った。

ウイングに出て見下ろすと、戦闘服装のままの後藤先任伍長《ごちょう》が上甲板で甲板作業員たちを大声で叱咤《しった》しながら、着々と揚収準備にあたっている。

あの先任伍長に任せておけば、荒天下の揚収もまず大丈夫だろう。

「どうやらしぶとく千尋の谷を這《は》い上がってきよりましたなあ」

気が付くと、いつのまにか暮林副長が後ろに立っていた。

「あの勝ち誇ったような顔。あいつのあんな顔は初めて見ますけえ」

暮林副長が双眼鏡を構える先には、訓練弾を横抱きして帰還してくる作業艇の姿があった。

碧も同様に双眼鏡を構え、激しく上下に揺れる作業艇をとらえる。

舵取りをする艇長の後ろにすっくと立ち、しきりにメガホンでなにか叫びながら、作業艇の指揮を執っている坂上砲術士の姿があった。

激しい動揺で装着した白ヘルメットは傾いているものの、その下からのぞく瞳《ひとみ》はきらきらと輝いて見えた。

「そうだ。光り輝け」

碧が思わずつぶやくと、暮林副長が「え？　なにか仰《おっしゃ》いましたか？」と聞き返した。

「いえ、何でもありません」

碧はもう一度坂上砲術士の姿をとらえようとしたが、作業艇の動揺が激しくうまくとらえられなかった。

第三章　体験航海

1

隊訓練が終わってしばらく経《た》った金曜日、碧は思い立って晴山飛行長と先任WAVEの岬二曹を女子会に誘った。

「士官室別法」のほうは隊訓練を終えてすぐに済ませていたので、今度は女だけ、それも先任クラス以上で集まりたかった。

WAVE総員の集まりではないため、あえてWAVE会とはせずに女子会とした。

場所は岬二曹の発案で、中通にある地ビールと地元料理が看板のビヤホールレストラン「クラフトマン呉」に決まった。

昭和を彷彿《ほうふつ》とさせるようなレトロな店構えだが、内装は意外にも洒落《しゃれ》た山小屋風のジャーマンスタイルで、ガラス越しにビールの醸造過程を眺められる造りになっている。呉駅から徒歩五分という好立地も相まって、夏場は行列ができるほどの賑《にぎ》わいを見せる人気店だ。

まだ夏には少し早いこの時期でも、碧たちが入店したときはすでに一〇〇席ほどある川べりのテラス席は満席、九〇席ほどの店内席もギリギリ座れる状態だった。

「わあ、オシャレ！」

店内に入るなり、晴山飛行長はガラスの向こうに並んだ樽《たる》状のビール醸造機を眺めながら、子どものように目を輝かせた。

「ここ、昔から地ビールの店でしたよね？　一度来たことあるんですが、こんなにオシャレだったかなあ？」

「ああ、リニューアルしたんですよ」

岬二曹が落ち着いた口調で告げる。

そういえば昔、同じ場所でむらゆきの士官室別法をしたときは、たしか別の名前のビアホールだったような記憶がある。

名前を「クラフトマン呉」に変えてから、思い切って内装もリニューアルしたのだろう。

ジャーマンスタイルの内装だけあって、ドイツ産の麦芽《ばくが》、ホップ、酵母を厳選し、地元灰ヶ峰の湧《わ》き水を使って造られたビールが売り物らしい。主力のビールには「ピルスナー」「ヴァイツェン」「アルト」といったドイツ風の名前がつけられている。広島吟醸酵母であるもみじ酵母を使用した「呉吟醸ビール」や柑橘《かんきつ》系のアロマホップを使用した「しまのわビール」など、地ビール感を前面に打ち出したラインナップも充実している。

最初の一杯に、碧と岬二曹は呉吟醸ビール、晴山飛行長はピルスナーを選び、三人でよく冷えたグラスをカチリと合わせた。

「ひゃぁぁ、うまッ！　たまりませんねぇ」

晴山飛行長はまるで水でも飲むように喉《のど》を鳴らして、一気にグラスの半分以上を飲み干すと、両目をギュッと瞑《つむ》り、椅子《いす》の下で両足をバタバタと揺すった。

「うまい」を全身で表現している。

岬二曹はなかば呆《あき》れたようにその様子を横目に見ながら、マイペースでグラスを傾けている。

やはりこの時期のビール、それも課業後のビールの味は格別だ。

碧は呉吟醸ビールのフルーティでありながら、どっしりとした味わいを堪能《たんのう》した。

晴山飛行長はグラスの口元に残っている泡までおいしそうにペロリとなめ、タッチパネル式のメニューを眺めながら、早くも二杯目を物色している。

そういえば、かなりイケる口だったな。飲んだらトラになるんじゃなかったっけ。そうなる前に連れて帰らないと。

警戒する碧をよそに、晴山飛行長は注文をくり返す。次々と切れ目なく飲み放題・食べ放題コースの飲み物と料理がテーブルに運ばれて来た。

まずは広島名物のせんじ肉。これは国産豚のホルモンを煎《せん》じて揚げたもので、水分を飛ばした素材のうま味が嚙《か》めば嚙むほど口の内に滲《にじ》み出てくる。いつまでも嚙んでいたいところをビールで流し込むうち、やみつきになってしまい、箸《はし》が止まらなくなる。そこへ肉じゃが、白身魚のホイル焼き、海藻サラダに枝豆、フライドポテトといった王道のメニューが並ぶ。

目玉は、たっぷりのザワークラウトを添えたソーセージの盛り合わせだった。

「おお、ハーブじゃ。ハーブがええ感じに利《き》きよる」

ハーブ入りの白いソーセージを齧《かじ》った岬二曹が思わず顔をほころばせる。

三〇代前半の岬二曹はこの三人の中で一番若いが、さすがあおぎりの先任WAVEだけあって、どっしりと落ち着いた安定感がある。さほど大柄でないのにもかかわらず、存在感は大きく、身体《からだ》つきもがっしりとして見える。

今日はオールバックでひとまとめにしている髪を下ろしているせいか、やや張った顔のエラが隠れて、いつもと違った印象を受けた。

セミロングの黒髪を耳の脇《わき》に掛けながら、真剣な顔つきでメニューを選んでいる。

「こうして見ると、岬二曹もすっかり普通の若いママさんよね。お子さん、いくつだっけ？」

「あ、はい。三歳になります」

答えながらも、メニューから目を離さない。

「そう。今がかわいい盛りだけど、一番手がかかるときよね。出港のときは、どうしてるの？」

岬二曹は、ようやく決まったメニューをタッチして、タッチパネルから目を上げた。

勤務時はきつい印象に見える奥二重の目も、心なしか柔らかい。

「幸いうちは私も主人も実家が呉ですけえ、両方の実家頼みです。主人は会社勤めですけど出勤はある程度融通が利きますけえ、保育園の送り迎えなんかも時々頼みよってです」

「あら、いいわね」

「いえ、いろいろ気を遣いますけえ、そう気安くゆうわけには……」

碧はふと一人息子の航太が三歳だった頃を思い出した。航太が小さい頃は碧も自身の横浜の実家を頼らざるを得なかった。

「私のときは、保育園に入れるのも競争が激しくて大変だったなあ。今もそうなの？」

「はい。じゃけ、産む前から保活《ほかつ》を考えよってですね、ある程度出産時期を計算して産みました」

「ああ、保活かあ。よく聞くね。子どもを保育園に入れるための活動でしょう？　どんな計算するの？　嬉《うれ》しいのか悲しいのか、私はやったことないからさ」

独身で子どものいない晴山飛行長はそう言って、肩をすくめた。

「ええ、正確には認可保育園に入れるための活動で、まあ一月くらいに自治体の入園手続きが始まりますけえ、そこから産む時期を逆算すると、だいたい五月、六月くらいの出産になりますか。それより遅いと、手続き前にいろんな園の見学やら、保活が間に合わんですけえ。そういう計算です」

淡々と説明する岬二曹に晴山飛行長は感心の表情だった。

「へええ、ある意味、戦略だね」

碧はすかさず、付け加えた。

「どの時期に育休を取るかも考えないとね」

岬二曹が「そうそう」と大きくうなずく。

「我々国家公務員の昇任の基準日は一月一日と七月一日だから、この基準日に休業してると、この日に昇任できないわけ。だから、育休取るなら基準日を外して取らないと」

「はあ、なるほど」

晴山飛行長はまた肩をすくめた。

「育休なんてこの年齢になると、私にとってはアウェーな話ですが」

「いや、アウェーじゃ困るんだよ、飛行長。そういう上司が部下に『いつでも育休取っていいよ』とか言っちゃうわけ。それは無責任でしかないからね。部下に育休の相談されたら、今みたいなことを考慮して相談に乗ってやらなきゃ」

「承知いたしました」

晴山飛行長は神妙な顔つきで姿勢を正した。

そこへちょうど、岬二曹が注文したがんす天が運ばれてきた。地元で獲《と》れた小魚のすり身を固めて揚げた、広島風さつま揚げのようなものである。

揚げたてで、まだ音をたてているようながんす天にマヨネーズをつけて口に運ぶと、嚙むたびに小魚の甘みがしみ出て、ビールとの相性は抜群だった。

三人はしばし無言でがんす天を堪能した。

「ところで艦長、今、同期のWAVEって何人くらい残ってますか？」

がんす天を載せた皿が空いたころ、晴山飛行長がおもむろに尋ねてきた。

「同期のWAVEっていうと、飛行長を入れて？」

「いえ、私は飛幹なんで、同期でも別枠じゃないですか。一般幹部の方だけで、何人になりますかね」

碧は改めて指を折って数えた。経補（経理・補給）が一人、情報が一人、航空機整備が一人。

「うーん、私を入れて四人てとこかな？」

「なるほど。そんなもんですか」

「元は一八人いたんだけどね。飛行長のほうは？」

尋ねた瞬間に、晴山飛行長は航空学生時代からずっと紅一点だったと思い出した。

「私は今も昔も一匹オオカミですよ。今じゃあ、女子の航空学生も増えたみたいですが、私の代だと、同期会しようったって、集まってくるのは野郎どもばっかりで。だから、こういう女子会はメッチャ新鮮です」

晴山飛行長は自虐《じぎゃく》的な笑みを浮かべた。

「艦長の同期の皆さんは、どんな理由で退職されたんですか？」

「うーん、やっぱり結婚とか出産とかだね。今、残ってる中では独身が一人、バツ一が一人、あ、これは私ね。それから、あとの二人は自衛官以外の人と結婚して子どももいて、うまくやってる」

「なるほど。旦那《だんな》さんが自衛官じゃないほうがうまくいくんですかね？　岬二曹のところみたいに」

「そうだね。それはあるかもね」

「いや、必ずしもそうとは言い切れんと思います。うちだってうまくいきよるんかどうか……。綱渡りみたいなとこありますけえ」

岬二曹が照れたように笑った。

「ちなみに幹部同士で結婚した同期はみんな退職したよ。私は退職しない代わりに離婚したけど」

岬二曹の顔から笑みが消え、急にしんみりとした口調になった。

「ああ、幹部の方は二年ごとに転勤がありますけえ、そこが大きなハードルじゃ、思います」

「まあね。結婚しても、すれ違い人事で一緒に暮らしたことないってパターンは多いよね」


碧はほとんど一緒に暮らせなかった越谷との結婚生活を思い出した。

ビールの苦みが強くなる。

あれはあれで、そういった結婚生活だったのだ。

子どもを持てたのは良かったにちがいないが、実家の両親の協力がなければとても子育てはできなかった。

艦艇勤務の間は、どうしても勤務する艦の母港近くに住まなければならない。横須賀の艦のときは、どうにか実家に預けていた息子に会えたが、それでも年に五、六回がいいところだっただろうか。

呉のむらゆき艦長時代は、盆と正月以外はほとんど会えなかった。

そこまでして艦に乗りたいのか、乗らなければならないのか。

罪悪感にさいなまれながら、何度自問自答をくり返したか……。

答えは未《いま》だはっきりとは出ていない。

しかし、今まで艦艇勤務を命じられるたび、全力で職務にあたってきた。

それだけはたしかだ。

「幹部同士で結婚して一尉《い》くらいまで頑張ってた同期のＷＡＶＥも、二人目の出産を機に辞めてしまったよ。彼女は艦艇じゃなかったけど、子どもの預け先とか、産休明けのブランクの取り戻し方とか、いろいろ悩んでたね。産休中に業務のシステムが大幅に変わったりなんかすると、復帰後大変だって」

「組織は伝統墨守でも、機器システムは日々進化しますからねえ」

晴山飛行長が口元を歪《ゆが》ませて笑った。

「うん、でもそれも今はだいぶ改善されてると思う。育児中の技能の維持・向上のための教育に積極的に取り組むようになったからね。各隊員に応じた経歴管理もやってる。でも、じつはここが一番難しいところだね」

「難しいといいますと？」

「うん、ＷＡＶＥの場合、上級海曹まで進んだモデルケースがまだ圧倒的に少ないんだよね。つまり、前例がない。だから難しい。自分がどこを目指したらいいのか、具体的にイメージできなくて自衛隊でのキャリアに不安を覚えてる海曹・海士も多いと思うんだよね」

「まさに、まさに」

岬二曹が身を乗り出した。

「私はできれば定年まで続けたいですけえ、いろいろ制度を調べて育休とか保活問題を計算しよってですが、こうした制度を知らんゆう者も多いんですわ。とくに若い子は」

「WAVEを部下に持つ男性幹部・隊員には、勉強してもらわないとね」

「私のような女性幹部もですね」

晴山飛行長がまた神妙な顔つきになった。

「私はいずれ、こうした隊員の経歴管理とか制度についての講習会を開きたいって考えてる。もちろん、WAVE隊員だけでなく、男性隊員の経歴管理についてもね。まずは個艦レベルから取り組んでいこう」

「はい」

岬二曹と晴山飛行長は口を揃《そろ》えた。

「そのときは、岬二曹にもぜひ発言してもらいましょうよ。私は女性の上級海曹《かいそう》が増えないっていう、海上自衛隊が昔から抱えている問題も解消されつつあると思ってるんです。艦艇乗組の女性先任伍長《ごちょう》も出てきたことだし。ここはひとつ岬二曹にも先任伍長まで頑張ってもらいましょうよ。ね？　岬二曹」

晴山飛行長に肩を叩《たた》かれ、岬は驚いて奥二重の目を見開いたが、拒否はしなかった。

「そうですね。せっかくここまで来たんじゃけえ、目指したいところではあります」

いつも艦橋で見せている、どこか超然とした凛々《りり》しい表情だった。

頼もしい、と碧は思った。

せっかく女性が乗り組める新鋭艦が次々とできているのだから、そこで活躍できる女性の上級海曹をもっと育てていきたい。

「ところで、岬二曹。内海三曹なんだけど、最近の様子はどんな感じ?」

酒をビールから梅サワーに変えたのに合わせて、碧は話題を変えた。

艦長交代当日に失踪《しっそう》事件を起こした船務科の内海佳美《よしみ》三曹は帰艦遅延により戒告処分を受け、さらに本人の意志でずっと上陸せず、艦内で自主当直に就いていた。だが、隊訓練を終えた後から、本人なりにけじめをつけたと思ったのか、通常どおり上陸もするようになっていた。

「ああ、内海ですか? 変な話ですが、なんだか明るくなった感じがします。処分をもらったおかげで目が覚めたというか、かえって吹っ切れたんでしょうか。以前はなかなか本心を見せないようなところがありましたが、徐々に主張をするようになりましたね」

なるほど。いわゆる怪我《けが》の功名ってやつか。

碧は内海三曹の地味ながら整った狐顔《きつね》を思い浮かべた。

「そう。それはいい傾向だね。でも、まだいろいろ不安定なところもあると思うから、引き続きよく見てあげて」

「分かりました。任せてください」

岬二曹は頼もしい笑顔を浮かべてグラスのビールを飲み干した。

その飲みっぷりを感心した目で眺めていた晴山飛行長は、ふと思い出したように身を乗り出した。

「そうそう、吹っ切れたといえば、砲術士もそうですよね。隊訓練の後あたりから、表情とか勤務態度が変わってきたように思うんですけど？」

「飛行長がいろいろ声かけしてくれたから、砲術士も嬉《うれ》しくて元気が出たんじゃないの？」

「いやいや、そういう応急処置でどうにかなる程度の問題じゃなくて、もっと根本的に勤務に対する意識が変わってきたように思うんです。部下の分隊員たちにも遠慮してる感じだったのが、最近は積極的に関わろうとしてますよね」

たしかに、碧が早く出勤した日など、朝の甲板掃除中の乗組員たちに坂上砲術士がしきりに声かけをしている姿が見受けられた。それまではどちらかというと、遠巻きに見て作業の監督をしているといった感が強かったのだ。

「隊訓練でなにがあったんです？　艦長」

晴山飛行長は上目づかいにさぐるような視線を送ってきた。

「べつに。ただ手綱を放しただけ」

晴山飛行長は一瞬、キョトンとした顔をした後、「ああ」と思い出したように声を上げた。

「あのときのアレですか」

晴山飛行長はバツの悪そうな顔をして、アハハと笑い飛ばした。

「そう。あのときのアレよ。砲術士がなにか吹っ切れたんだとすれば、それは、私が飛行長に言われたように、思い切って手綱を放して、砲術士に魚雷揚収作業の指揮を任せたからだと思う」

もし、あのまま事故になっていたら……と考えると、今さらながらに身体が震えてくる。

それなりの覚悟がなければ、とても艦長命令など下せたものではない。

「あの、ちょっとええですか？　あのときのアレとか手綱って何です？」

経緯を知らない岬二曹が不思議そうな顔で、碧と晴山飛行長の顔を見比べている。

「ああ、それはね」

説明しようとしたところで、いきなり岬二曹の携帯が鳴った。

「あ、こんなときにすみません。ちょっと失礼します」

慌《あわ》てて席を外した岬二曹は、こわばった顔つきですぐに戻ってきた。

尋ねなくても、どんな用件かすぐに分かった。

「お子さん？」

「はい。なんか急に熱が出てきよったみたいで。一応、主人が家におるんですが
……」

「ああ、ここはいいから。すぐに行ってあげて」

「そうですか、でも……」

岬二曹は一瞬ためらう様子を見せたものの、

「では、お言葉に甘えまして。ほんま申し訳ありません。失礼します！」

頭を何度も下げながら帰っていった。

「ああ、小さいお子さんがいると本当に大変ですねえ」

ボーダーシャツに黒のメンズライクなリュックを背負った岬二曹の後ろ姿を見送った後、晴山飛行長はしみじみとつぶやいた。

手持ち無沙汰《ぶさた》そうにタッチパネルに目をやる。テーブルの上の料理や酒はあらかた片付いてしまっていた。

「岬二曹には申し訳ないけど、ここらで日本酒、いっちゃおうかな」

「じゃ、私も」

二人で日本酒を注文する。

「で、さっきの話の続きですけど」

少々酔いが回ってきたのか、晴山飛行長はトロンとした目つきで話し始めた。

「隊訓練の後、あの副長も多少まるくなったかなあ、なんて思うんですよね。私も前よりやりやすくなったし。どう思います？」

たしかに、あの一件以来、暮林副長の態度が着任当初より寛容になってきた感じはある。

「砲術士に対しても、当たりが柔らかくなったんじゃないですか？」

じつは最近になって、坂上砲術士の転勤の話が具体化してきていた。

次の配置は横須賀の艦の機関士で、坂上砲術士本人に打診したところ、前向きな返事だった。同じ艦艇配置でも機関科配置の士《さむらい》は、艦橋配置の士に比べて所掌が少なく、時間的にもゆとりのある配置である。

荒天下の魚雷揚収で自信をつけ、ようやく艦艇勤務に目覚めたところへもってきて次の配置が機関士なら、もうしばらく海上自衛隊でがんばってみようという気になったのだろう。

「まあ、副長にも部下の成長を認めてやるだけの懐《ふところ》があったたってことでしょ」

「なるほど。懐に入ってみればあったかいってやつですか。我々にも少しずつ懐を開いてくれてると考えていいのかなあ？」

晴山飛行長は碧を仰ぐように見た。

「いや、まだまだ。あの世代は『戦艦《いくさぶね》に女は乗せない』の世代だから」

「司令はどうなんですかね？　副長と同世代でしょう？」

碧は司令席で足を組んでいる堀田司令の姿を思い浮べた。見た目からしていかにも伊達《だて》男であり、武骨なタイプの暮林副長とは大ちがいである。考え方も堀田司令のほうがリベラルであるような気がした。

「基本的に司令は私の上官だから、私の命令を聞く立場にない。私の命令を聞かなきゃならない副長とは温度差があるんじゃない？」

「なるほど。女の命令なんか聞けるかってやつか」

晴山飛行長は肩をすくめて、「どうでもいいじゃないですかねえ」とつぶやいた。

いや、どうでもよくはないのだ。私たちにとってはどうでもいいことかもしれないが、あの人はそこのところでずっと身体を張り、耐えて戦ってきたのだから。男たちとの闘いの中で築き上げ、守り抜いてきた砦《とりで》をある日突然やってきた女の艦長に、やすやすと蹴散《けち》らかされてたまるか、という思い。簡単に「分かる」などとは言わないし、言えない。事実、理解できていない部分のほうが多いだろう。しかし、だからこそ、こちらも覚悟を決めて命令を下しているのだ。

あのときの艦長命令には、私の覚悟をこめた。

けっしてぜんぶ分かってくれたわけではないだろうが、少なくともなにかは伝わったのではないか。

それが証拠になるのかどうか、あの後、暮林副長自ら碧の元にやってきて、通常航海直の当直割を変えたいと言ってきた。これには、碧のほうが驚いた。

着任以来、碧がずっと暮林副長に打診し続けてきた通常航海直の当直割変更。

そのたびに「その必要があるとは思えません」の一言ではぐらかされてきた案件を、向こうから変えると言ってきたのだ。

もしかしたら、あの隊訓練を機に、少し風穴が開いたのではないか。そんな、かすかな手ごたえを碧は感じていた。まだ心許《こころもと》ないが、ここを取っ掛かりとして徐々に新しい風を吹かせていければ……。

「結局、よくも悪くも艦艇部隊は『伝統墨守』ですからねえ。そこに女が入ってきた時点で挑戦と身構えちゃうんだろうなあ。副長みたいな人は」

多少まるくなったとはいえ、晴山飛行長はまだ暮林副長にやりにくさを感じているようだ。

伝統墨守は海上自衛隊の特色を表す四字熟語としてよく用いられる言葉だ。

規律正しく、整斉としたスマートさはたしかに旧海軍から引き継いだ誇れるべき伝統であり、碧もそこに惹《ひ》かれて海上自衛隊を選んだ。

しかし、海上自衛隊の、特に艦艇部隊を指していうとき、この言葉はあまり良い意味で用いられない。

一度出港したら長きにわたり、狭い艦内で同じメンバーと顔を突き合わせて生活していかねばならない。この密度の濃さは陸自や空自とは明らかに異なるものだ。

坂上砲術士のようなタイプの者にとっては、それがすなわち逃げ場のなさにつながるのだろう。

しかし、人間関係の問題は多かれ少なかれ、どこの社会でもつきまとう。

艦艇部隊だけが特別ではない、と思いたい。

「航空部隊だと多少雰囲気は違うの？」

晴山飛行長は伏せていた目を上げた。

「もう少し、カラッとしてますかねえ。艦みたいに一度出港したら長いってわけじゃないですからね。あ、艦に搭載した場合は別として、ですが。そもそも勤務形態が違うんですから雰囲気は違って当然ですよ」

晴山飛行長は、空いたグラスを艦に見立てて、グイッと前に押し出した。

たしかに、一度出港すると、艦の行動は長い。

大人数が艦内でひしめき合いながら、気持ちを合わせ、かつ一定の士気を保ちつづけるというのは、なかなかの難事ではある。

とくにＢＭＤ（ミサイル防衛）などは基本的に受け身だ。ミサイル発射の兆候があれば、いつ来るか分からない「その瞬間」のために待つのも戦いとなる。

高い警戒レベルが要求される監視任務につき、なかなか訪れない発射の瞬間を待つ途方もなく長い時間、そこで士気を保ち続けることの苛酷《かこく》さ。

交代なしの任務は一ヶ月以上に及ぶこともある。

碧は晴山飛行長が押し出したグラスに目を落とした。

終わりの見えない任務中に、もしも「その時」が訪れたら、その個艦の艦長の判断が日本の命運を決めかねない。

ＳＦ（自衛艦隊）からの指示はあるだろうが、それを待つ猶予《ゆうよ》も許されない場合、最終的には艦長の決定に委ねられる。

ここまでくると、もう男だろうが女だろうが関係ない。国を守る盾となる覚悟があるかどうか。

その覚悟は災害派遣時にも試される。

一人でも多くの被災者を救い、国民の役に立てるかどうか。

押し出されたグラスの縁からスーッと一筋の滴《しずく》が流れ落ちていく。

その先を追いながら、碧は途中で目を上げて前を見た。

入隊以来、私はずっと覚悟を決めて職務に励んできたつもりだ。

個艦の艦長になったってそれは変わらない。

どんな時でも、私は自身の職務をまっとうする。

そのために、最善を尽くす。

呉の地酒である「千福《せんぷく》」が運ばれてきた。

軍艦大和《やまと》に納品されていた酒で、旧海軍御用達《ごようたし》として現在の海上自衛隊とも馴染《なじ》みの深い酒である。

升の中に入ったグラスすれすれに注がれた千福をそろりそろりと口に運ぶ。よく冷えた千福はすっきりとした味わいで、口当たりがいい。しかし、口当たりがいいからといって油断していると、あとになって利いてくる。旧海軍御用達の酒は、なかなか手強《てごわ》い酒なのだ。

晴山飛行長は目を伏せたまま千福を口に含んだ。

「女性艦長とか女性飛行長とか、我々の配置も挑戦的に映ってるんでしょうねえ。でも、挑戦だけが女性の活躍の仕方ではないと思うんですよね。結婚や出産、女性としての人生を充実させつつ、仕事として長く継続して務め上げたいって考え方も当然アリでしょう?」

「そうね。そもそも私は海が好きで艦が好きだから乗ってるわけだし、その配置が艦長だったってだけで、べつになにかに挑戦してるわけじゃないから」

「私だってそうです。飛ぶのが好きでパイロットになったわけで……。あ、でも私、ファイターになりたかったわけじゃないんです。だから、戦闘機パイロット中心の空自じゃなくて海自を選んだわけですが。もう、今さら挑戦でもないでしょう」

艦艇部隊でも航空部隊でも、ほとんどの職域は女性に開放されてきた。最後の砦だった潜水艦にさえ女性が乗組もうとしている。

時代は確実に挑戦の次の段階に進もうとしているのではないだろうか。

「でも、ですね。女性が継続して長く務め上げるには、やはり艦艇勤務は壁ですよねえ」

晴山飛行長は伏せていた目をグッと上げた。

「今回の護衛艦飛行長の配置だって、たまたま私が独身だからよかったものの、これで岬二曹みたいに結婚してて小さい子どもがいたら、かなり厳しい配置になるかと」

たしかにまだ家事と育児は女性の仕事という認識が強い日本で、女が家庭と子どもから離れて海に出れば、かなりの抵抗を受ける。

うまくいっているように見える岬二曹の家庭だって、本人によれば「綱渡り」だというのだから。

「私が無事この配置を勤め上げて、後に続く女性パイロットたちに道を拓《ひら》いたとして、それが果たして彼女たちにとっての福音となるかどうか」

カチリと音がするほど視線がぶつかった。

「でも飛行長、私たちはロールモデルとして、後に続く挑戦したい女性たちの道を閉ざすわけにはいかないし、モチベーションを下げるわけにはいかないよ」

「そこなんですが、艦長」

晴山飛行長の目に力がこもるのが分かった。

「我々の目指すべきところは、家庭を犠牲にしても着実に任務をこなし、バリバリと目覚ましく活躍するスーパーウーマンを輩出することではないと思うんです。むしろ、そこを目指しては駄目です」

「どうして？」

「だって、誰もそんな人の後に続きたいと思わないでしょう？　それに、あいつにできたんだから、お前にもできるはずだ、みたいな流れができちゃったら、女性自衛官はすべてを犠牲にしないとキャリアを積めないのが前提になってしまいます」

「でも、私たちは女性の先輩たちがそうやって必死で切り拓いてくれた道の上に今、立ってるんだよ。だから、後に続く後輩たちのために私たちもロールモデルとしてある程度は……」

「私はロールモデルになるために海上自衛隊に入ったわけじゃないですよ」

晴山飛行長は吐き出すように言った。ため息とともに目を伏せて、しきりに首を横に振っている。話にならない、とでも言いたげな様子だった。

「私はそんな化け物みたいなスーパーウーマンにはなりたくないです。道を拓くなら、あらゆる層の女性自衛官たちが女性としての人生を輝かせつつ、定年までキャリアを積める道を拓いていきたいです」

「なるほどね。たしかにそうできたらいい。でも、それもやっぱり理想論なんじゃないかな」

　思わず語気が強くなった。

　何の苦もなくキャリアが積めるわけがない。私だってある程度家庭を犠牲にした。だけど、それを不幸だとは捉えていない。

　そもそも、人によって幸せの定義が違うように、なにを犠牲と思うか、なにを不幸と思うかは人によって違うのではないか？　まさか飛行長は私を、キャリアのために家庭を犠牲にしたかわいそうな人間だと思っているのか？

　碧は目の前にいる晴山を改めて見つめた。

　マニッシュなマスタードイエローの開襟《かいきん》シャツから伸びた白い腕がまぶしい。さすがに体幹がしっかりしている感はあるものの、黙っているかぎり、この腕でSHの操縦桿《そうじゅうかん》を握ってきたとはとても思えない。

　私服姿の晴山芽衣はどこからどう見ても普通のアラフォー女性であり、むしろその辺のアラフォーよりずっと若く見える。

「飛行長は結婚しないの？」

以前から抱いていた疑問が口を突いて出た。

晴山のロマンスについてはその昔、元夫の越谷《こしや》からチラリと耳にしたことがある。華のある容姿に加えて、さばさばとした気性。同期の間でもかなりモテた彼女が心を寄せたのは教空（教育航空隊）の教官だったらしい。卒業後、結婚も考えて地道に長く交際を続けたようだが、結局は別離を選んだとのことだった。

まさかその件を今も引きずっているわけではないだろうが、意外にもこういう女性に限って一途《いちず》なのかもしれない。

あるいは、プライベートも含めて真面目《まじめ》にロールモデルを務めようとしているのか？　私のことを真面目だというが、もしかしたら晴山のほうがよほど真面目なのではないか。

「結婚したくても、相手がいませんからね」

晴山は目を上げ、口元をフッと緩ませた。

「べつにロールモデルとなるために結婚しないわけじゃありませんよ」

碧の心の内を見透かしたかのようにクギを刺してくる。

「ああ、そう」

碧はなにか言い返そうと思ったが、やめた。この場でとことんやり合って結論が出るような問題でもない。今日のところはここまでにしておこう。

視線が合う。軽く咳払《せきばら》いして話題を変える。

「刺身でも頼む？」

「お、いいッスねえ」

晴山飛行長もノッてきた。

碧は千福をゆっくりと口に含みながら、タッチパネルのボタンを押した。

2

例年より短い梅雨が明けると、夏が一気に加速した。

連日の猛暑で、あおぎりの上甲板は熱を帯び、目玉焼きがきれいに焼けるのではないかと思うほどだった。

緊急事態でもないかぎり、護衛艦にも夏期休暇はある。世間でいうところのお盆休みだ。

しかし、総員が一斉に休暇を取っていたのでは艦として緊急の対応ができないので、たいていの艦では休暇を前期と後期に分け、乗組員に半数ずつ交替で休暇を取らせるようにしている。

海曹士の乗組員たちの多くは呉周辺の出身なので、帰省のため遠方へ出る者は少ない。しかし、幹部はだいたい一年〜三年ごとに全国を転勤するので、実家が遠方にある者がほとんどだ。

碧は士官室も半数ずつ休暇を取らせて、故郷の遠い者もなるべく帰省するようにうながしていた。

休めるときは思い切り休み、久しぶりの故郷で親孝行などしながら、自身もじゅうぶんにリフレッシュするのも艦艇勤務の要訣《ようけつ》だ。だらだらと残務をこなしながら停泊中の艦でくすぶっているより、故郷で英気を養ってきたほうが、休暇明けの勤務によほどハリがでる。

究極のチームワークである艦艇勤務には、そうした一人一人の行き足（航進の勢いを表す言葉）が全体の士気に影響するのだ。

事実、これまでに仕えてきた艦長たちは皆そろって部下たちに帰省を勧める指導方針だった。碧もその方針を受け継ぎ、あおぎり士官室も地元が呉である暮林副長を除き、交代でそれぞれの故郷へと帰省させた。

だが、艦長となると話は別だ。

艦の最高責任者として、緊急事態が起きた際はいつでもすぐに戻れるよう、できるだけ艦のそばにいたい。

横浜の実家の両親も、その点はよく理解してくれているので心残りはなかった。

それにこの夏は、四月に小月教育航空隊に入隊した一人息子の航太が初めての夏期休暇で呉にやってくるのだ。

碧は朝からそわそわしていた。

入隊式に出席できなかったので、親子の対面は航太が航空学生となって以来初めてである。

航太からの連絡によれば、昼過ぎには呉に着くという。

早々に官舎の部屋掃除を済ませると、いそいそと呉駅に向かった。

むらゆきの艦長時代に一度、両親と航太を呉に招いたことがあるが、航太は覚えているだろうか。

あの頃は、まだ中学生だった。

将来、自身が航空学生になるとは思ってもいなかったのではないだろうか。

いや、もしかしたら、その頃から少しずつ考えていたのか。

まあ、いい。いずれにせよ、一人息子は父親と同じ道を歩むと決めたのだ。自らの意志で。

少し早めに駅に着いたので、駅ビルの中に入っている大和珈琲《コーヒー》でコーヒーを飲んでいると、広島駅から呉線に乗ったというLINEが入った。

広島から呉までは普通電車だと一三駅だが、安芸路《あきじ》ライナーなら五駅である。要領のいい航太は、どうやら安芸路ライナーに乗ったようだ。

これから、ざっと三〇分といったところか。

碧は最後までゆっくりとコーヒーを堪能《たんのう》してから席を立った。

駅前のコンビニで、ちょっとした買い物などしているうち、いよいよ航太の乗った安芸路ライナーの到着時刻となった。

息子に会うだけなのに、妙に緊張する。

早く会いたいはずが、なぜかこのままずっと土産物屋のかげに隠れていたいような気もする。碧はやたらと早くなる胸の鼓動にとまどいながら、改札を見つめていた。

時期的に、やはり帰省客が多いのだろう。改札を出てくる人々は皆おしなべて大荷物で、身軽な者のほうがかえって目立って見える。

学校が夏休みのためか、子どもの姿も多い。

一番に飛び出して来たのは、甲高い嬌声《きょうせい》を上げながら走る小学校低学年くらいの少年だった。

白いTシャツにミリタリー調のハーフパンツ姿で、すでによく日に焼けている。

後から出て来たのは、その子の両親だろう。

まだ三〇代前半くらいの若い父親と母親だった。

揃いの紺のサファリハットを被《かぶ》り、前を走る元気のよすぎる子どもの後をガラガラとキャリーカートを引いて追いかけている。

夫婦のうち、どちらかの実家が呉にあるのだろう。

盆と正月には夫婦で帰省して、実家の親に成長した孫の顔を見せる。

そういえば、自身は今までそんな親孝行をしてきたためしがなかった。

部下たちには、親孝行を勧めているくせに……。

目の前を通り過ぎていく若夫婦の後ろ姿に視線を送っていると、ふいに横から肩を叩かれた。

目を射るような、まぶしい白の制服姿の青年が立っていた。

碧は思わず目を細めて相手を見上げた。

「何だよ。知らない人でも見るみたいな顔をしてさ」

照れたような笑顔が碧を見下ろしている。

もともと浅黒かった肌はさらに日焼けして箔《はく》がつき、くっきりとした強い瞳《ひとみ》がまぶしそうにほころんでいる。

一瞬、越谷かと思った。

しかし、それにしては若すぎるし、越谷はこんなに長身ではなかった。入隊してからまた背が伸びたのだろうか。それとも、久しぶりに見たせいで、大きく感じるだけなのだろうか。

約半年ぶりに会う一人息子は制帽のよく似合う立派な航空学生になっていた。

「何だよとは、なによ」

わざとぞんざいに返しながらも、碧の声は裏返っていた。

まさか制服で帰ってくるとは思わなかった。

航空学生の象徴でもある、七つボタンの白詰襟は丈が短い造りで、そのせいかよけいに脚が長く見える。

「初めての帰省は制服でっていう躾《しつけ》事項なんだ。拷問《ごうもん》みたいなもんだよ」

航太は詰襟の喉元に手をやって、暑そうに顔をしかめた。

「呉だからまだいいけど、その格好で新横浜に降りたら、かなり目立つよ」

呉には地方総監部や護衛艦バース・潜水艦バースがあるうえに、教育隊もある。

白い制服がさほど珍しくない街なのだ。

「広島じゃあ、ジロジロ見られたけどね」

航太は苦笑いした。

よく日に焼けた顔に白い歯がこぼれる。

人懐《ひとなつ》こそうな童顔は越谷にそっくりだが、越谷より鼻梁《びりょう》の線がくっきりとしていて、そこだけ大人びて見える。

しばらく見ないうちに、ずいぶんと精悍《せいかん》になったものだ。

「ちょっと、また背が伸びたんじゃないの？」

航太はフッと口元を緩めて背を向けた。

「なに言ってんだよ。もう一八だよ。そんなにいつまでも背が伸びるわけないだろ。子どもじゃないんだから」

笑ってまともに取り合おうとしない息子の背に、碧は心の中で一人つぶやいた。

子どもだよ。いくつになっても、あんたは私の子どもなの。姿かたちだけは、立派になっちゃって。

清々《すがすが》しく刈られた襟足から若さが匂《にお》い立つようだ。

夏の日差しを跳ね返す、白く広い背中を見つめているうちに、わけもなく涙が込み上げてきた。

あわてて咳払いをしてごまかす。

「どうした？　夏風邪でもひいた？」

「ううん、何でもない」

航太がこちらをふり返る前に目元をぬぐい、碧は久しぶりに母親の顔になった。

3

くっきりと青空の広がる夏のＦバースは、吹く風もなまあたたかく湿っていた。係留されている艦はだいたいどれも夏期休暇中で、上甲板に出ている人影も少ない。

「作業始め、五分前」

ときおり入る日課号令だけがやけに元気である。

岸壁横付けで係留されているあおぎりの艦影は、海面から上がる陽炎《かげろう》のせいか、心なしかぼやけてみえた。

斜め舷梯《げんてい》に張られた青地に白の「護衛艦あおぎり」の横断幕がじっと暑さに耐えているかのようだ。

いつもはさわやかな、あおぎりブルーも、こう暑くてはいまひとつ精彩を欠く。

今日は航太を連れての私的な乗艦なので、舷門の出迎えは断るつもりだったが、そうもいかなかったらしい。

碧の姿を遠くに認めた舷門当直員は、早々に士官室から当直士官と副直士官を呼び出して舷門に並んでいた。

「なんか並んで待ってるみたいだけど、俺、いいのかな?」

航太はあきらかにとまどっていた。

官舎で私服に着替えたとはいえ、階級は二等海士である。

自身より階級の高い当直員たちが並んでいるのを見て、気が引けたようだ。

「この場合、あんたが部外者ならべつにいいけど、すでに入隊を済ませてるわけだからそうもいかないね。彼らは艦長である私の階級と職責に対して敬礼するために並んでるわけだから。あんたは私が呼ぶまで下で待ってなさい」

姿勢を正してうなずく航太を岸壁に残したまま、碧は先に立って舷梯を上がった。

舷門に着くなり、当直士官以下が一斉に挙手の敬礼をして碧を出迎えた。

本来なら、今日はこうした礼式は省略してもよいはずなのだが、律儀《りちぎ》な当直員たちだった。

碧は軽く会釈《えしゃく》をして答礼し、早々に当直士官以下を別れさせた。

上から合図して航太を呼ぶ。

「息子さんですか？」

当直士官の晴山飛行長は上がってきた航太の顔を見るなり、「うわっ、そっくり！」と叫んだ。

隣にいた副直士官の遠藤通信士が思わず碧と航太の顔を見比べ、曖昧《あいまい》な愛想笑いを浮かべた。

それほど似ていないと思ったのだろう。

それもそのはずだ。

どちらかというときつく見られがちな碧の顔立ちと、どこかあどけなさの残る航太の顔立ちは印象からしてちがう。

強いて共通点といえば、二人とも目力が強いと言われるところくらいだろうか。

飛行長が思わず声を上げたのは、航太の顔立ちの中に昔の越谷の面影を見たからにちがいない。

航太は恥ずかしそうにうつむきながらも、晴山飛行長の胸に付いているウイングマーク（航空徽章《きしょう》）にチラリと目をやっている。

「航太、こちらは飛行長の晴山三佐。航学（航空学生）の大先輩。ほら、挨拶《あいさつ》！」

航太は弾《はじ》かれたように背筋を伸ばした。

「お疲れ様です！　早乙女航太と申します。母がお世話になってます。よろしくお願いします！」

晴山飛行長は恐縮したような、とまどった笑顔を浮かべた。

「母がお世話になってますって、すごいシチュエーションですよね、これ。ええっと、こういう場合、私は何と答えればいいんでしょう」

目を泳がせながら、碧と航太の顔を交互に見る。

「こちらこそ早乙女艦長にはお世話になってます。当直士官の飛行長、晴山三佐です。ようこそ、あおぎりへ」

急によそゆきの顔となった晴山飛行長は「どうぞ、どうぞ」と碧と航太を前部出入り口から士官室へとうながした。

休暇中なので、当然ながら士官室も閑散としている。

当直以外で出勤しているのは、佐々木補給長と三宅掌水雷士だけだった。

士官室の長テーブルに向かい合ってパソコンを開いていた二人は、碧と航太の姿を認めてあからさまに驚いた顔をした。

「これは、これは」

二人ともわざわざ腰を浮かして立ち上がろうとしたので、碧は両手で制した。

それでも三宅掌水雷士は席を立っていそいそとコーヒーを淹《い》れにいってくれた。

定年間際《まぎわ》で、頭に白いものがたくさん混じってはいるものの、動きはまだ現役の船乗りである。若いころから鍛え上げてきた機敏さは衰えていない。

食事時以外、士官室でのコーヒーは艦長といえどセルフサービスである。

「ああ、掌水雷士、自分でやるから」

「いやいや、今日はお客様もご一緒ですけえ」

三宅掌水雷士は人の好《よ》さそうな笑みを浮かべながら航太のほうに目をやった。

「お客様って……。ためになりませんから、自分でやらせてください」

碧は航太に来客用のカップを渡すと、自分で淹れるように目で合図した。

「へえ、こちらが艦長の息子さんですか？　例の航空学生の？」

佐々木補給長がわざわざ黒縁メガネの位置を直しながら航太を見上げている。

度の強いレンズの奥の目が小さく光り、まるで値踏みでもしているように見えなくもない。

航太は恐縮して耳まで赤く染め、晴山飛行長のときと同じ挨拶をして、勧められるままに席についた。

　いつもは暮林副長が座っている席だが、本日は休暇中である。そこまで注意しなくてもいいかと、碧はあえて口を挟まなかった。

「いずれは護衛艦の飛行長兼副長じゃけえ、今からこの席に慣れよったらええじゃろ。あ、若い人には冷たいもんのほうがええかのう？」

　掌水雷士が目尻《めじり》を下げ、航太の前のコーヒーカップに目をやる。

「いえ、とんでもない。大丈夫です」

　明らかに「いずれは護衛艦の飛行長兼副長」という言葉に動揺している。

「掌水雷士、若い人にじわじわプレッシャーかけちゃ駄目ですよッ」

　晴山飛行長が航太の向かい側の椅子《いす》を引いて勢いよく腰を下ろした。

　航太は錨《いかり》マークの施された白いコーヒーカップをそろりそろりと口元に運んだ。

「こうして見ると、おそろしいほどお父さんに似てますねえ」

　晴山飛行長はつくづくと航太の顔を眺めている。

　航太はコーヒーカップから顔を上げづらくなったようだった。

「あ、でも、お父さんよりイケメン。ですよね？　艦長」

「さあ、どうだろうね」

碧は艦長席で苦笑いした。

越谷とはしばらく会っていないので、最後に会ってから越谷がどのように年齢を重ねているのか分からない。

ただ、あおぎり艦長の内示に関して電話をもらった際の声の印象は、昔とあまり変わらなかった。晴山飛行長のいうお父さんが、いつの頃の越谷なのか分からないが、おそらく航空学生の頃を指しているのだろう。

「あ、私、お父さんとは航学の同期なの。で、お母さんとは江田島の同期。すごいでしょ？　この濃いつながり」

リラックスさせようとしているのか、晴山飛行長は持ち前の明るさで航太にたたみかける。

「父はどんな学生だったんですか？」

うつむいていた航太の視線が、コーヒーカップから上がった。

「そうねえ、君のお父さんは……」

晴山飛行長の目つきが遠くなった。

「教官たちも一目置くくらいの学生だったね。まず操縦に関してのセンスが抜群。たいていはみんな、訓練中、何かしらの教程で引っかかったり、検定を受け直したりするものなんだけど、君のお父さんはすべてハイアベレージで一発合格だった。あれは努力というより、天賦《てんぷ》の才能なんだろうなあ」

晴山飛行長は目を閉じて何度もうなずいた。

「でもね、それだけなら、単に腕のいいパイロットにすぎないわけ。部隊経験が豊富な教官たちがお父さんに一目置いてたのはそれだけじゃなくて、周りから慕われ、頼りにされる器がお父さんにあったからだと思う。海自の航空機の機長は副操縦士やクルーたちの命を預かり、チーム一丸となって任務を達成する。だからチームワークの要《かなめ》となり、的確な判断でみんなを引っ張っていく力は操縦技量と同じくらい大事なの」

一言も漏らさぬかのように話を聞いている航太の目つきは真剣そのものだった。

周りから慕われ、頼りにされる器。

チームワークの要となり、的確な判断でみんなを引っ張っていく力。

晴山飛行長の言葉は端で聞いている碧の胸にも刺さった。当然ながら、同様の資質は護衛艦の艦長にも求められる。

艦長としての器を遠回しに問われている気がした。

「で、飛行長はどうだったの？」

碧がサラリと口を挟むと、晴山飛行長は不意をつかれたような表情になった。

「え？　私ですか？　それはまあ、さすがにこっしーにはかないませんでしたけど。成績としてはそんなに負けてなかったのではないかと。あ、すみません。息子さんの前でこっしーなんて」

「いや、べつに構わないわよ。越谷だからこっしーなんでしょ」

きまり悪そうな笑いを浮かべた後、

「ところで、航太君」

晴山飛行長は急に改まった。

「航太君はどちらを希望してるの？　回転翼？　それとも固定翼？」

「そうですね。今のところUS－2希望ですが」

晴山飛行長と碧は思わず顔を見合わせた。

US－2は救難に特化した飛行艇で、岩国の第三一航空群第七一航空隊に所属する固定翼の水陸両用機である。

「そうか。救難に進みたいんだね。回転翼でもUH－60Jとか救難ヘリがあるし、それこそ今お父さんのいる館山《たてやま》には回転翼の救難飛行隊があるじゃないの」

晴山飛行長がにわかに回転翼を勧めはじめる。

「哨戒《しょうかい》ヘリのSH－60J、60Kだって救難には対応できるよ。艦に搭載することもできるし、ゆくゆくは護衛艦の飛行長兼副長ってコースも見えてくる。それに、もしかしたら、お母さんの艦に君のヘリが着艦する日が来るかもしれないじゃないの。ですよね？　艦長」

晴山飛行長は話しながら一人で盛り上がっていた。

航太は呆気《あっけ》にとられたように晴山飛行長を見つめている。

「よし、航太君。今から一緒に飛行甲板を見に行こう。お姉さんが回転翼の魅力と着艦について、現場でたっぷり教えてあげる」

勢いよく椅子から立ち上がった晴山飛行長を航太が驚いた顔で見上げる。

「飛行長、ありがとう。航太、せっかくだから案内してもらいなさい」

碧がうながすと、航太は「ありがとうございます。よろしくお願いします」と折り目正しく立ち上がり、一礼した。

私服の紺のポロシャツにベージュのチノパンが長身によく合っている。

晴山飛行長に続いて士官室を出て行く後ろ姿を頼もしい気持ちで見送り、碧はあおぎり艦長の顔に戻った。

「補給長、ちょっといいかな？　今度の体験航海の件だけど……」

パソコンに向かっていた佐々木補給長が、キーを打つ手を止めて艦長席に向きなおった。

休暇明け最初の任務として、自衛隊山口地方協力本部（地本《ちほん》）から夏の募集広報活動の一環である体験航海への協力が求められていた。

自衛隊の将来を担《にな》う若者にアピールするため、中高生や大学生の夏休み期間に合わせて、この時期はどこの地本もイベント活動に力を入れる。

体験航海には参加者に護衛艦での艦艇勤務を体験させることで、海上自衛隊の艦艇部隊に親近感を持ってもらい、少しでも新規入隊希望者を増やしたいという狙《ねら》いがあった。

むろん、それがすべてではないのだが、今まで艦艇勤務、艦艇生活の経験がない一般人を護衛艦に乗せて、わずか半日でも一緒に航海するとなると、それなりに課題も多い。

安全面の配慮、艦内イベントの企画、艦内整備……。

今回の体験航海の目玉はヘリの発着艦の訓練展示とあおぎりカレーの喫食だった。

発着艦訓練に関しては、晴山飛行長が搭載機の調整や当日のタイムスケジュールの調整等にあたり、佐々木補給長はその他のイベント全般、とくにあおぎりカレーの喫食に関しての企画を担当している。

「ああ、あおぎりカレーですね。大丈夫です。どうにか地本からの要請人数分、提供できる見通しとなりました。料理長も張り切っております」

佐々木補給長のしっかりとした口調に安堵《あんど》する。

「そう。頼もしいじゃないの。あおぎりカレーの味で、入隊希望者が増えるといいね」

「任せときんさい」と胸を張る北永料理長の強面《こわもて》が目に浮かんだ。

佐々木補給長はさらに続けた。

「そこで、喫食の際なんですが、本艦でも各テーブルに隊員を一名同席させるスタイルでいこうかと」

あおぎりの科員食堂は、だいたい四人か六人で一つのテーブル席となっている。乗艦者同士で囲むテーブル席の中に、あえて隊員を加えて会食させるという提案だ。

この相席方式は他艦の体験航海でも実施されており、好評を博していた。

「たしかに、入隊を考えている若者には、隊員に直接話を聞ける機会になるね」

碧としても反対する要素はない。

「では、その方向でいきます。同席する隊員はやっぱり若手がいいと思うんですよね」

佐々木補給長は黒縁メガネの位置を直しながら話を続けた。

事務的な口調は若干人情味に欠けるようにも聞こえるが、しっかりとした考えに裏付けされた意見はなかなかに信用がおける。

「募集対象者と年齢が近いほうが話しやすいでしょうし、先任伍長《ごちょう》に頼んで、各パートから若手の三曹を選ばせます。それで、士官室からは船務士あたりが適役かと思うのですが」

「なるほどね」

大久保船務士の力強い目つきが浮かぶ。典型的な若手幹部といえば、やはり大久保船務士だろう。

坂上砲術士も魚雷揚収作業以来、職務に目覚め、甲板士官として意欲的に艦内整備に取り組み、指揮を執っている。しかし、親しみやすさを感じさせるという点では大久保船務士のほうが向いている気がした。

噂《うわさ》をすれば何とやらで、まるで申し合わせたかのように、士官室のドアの内側のカーテンがシャッと開いた。

小柄ながら、肩幅の広い、ガッシリとした体軀《たいく》が勢いよく飛び込んでくる。

「船務士、ただいま戻りました！」

当直士官講習のため、江田島の第一術科学校に出かけていた大久保が帰ってきたのだった。

当直士官講習とは主に初級幹部を対象にした、呉海上訓練指導隊主催の当直士官となるための講習会で、あおぎり士官室からは大久保船務士一名が参加していた。毎年、夏の休暇時に数日間にわたって開催されるが、各艦とも参加者を出すのに難儀するところだった。

任意のため、必ずしも参加者を出さねばならないわけではないが、参加者〇《ゼロ》となるとさすがに艦の体裁が悪い。誰が命じたわけでもないのに、大久保船務士はその辺りの空気を察知して名乗りを挙げたらしい。

ところが、今年は夏の広報活動の目玉となる体験航海の予定がぎっしりと詰まっており、当直士官講習と体験航海の両方に参加する大久保船務士の夏期休暇はおのずと消滅してしまったのだった。

帰省もせず、ずっと呉に留まっているわりには、大久保船務士はよく日焼けして、はつらつとしていた。

「あ、艦長。いらっしゃったんですかッ！」

相変わらず声も大きい。

大久保船務士一人が入ってきたおかげで、士官室が活気づいたようだった。

「船務士、当直士官講習お疲れ様。どう？ 調子は」

「はいッ。今日で座学は終わりで、明日からいよいよ実習に入ります」

実際の護衛艦の当直士官として艦橋に立ち、護衛艦を操艦する「操艦実習」を指している。

今回の実習艦に当たっているのは、たしか僚艦のおいらせだったはずだ。

おいらせの小野寺艦長の下で、大久保船務士が当直士官として操艦にあたるのかと思うと、なかなか感慨深いものがあった。

「そう。おいらせの艦長によろしく。あの人、私の同期だからさ」

大久保船務士は濃い眉根《まゆね》を上げて「エッ。そうなんですか？」と、今初めて知ったといった顔をした。

「なんか、メチャメチャ厳しそうな人ですよね」

「うん、艦橋に上がると人が変わるからね、小野寺君は」

大久保船務士は途端に神妙な顔つきになった。

「明日は覚悟して行ってきます」

「まあ、べつに取って食おうというわけじゃないから」

なだめながら、碧は大久保船務士に申し訳ない気持ちを抱かざるをえなかった。

ハキハキとした行き足があり、若手幹部のムードメーカー的な存在の大久保船務士だが、あまりその元気なキャラクターに寄り掛かりすぎると、いつかポキリと折れてしまうかもしれない。

体験航海が終わったら、大久保船務士に夏期休暇の代わりの休暇を必ず与えよう。

碧は、夏期休暇で息子の帰省を楽しみに待っていたであろう大久保船務士の母親のことを想った。

4

夏期休暇の前半を碧の元で過ごした航太は、後半を横浜の祖父母の家で過ごすため、呉を発《た》っていった。

親子で大和ミュージアムやてつのくじら館を巡ったり、宮島の厳島《いつくしま》神社にも足を伸ばしたりして、なかなか充実した休暇ではあった。

「母さんは、すごい人だったんだな」

宮島名物の穴子飯を食べながら、航太がポツリと言った一言がまだ耳に残っている。

おそらく艦での舷門《げんもん》送迎や敬礼してくる乗組員たちの様子から、艦長という役職の放つ威容を感じ取っての一言だったのだろう。

もとより、指揮官の真価は舷門送迎の物々しさではかれるものではない。いざという時、どれだけ的確な判断ができるか。どれだけリーダーシップを発揮し、部下を指揮統制していけるか。そこにこそ、かかっている。

威容とはそのためのものであり、その職責を果たすために平素から保たれているべきものなのだ。

そばにいて子育てができなかった代わりに、せめて息子に誇れるような指揮官でありたい。同じ海上自衛官となった息子が、何年か後に真の指揮官とはどういうものか理解するようになったとき、改めて同じ言葉を聞きたい。同じ言葉を言ってもらえるような指揮官でありたい、と碧は思った。

土産のもみじ饅頭《まんじゅう》を山ほど買って持たせ、広島駅の新幹線口まで見送りに行くつもりだったのだが、航太は呉駅まででよいと断ってきた。

それならばと、最後に駅前にある呉ライオンズクラブ創立五〇周年記念の大きなスクリューのモニュメントの前で記念撮影をした。

大型船舶のスクリューを磨き上げたモニュメントは直径四メートル以上はあっただろうか。

いくら長身の航太でも、見上げるほどに大きなモニュメントだった。

銅やアルミなどの合金でできたプロペラがまるで巨大なレフ板のように、航太の全身を夏の日差しの中に明るく浮かび上がらせている。

なかなかいい写真が撮れたものだ。

スマホの待ち受け画面にした画像を艦長室で眺めながら、碧はステンレス製のタンブラーからアイスコーヒーを飲んだ。

この暑さにもかかわらず、よく冷えている。

高さ二〇センチほどの、保冷も保温も効くタイプで、蓋《ふた》がついているため、うっかり倒しても中身がこぼれない。

これなら、荒波に揺さぶられる艦内でも活躍してくれそうだ。

キラリと光るステンレスの光沢とスタイリッシュなデザインもいい。

碧は、汗ばんだように水滴をつけたタンブラーを片手で持ったまま撮影した。

——早速使ってます。いい感じ。ありがとう！

素早く航太とのＬＩＮＥに送信する。

新品のサーモスの真空断熱タンブラー。

航太を見送りに行った際、呉駅の改札で手渡されたものだった。

「なに？　これ？」

いぶかしがる碧に「まあ、その、初任給のプレゼントってやつ」と、航太は照れ臭そうに笑ってみせた。

たしかに初任給は初任給だが、まだ学生の身分の航太からプレゼントをもらうとは思ってもみなかった。

「後で開けてみて」

そう言って改札の奥に消えていく航太の後ろ姿がはっきりと脳裏に焼き付いていた。

横浜の実家で残りの休暇を満喫し、そろそろ小月の教育航空隊に戻るころだろうか。

ＬＩＮＥの画面に、たった今送信したばかりのタンブラーの画像が写し出された。

「さて……と」

航太からの返信は待たず、碧は画面を閉じて立ち上がった。

護衛艦あおぎりの夏期休暇は昨日で終了し、士官室も含めて乗組員たちは総員、艦に揃《そろ》った。

通常業務再開である。

休暇前から少しずつ取り組んできた募集広報の準備も、いよいよ大詰めを迎えつつあった。

今回の体験航海および艦内一般公開の主催は自衛隊山口地方協力本部で、キャッチフレーズは「護衛艦で瀬戸内海クルーズを楽しもう」というものだ。八〇名の募集に三百名を超える応募があったとのことで、さすがにこれには碧も驚いた。碧がまだ初任三尉《い》だったころは、体験航海の募集定数割れは珍しくなく、当日券を配って飛び入りの乗艦者を歓迎したくらいだった。

年々、自衛隊への関心が高まり、体験航海の申込数が増えているのはありがたいが、それでもまだ護衛艦の慢性的な人手不足は解消できていない。

新たな隊員獲得のために、広報活動は重要な任務なのだが、碧と晴山飛行長の着任により、あおぎりへの注目度が突出して上がり、広報の機会がやたらと増えた。

――そっちは広報担当艦みたいで大変だよな。なんつったって女性飛行長は初めてだし、女性艦長もまだまだ珍しいからな。まあ、これも大事な仕事だ。がんばれよ。

先日、Fバースの岸壁で、僚艦おいらせの小野寺艦長とすれ違ったときも、慰めとも励ましとも取れる声をかけられたばかりだった。

――あ、それから、余計なお世話かもしれないけど、乗員の中には快く思ってない奴《やつ》もいるだろうから気をつけろよ。いろんな意味で、な。

わざわざふり返りざまに声をひそめた小野寺艦長の一言には、碧自身、思い当たるふしがなくもなかった。

今回の「瀬戸内海クルーズ」の後にも、下関で二日間にわたる艦内一般公開が控えており、乗員たちの間からは「あおぎりはまるで人寄せパンダじゃのう」などという声がちらほら聞こえていた。

広報活動は主に休日に行なわれるので、どうしても休日返上の勤務となる。いくら平日に代休を出したとしても、家族のいる乗員たちにとって、子どもたちの学校行事にも参加できない不満は溜《た》まっていく。

艦長として、見て見ぬふりはしていないつもりだが、すでに決まってしまっている行動予定はどうにもならない。

今日からは通常どおり、七時一五分には日例会報を始め、八時には後部甲板に整列して艦尾に自衛艦旗を揚げて日課を始めねばならない。

体験航海に向け、済ませておくべき準備は山積している。

広報活動が落ち着いたら、家族のいる乗員たちはなるべく土日に休めるよう、各個艦所定の日程の中で調整しよう。

碧は自身を奮い立たせるために両手で頬を叩《たた》いた。

「さあ、いくぞ！」

5

「えー、では、時間になりましたので、本日の日例会報を行ないます。艦長」

暮林副長が重々しい口調で、碧に向かって姿勢を正す。

碧は黙って手を前に差し出した。

どうぞ始めてくれ、という合図だ。

白いテーブルクロスが張られた長テーブルには暮林副長以下の幹部が序列順に着席し、勢ぞろいしている。

「では、まず初めに通常航海直の割り振りを次のように変更したので達する」

暮林副長は新しい直割をプリントしたA４サイズの紙に目を落としながら、淡々と読み上げた。

じつは事前に、まだ〈案〉の段階で、碧は暮林副長からこの紙を見せられていた。

それまでの航海直の組み合わせをものの見ごとにバラバラにして組みなおしたもの

で、考案した暮林副長の苦心の跡がうかがえるものだった。

「第一直は当直士官・砲雷長。副直士官・掌水雷士」

早速、第一直からの組み合わせが発表された。

一番末席にいた三宅掌水雷士が驚いたように顔を上げ、そのまま黙って一礼した。

いつも浮かべている、人の好さそうな笑みがすっかり消え、落胆を隠しきれない様子である。

じつは定年間際の三宅掌水雷士は暮林副長が着任する前は航海直に組み込まれておらず、艦橋ワッチを免除されていたらしい。

しかし、暮林副長が着任早々強制的にワッチに組み入れたため、当人は不満タラタラだったようだ。

なにせ長年、水測員としてソーナー室に詰め、最後は水測員長として先任海曹室《CPO》で大きな顔ができると思っていたところ、定年を目前にしてほぼ無理やり幹部にさせられたわけである。それだけでも不満なのに、初任三尉と同列に艦橋ワッチに立つなど、言語道断といった心境だったのだろう。

今まで組んでいた稲森船務長は、そのあたりの事情を酌《く》んで手加減していたのかもしれないが、今度のペアが暮林副長とあっては情け容赦なくこき使われるのは必至である。

三宅掌水雷士も年貢《ねんぐ》の納め時と観念したようだった。

「第二直、当直士官・船務長。副直士官・通信士」

中堅幹部の稲森船務長と通称〝通信長〟の遠藤通信士の組み合わせは、一番妥当といえば妥当なものであり、安定した直になりそうだ。

互いに納得したのだろう。稲森船務長は丸顔をキリリと引き締め、遠藤通信士は切れ長の目に力を込めて、黙って礼をした。

「第三直、当直士官・航海長。副直士官・砲術士」

長テーブル全体から、かるく息を呑《の》む気配が感じられた。

渡辺航海長はまるで「任せとけ」とでもいうように下座の坂上砲術士のほうに目をやった。坂上砲術士は色白の頰を赤らめたまま下を向き、目を上げようとしない。

暮林副長も坂上砲術士を誰と組ませるかに一番頭を悩ませたにちがいない。

以前の坂上砲術士であれば、人情味の厚い渡辺航海長を頼りきって成長しない可能性はなきにしもあらずだった。だが、ここ最近の勤務態度からすると、むしろ坂上砲術士のほうから積極的に渡辺航海長の高い操艦技術を学び取ろうとするのではないか。

暮林副長もその点に賭《か》けたのだろう。

猛禽類《もうきんるい》を思わせる厳しい横顔が、自身で鍛え上げたひな鳥の巣立ちを見守る親鳥のようにさえ見えてくる。

碧は誰にも気づかれぬよう、心の中で小さくうなずいた。

「第四直、当直士官・水雷長。副直士官・船務士」

座間水雷長と大久保船務士は、テーブル越しに目を合わせて、互いにうなずき合っている。

当直士官の中で一番若い座間水雷長と副直士官の中で一番若い大久保船務士。どちらも精悍なタイプだが、筋肉自慢で頬もパンパンに張っている座間水雷長に比べると、大久保船務士の顔つきは若干シャープに見える。おそらく、この直はかなり行き足のある元気な直になるだろう。

未熟な点は艦長である碧が指導しながら補うとして、これからの伸びしろが大いに楽しみだ。

「……以上の割り振りで当面の間、通常の航海直を回していく。なお、この紙は艦橋と士官室に掲示しておくけえ、改めて確認しておくように」

一同が座ったまま礼をすると、暮林副長は「えー、それでは」とあっさり次の話題に移ろうとした。

「あ、ちょっと待って。いい？」

碧は身を乗り出して流れを止めた。

「今回、新しく直割を組んでもらったのは、新しい組み合わせからなにか発見をしてもらいたいという意図があってのことで、以前の組み合わせに問題があったというわけではありません」

下座《しもざ》にいる坂上砲術士が心なしか目を上げた。どこか吹っ切れたような表情をしている。

「副直士官はペアになった当直士官から新たに大いに学んでもらいたいし、当直士官も副直士官からいろいろな気付きをもらってほしい。常にいろんな観点からものを見るということを通じて、柔軟な姿勢を身につけ、不測の事態に対処していけるようにしたいものだね。ということで、新しい直割に関して、私からは以上。副長は組み直しの考案、ご苦労様でした」

最後に労《ねぎら》うと、暮林副長は意外といった表情でとまどったように一礼した。

「えー、では次に近々に迫った体験航海について……」

瞬時にいつもの渋面に戻った横顔を見ながら、碧は「これはこれでいい」と、割り切れた気持ちになっていた。

無理にこの渋面を崩す必要もない。これがこの人のスタイルなのだから。

なにはともあれ、次の体験航海からは新たな当直割がスタートする。

私は私のやり方を貫いていく。

碧は長テーブルの下で脚を組みなおした。

6

いっこうに衰えぬ暑さの中、着々と準備を重ねた末、いよいよ体験航海当日がやってきた。

山口地方協力本部との調整の結果、最終的に瀬戸内海クルーズの一般参加者は当初八〇名の予定が一〇〇名まで増えた。

そのうえ、宇部で行なわれる自衛隊山口隊友会の総会に堀田司令が参加する都合上、司令以下司令部六名も体験航海に便乗するはこびとなった。

これには艦内のあちこちから不満を抱く声が上がった。

――あおぎりの単艦行動に、何で司令が？

――わざわざ体験航海に便乗せんでもええじゃろ。

一方、宇部地域事務所からは広報官である陸上自衛隊の二曹が一名同乗し、体験航海全般の調整、サポートに当たるとのことだった。

時間の関係から、今回はあらかじめヘリを搭載した状態で乗艦者を乗せて呉を出港する。

出港後は乗艦者たちを対象にスタンプラリー形式で艦内ツアーを行なったり、主砲等武器の操法展示を行なった後、周囲の状況を見て、ヘリ発着艦の訓練展示を行なう。

昼食時にはあおぎりカレーを配食し、午前中にヘリ発着艦の見学ができなかった乗艦者を対象に第二回目の訓練展示。その後、ミニイベントを行ないつつ、一五時には宇部の芝中西ふ頭に横付けを完了。

そこから、一般客を対象に艦内一般公開を行なう。

想像しただけでも気の遠くなりそうな一日だった。

しかし、なにごとも一旦《いったん》始まれば必ず終わる。

体験航海の乗艦者たちに先立ち、一日艦長を務めるミス山口大学の女子大生が、広報官の中馬《ちゅうま》二曹に連れられて士官室に入ってきた。

護衛艦の士官室にミス山口大学は緊張した面持ちだった。

医学部医学科の四年生だというので、クールビューティーなタイプの女性を想像していたところ、意外にも小柄でほんわかとした、可愛《かわい》らしい女子大生が現れた。

　未来の女医さんより教育番組の歌のお姉さんのほうがしっくりきそうな印象だ。

「早乙女艦長、はじめまして。お会いできて光栄です。本日、護衛艦あおぎりの一日艦長を務めさせていただきます、山口大学医学部四年の三好友梨佳《みよしゆりか》と申します。どうぞよろしくお願いいたします」

　見た目のふわふわとした印象からは想像できないほど、しっかりと落ち着いた挨拶に碧はすっかり驚き、あわてて「こちらこそ、どうぞよろしく」と返したのだった。

「さて、申し遅れましたが……」

　後ろに控えていた中馬二曹が改まった様子で姿勢を正した。

「宇部地域事務所広報官、二等陸曹中馬和美《かずみ》です。本日はお世話になります」

　中馬二曹は想像していたとおり、キリリとした印象のWAC《ワック》（女性陸上自衛官）で、年齢は三〇代半ばといったところだろうか。

　陸上自衛隊の夏の略装である、階級章のついたシャツに紫紺のパンツを穿《は》き、あおぎりの部隊帽を被《かぶ》っていた。

「では、三好さんには着替えの後、任命式の時間まで艦内見学をさせていただいてもよろしいでしょうか？」

中馬二曹はテキパキとした口調で、切り出してきた。

「分かりました。対番の者を付けますので、先任海曹室に」

そう言いかけた矢先、入り口のカーテンの向こうから「先任伍長、入ります！」と、太い声が響いた。

間髪入れずにカーテンがシャッと開いて、後藤先任伍長が入ってきた。

相変わらず重心の低い、堂々とした態度だ。入ってくるやいなや、すがめるような目つきで、士官室全体を素早く見渡している。

「ああ、ちょうどよかった、先任伍長。こちらが広報官の中馬二曹です。で、こちらの学生さんは」

碧が紹介しようとしたところ、後藤先任伍長はいつものとっぽい表情で、「ああ、先ほど先任海曹室《CPO》で顔合わせしましたけえ、知っちょります。そろそろ、司令・艦長への挨拶が終わるころか思うて、様子を見に来ました」

中馬二曹はバツの悪そうな表情を浮かべた。

「あ、すみません。護衛艦に乗ったら真っ先に先任海曹室へ挨拶に行け、と申し継ぎがあったものですから……」

どうやら、司令・艦長より先に先任伍長に挨拶に行ったことを気にしているようだった。艦においてはなにごとも先任海曹室を通すのと通さないのとで、その後の対応が変わってくる。

おそらく海自の広報官にアドバイスを受けてきたのだろう。

「ああ、いいんですよ。先任海曹室優先はまちがってませんから。ね、先任伍長？」

「いや、べつにどっちが先でも、わしらは構いませんけんど」

大声で笑う後藤先任伍長に合わせて、中馬二曹も笑顔に戻った。

「今回の募集では、私どももあおぎりの人気に驚いています。無理言って一〇〇名まで乗せていただき、助かります。このぶんだと、宇部入港後の一般公開も大盛況でしょうね」

とたんに後藤先任伍長の顔から笑みが消えて、やれやれといった表情になった。

「大盛況はええですけんど、艦長代わってから、広報の出番がグッと増えよって、大忙しでかなわんわ。人気があるゆうのもつらいもんじゃけんのう」

冗談とも本気ともつかない一言を誰にともなくぼやき、中馬二曹に向き直った。

「まあ、広報官の方も艦は慣れんで大変でしょうけんど、今日は一日よろしく頼みますわぁ。一日艦長の方はどうぞこちらへ」

後藤先任伍長はミス山口大学を引き連れ、肩をいからせて士官室を出て行った。

先任伍長まで不満を漏らすとは、波乱の予感がしないでもない。

「では、改めて艦橋へ参りましょうか」

碧は不安を断ち切るように、中馬二曹を先導して士官室を出た。

7

早朝で日射しがまだきつくないため、Fバースの岸壁で行なわれる一日艦長の任命式は、日よけの天幕を張らずに決行することとなった。

小・中学生を含めた一般の体験航海乗艦者に加え、地元テレビ局や新聞の記者たちが集まり、Fバースは祭りのような賑《にぎ》わいを見せていた。

明らかに募集対象年齢を超えている見学者も多く、彼らは岸壁を駆け回るようにして、あらゆる角度からあおぎりを撮影している。

Tシャツにハーフパンツといったラフな服装の者もいれば、長袖《ながそで》長ズボンにポケットのたくさんついた釣り用のベストを着用している者もいる。撮影機材もスマホのカメラからハンディカメラ、本格的な望遠カメラとさまざまである。

女性客も多く、大半はつば広の帽子にUVカットのアームカバー、首にはストールといった万全の日焼け対策を施していた。

一番の人だかりは、今日の一日艦長を務めるミス山口大学の三好友梨佳のまわりにできた。

白の夏制服に着替えた友梨佳は、それまで下ろしていたゆるいウェーブのかかったセミロングの髪をすっきりと後ろで束ねている。そのためか、士官室に挨拶に来た当初より自衛官らしくなった。あおぎりをバックに見学者たちの求めに応じて、はにかみながらポージングして写真撮影に応じている。

やがて、任命式開始の時間が近づいてくると、坂上砲術士と後藤先任伍長が声を張り上げ、見学者たちを所定の位置に整列させ始めた。

坂上砲術士の発声もだいぶしっかりとしてきており、後藤先任伍長にも引けを取っていない。頼もしく感じつつ艦橋から眺めているうち、副直士官の三宅掌水雷士が岸壁から艦橋に上がってきた。

「艦長、任命式よろしい」

「了解。では、私は一旦下りますので」

当直員と中馬二曹を残して艦橋を下りると、三宅掌水雷士はその足で司令室へ報告に向かった。

早朝にもかかわらず、岸壁は熱気に満ちている。

これからぐんぐんと勢いを増す夏の日差しと比例するように、体験航海参加者たちの期待も高まっているようだった。

大勢の見学者たちがなるべく均等に任命式を見学できるよう、体験航海参加者はすでに乗艦して岸壁沿いの外舷《がいげん》に並んでおり、外舷に並び切れなかった参加者たちは岸壁に並んでいた。

小・中学生が前列を占め、それ以外は後列に回っている。

感心なことに、子どもたちは皆きちんとキャップや帽子をかぶっていた。まだ眠そうな子もいれば、やたらと元気にはしゃいでいる子もいる。

安全面を考慮して、今回は未就学児の参加は許可していない。

見学者の前には当直員以外のあおぎり乗組員が整列し、艦長交代行事や総員集合時に使われる「お立ち台」が、すでに用意されていた。

任命式の進行役を務める佐々木補給長がマイクをもって、お立ち台の後方に控えている。

碧が岸壁に降り立つと同時に堀田司令が舷門に現れ、満面の笑みを浮かべながら舷《げん》梯《てい》を下りてきた。

遠目にも上機嫌な様子がよく分かる。

司令席に座っているときの好戦的な顔つきとはまるで別人のようだ。社交的で派手好きなため、こうしたイベントは大好きなのだ。

当初、一日艦長の任命は碧が行なう予定だったが、時間の関係から堀田司令にお願いする方向で佐々木補給長が頼んだらしい。すんなりとOKが出たとのことで、佐々木補給長もホッとしていた。

「まあ、司令がああいう性格の方で助かったといいますか、何といいますか……」

「そうね。ご挨拶《あいさつ》も司令にお任せできて私も助かったよ」

一般客への挨拶も堀田司令が行なうこととなり、碧は佐々木補給長の後方に控えて、任命式を見守るかたちとなった。

堀田司令は、身のこなしも軽やかに、滑るように斜め舷梯を降りてくる。

頃合いを見計らって、佐々木補給長はさっそうとマイクを構えた。

「それでは、ただ今より、護衛艦あおぎり一日艦長の任命式を行ないます」

堀田司令が改まった表情で、壇上に立つ。

これを合図に、号令官の坂上砲術士が「気を付け」の号令をかける。

「かしーらー、中ッ!」

見学者たちの前に整列した乗組員たちが一斉にあごをあげて、壇上の堀田司令に顔を向けた。

一連の号令は乗組員たちに対するものであり、一般の見学者たちに対するものではない。

この任命式は、あえて艦の礼式に則《のっと》ることで、一般の見学者たちに艦艇部隊の雰囲気を味わってもらうための儀式《セレモニー》なのだ。

堀田司令は壇上で悠々と答礼し、備え付けられたマイクに顔を近づけた。

「おはようございます。第一二護衛隊司令の堀田でございます。本日はこのように早朝からたくさんの方々にお集りいただき、まことに光栄であります」

張りのあるバリトンボイスがＦバースに響きわたる。

「ええー、皆さまご存知のとおり、第一二護衛隊と申しますのは、この呉を母港といたしまして……」

第一二護衛隊の説明から入って、護衛艦あおぎりの説明、今回の体験航海の趣旨にいたるまで、予想を上回る長広舌であった。

途中、佐々木補給長はマイクを握りながら、ハラハラした表情で碧のほうをふり返った。いくら碧でも司令の熱弁を止められるものではない。

そこへ絶妙なタイミングで任命書とたすきを手にした後藤先任伍長が現れた。重心の低い、安定した足取りで、後藤先任伍長はスタスタと進み出ると、堀田司令の斜め後方にピタリと控えた。

ただそれだけなのだが、後ろから並々ならぬ圧力を感じたようで、堀田司令の挨拶は急に収束へ向かった。

さすがは陰の実力者といわれる先任伍長だけある。

なにも言わずに司令をも黙らせる存在感の大きさはたいしたものだ。

ようやく肝心の任命式が始まった。

「では、一日艦長の方はどうぞ前へ」

佐々木補給長の言葉に、艦尾のほうの岸壁に控えていた友梨佳は、硬い表情でお立ち台の前に進み出た。

「任命書。ミス山口大学・三好友梨佳殿。貴殿を一日艦長に任命する」

堀田司令は後藤先任伍長から受け取った任命書を滔々《とうとう》と読み上げた。

友梨佳に任命書が手渡され、一日艦長のたすきがかけられる。

岸壁とあおぎりの外舷から、一般客の拍手が湧《わ》き起こった。

「では、よろしくお願いしますよ」

堀田司令が壇上から下りて敬礼すると、友梨佳は初々《ういうい》しい答礼を行なった。

この時点で予定の時刻は過ぎており、天幕のない岸壁に勢いづいてきた朝日が容赦なく照りつけてきていた。今日は気温がぐんぐんと上がりそうだ。

一般客の熱中症も心配だが、ほぼ交替なしで配置につくあおぎりの警戒員たちの体調も心配である。

なにごとも起きなければいいが……。

碧の心配をよそに、一日艦長の三好友梨佳が壇上に立ち、マイクに向かった。

「本日は早乙女艦長に代わりまして、私が、護衛艦あおぎりの指揮を執ります。精一杯頑張りますので、どうぞよろしくおねがいいたします」

凛《りん》とした、なかなかに力強い挨拶だった。

一般客の間から拍手が起こり、続いてカメラやスマホのシャッター音が次々とこだまするように響いた。

「かしーらー、中ッ！」

引き締まった表情の友梨佳は、おそらく初めてであろう「頭中」の敬礼に対しても動じずに堂々と答礼し、ゆっくりと壇を下りた。

「それでは、これをもちまして、一日艦長の任命式を終わります」

気が急《せ》いているのか、任命式を締めくくる佐々木補給長の口調はいつにもまして事務的で早口だった。見学者たちも早々に気持ちを切り替えたようで、各自カメラやスマホを収めはじめている。

岸壁に照り返す朝日がまぶしい。

さあ、いよいよ出港。長い一日の始まりだ。

碧は片づけの始まった岸壁で目を細めた。

8

「出港用意！」

一日艦長を務める三好友梨佳の号令で、あおぎりは岸壁から放たれた最後のもやいを取り込んだ。

パララ、パララ、パララッパパパパー！

「出港ようーい！」

威勢のいい出港ラッパに続き、艦内マイクを入れたのは白いキャップを被った小学生の少年だった。

低学年なのだろう。いかにも精一杯といった、甲高く可愛らしい声に一斉に拍手が湧き起こった。

艦橋内は、なかなか良い感じに盛り上がっている。

碧とともにウイングに出ていた友梨佳は、しだいに離れていく岸壁を感極まった表情でみつめていた。

「さあ、これで無事出港しましたよ。三好さん、ありがとうございます。では、艦橋に戻りましょうか」

碧がうながすと、友梨佳は「はいッ」と歯切れのいい返事をして、碧の後に続いた。

見学者で溢《あふ》れかえった艦橋で、碧と友梨佳は拍手で迎えられた。

体験航海などのイベントでは、一日艦長役を務めるゲストが出港用意の号令をかけるのが恒例となっている。

もちろん、操艦するのは個艦の艦長であり、出港用意をかけるタイミングも艦長が指示するのだが……。

「ただいま出港用意の号令がかかりました。この号令により、あおぎりは岸壁から最後のロープを放って出港します。それでは、あおぎりでの航海をどうぞお楽しみください」

艦橋マイクを握ってアナウンスを入れているのは、隊訓練の実況でも活躍した航海科の桃井士長である。

大勢の一般客たちに囲まれて、今日は心持ち声が上ずっている。

夏期休暇で日焼けしたのか、色白のふっくらとした顔が小麦色に焼けて、白の夏制服に映えている。

一日艦長の対番に付いている先任WAVEの岬二曹に後を任せて、ふたたびウイングに出た。

一般客を乗せていようがいまいが、出港時の艦長の仕事は多い。

無事出港針路に載せて、航海長に舵《かじ》を渡すまで気は抜けない。

いや、航海長操艦となってからでも、厳密にいえば、艦が動いている限り、決して安心はできないのだった。

「艦長席に座ってみますか？」

岬二曹が友梨佳に勧めている声が聞こえた。

先任WAVEだけあって岬二曹は一見厳しそうに見えるが、なかなか細やかな気配りができる航海科のベテランだ。

友梨佳は目を輝かせながら足置きに足を掛けて、席に上った。

「わあ、高い！　見晴らしがいいですね」

　窓から辺りを見回してはしゃぐ友梨佳の周りに、だんだんと人が集まってくる。

　一方、左舷側の司令席では、堀田司令が一般の乗艦者たちとしきりに談笑していた。

「そうですね。ワスプ級ですとＬＣＡＣ《エルキャック》（エア・クッション型揚陸艇）三隻《せき》を収納できますからね」

　どうやら相手は艦船マニアで、米軍の強襲揚陸艦の話をしているようだ。

　後進で出港したあおぎりは、今や大きく回頭して出港針路に着こうとしている。

　左舷前部を押していた曳船《えいせん》を離すよう指示した。

　右前方には裾《すそ》に岩肌をのぞかせた大麗女島《おおうるめじま》と水芭蕉《みずばしょう》の花を思わせる小麗女島《こうるめじま》の白い灯台が仲良く寄り添って見える。

　ここまでくれば、大丈夫だろう。

「よし、航海長操艦」

　碧は渡辺航海長に舵を渡して後ろへ下がった。

　艦橋内の乗艦者たちは出港の様子をカメラに収めたり、近くの乗組員に質問したり、とさまざまな行動をとっていた。一日艦長とツーショットで写真撮影をする者もいれば、最初からずっと定位置で出港時の艦橋の様子をビデオ撮影している者もいる。

ウイングにも旗甲板にも乗艦者たちが溢れていた。

モニターで後部の様子を見ると、飛行甲板に出ているSH－60Jの周りにも人が群がっている。

皆それぞれ、思い思いの帽子を被ってはいるが、強まる陽射《ひざ》しに手をかざしたり、乗艦時に配られたパンフレットをうちわがわりにしてあおいだりしている。

朝早い時間からこの調子では、日中が思いやられる。

同じことを考えていたのか、ウイングの出入り口に立っていた中馬二曹と目が合った。

「今日も暑くなりそうですね」

中馬二曹は苦笑いして、空を見上げた。

「乗艦者の皆さんには、体験航海の当選通知と共に帽子や冷却シートなど防暑対策をご案内してはいるんですが」

「そうですか。本艦でも航海中は適宜艦内か格納庫内に入って休憩していただくよう、マイクを入れるつもりです」

艦内では、乗艦者たちの休憩所として科員食堂を開放し、ヘリの格納庫内に毛布を敷いて座れるスペースを設けている。

対策を施したとはいえ、護衛艦はそもそも旅客を乗せる目的で造られているわけではない。ゆっくり座ってくつろぎながら体験航海を味わってもらう、というのはどだい無理な話だ。

上甲板に出ているのが辛《つら》くなったら、乗艦者たちの自己判断で艦内に入るか、格納庫に入るかして休憩を取ってもらうしかない。

「中馬二曹も適宜休んでくださいよ。今日は長いので」

中馬は「ありがとうございます」と笑顔を見せた。

「いや、でも、護衛艦かっこいいですねえ。私、今度生まれ変わったら海自に入って乗ってみたいなあ」

切れ長の目を細め、中馬二曹はまぶしそうに外を眺めた。

「え？　そうなんですか？　ぜひぜひ！　自衛官候補生・一般曹候補生の募集年齢も三三歳未満まで引き上げられたことですし、中馬二曹でしたら」

碧が身を乗り出すと、あわてた様子で両手を振った。

「いや、艦長。いくら対象年齢が引き上げられても、ギリギリ無理です。いや、かなり無理があります。あくまで生まれ変わったら、ですから」

「なんだ、残念。中馬二曹、絶対艦艇勤務に向いてるのになあ」

「そうですかあ？」

中馬二曹はまんざらでもなさそうな表情を浮かべた。

「ええ、海上自衛隊あげて大歓迎です」

「では、生まれ変わった暁にはぜひよろしくお願いします」

中馬二曹はあおぎりの部隊帽の下で陸上自衛隊式に肘《ひじ》を張った挙手の敬礼をした。

「あ、海自は肘を張らないんでしたよね」

同じ自衛隊でも、陸・空自と海自では挙手の敬礼が若干異なる。

艦艇勤務が基本の海自では狭い艦内を考慮して、肘をできるだけ体側へ寄せて敬礼するのだ。

あわてて肘を引っ込める中馬二曹に、碧は笑みを浮かべながら答礼した。

9

出港後、あおぎりは一般の乗艦者を対象にスタンプラリー形式で艦内ツアーを行なった後、前甲板で六二口径七六ミリ速射砲の操法展示を行なった。

実際に発砲するわけではなく、砲塔ごと旋回させたり砲身を上下に動かしたりするだけなのだが、さすがは護衛艦を象徴する武器だけある。

ジリリリリッ！

警告ベルの鳴り響くなか、つやつやと光る砲塔が旋回し、砲身が架空の目標を指向するたびに歓声が上がった。

上甲板の見学者たちは警戒ラインぎりぎりまで出てカメラやスマホを構えている。ウイングから身を乗り出すように撮影している者もいれば、中央部にどっしりと構えて艦橋の窓から悠々と撮影している者もいた。

「六二口径七六ミリ速射砲は、最大射程一六キロ、一分間に最大一〇〇発を発射します」

桃井士長のアナウンスも堂に入っている。

「それでは、ただ今から、この七六ミリ速射砲に号令をかけていきます。気を付け！」

桃井士長の号令で、主砲が砲身を水平に下ろして正面を指向した。

「右向け右！」

警告ベルがふたたび響き、砲身が右九〇度を指向する。

前甲板からも艦橋からも笑いと拍手が湧き起こった。

「では、どなたか号令をかけてみたい方、どうぞ」

桃井士長がマイクを外して周囲を見回す。

やがて、一組の親子連れが名乗りを挙げて進み出た。三〇代半ばほどの細面の父親と小学校低学年くらいの女の子だ。

「ええっと、では、失礼します」

白いポロシャツを着た父親はマイクに向かって丁寧に挨拶すると、「気を付け！左向け、左！」と、照れたように号令をかけた。

主砲は号令どおり正面から左九〇度まで旋回する。

拍手のなか、次に髪を二つに結んだ女の子がマイクに向かったが、恥ずかしがってなかなか声を出さない。

桃井士長が号令詞《ごうれいし》の書かれたボードを手にして「どれでも好きな号令をかけていいんだよ」と優しく勧めると、ようやく「気を付け」と小さく号令をかけた。

号令どおり忠実に正面を向く主砲に味をしめたのか、女の子は次にはっきりとした声で「まわれー、右！」と号令をかけた。

主砲は勢いよく一八〇度回転して、砲口が艦橋を向いた。

通常なかなか見られない構図に、あちこちからシャッター音が鳴り響く。

「はい、ありがとう。じゃあ、最後に主砲の向きを元に戻してくれるかな？」

桃井士長の誘導に、女の子はどうしていいか分からない様子で父親を見上げる。父親は「もう一回、これだよ」ボードを指さす。

「まわれー右！」

女の子の号令で主砲はまたさらに一八〇度旋回して正面を向いた。

歓声と拍手が湧き起こり、操法展示のイベントはなかなかの盛り上がりを見せて終わった。

展示の間も着実に航行を続けていたあおぎりは、いよいよ怒和島水道《ぬわじますいどう》にさしかかった。

「これより本艦は怒和島水道を通ります。水道を通る。航海保安配置につけ！」

イベント向けのアナウンス口調だった桃井士長の声が急に引き締まって、艦内号令の口調に変わった。

怒和島は瀬戸内海の安芸灘《あきなだ》と伊予灘の間に浮かぶ忽那《くつな》諸島の中で三番目に大きい有人島である。

瀬戸内海の多島美の一環を成すこの島は愛媛県に属し、みかんとヒラメの養殖が盛んだ。濃い緑を映した海は、夏の盛りの色に輝いていた。

隣の津和地島《つわじじま》とこの怒和島との間の水道を抜けると、そこはもう伊予灘である。

艦首方向には双子のように仲良く並んだ小さな二子島《ふたごじま》、その向こうに東西に細長く伸びた二神島《ふたがみじま》が見えている。

この二子島と二神島の重なり合う見通し線上を進む形で、あおぎりはそろりそろりと慎重に航行していく。

航海指揮を執る渡辺航海長の操艦は、大勢の乗艦者たちが見守る中でも、ふだんと変わらず的確だった。

津和地港へと向かうフェリーがゆったりと反航してきたほかは、気になる行合船もない。このあたりの浅瀬や暗礁《あんしょう》の位置は、むらゆき時代からよく知っているため、碧もさほど神経を使わずに済んだ。

堀田司令にいたっては、左舷側のウイングに出て、乗艦者たちとまた熱心に話し込んでいる。

水道を抜けて伊予灘に出たら、午前中のハイライトであるヘリ発着艦の訓練展示が行なわれる。飛行甲板では訓練展示に向けての準備が着々と整いつつある。

今回搭載したSH－60Jのパイロットたちは長崎の大村航空基地から飛んできたが、隊訓練で乗艦してきたパイロットたちとはまた違う顔ぶれだった。

午前と午後、二回のフライトを控えながらも、出港時には後部の警戒員の役割も兼ね、乗艦者たちに対してSH－60Jの機体の説明に当たってくれた。

どうか、無事に終わりますように。

体験航海はまだ始まったばかりだというのに、碧は艦長席で双眼鏡をのぞきながら改めてそう祈っていた。

10

伊予灘では行合船等の心配もなく、午前の部のヘリ発着艦の訓練は予定通り行なわれた。

訓練展示は盛況のうちに終わった。

運よく格納庫内見学の抽選に当たった乗艦者たちは格納庫内で、旗甲板見学に当たった乗艦者たちは旗甲板で見学した。

それ以外の抽選に漏れた乗艦者たちは午後の部の訓練展示で見学できるようになっており、ひとまず午前の部の間は艦内に入ってもらう流れとなっている。

碧は艦長席の後ろにあるモニターをチラチラと眺めるだけだったが、それでもじゅうぶんに後部甲板の興奮は伝わってきた。

「まもなく航空機が着艦します」

艦内マイクの後、発艦した搭載機が上空を一周してふたたび着艦すると、艦橋に近い旗甲板でも拍手と歓声が上がった。

モニターには、無事着艦した六七号機がまだローターを回したままで映っている。

よし。

碧は安堵《あんど》して双眼鏡を首から外した。

見学を終えた乗艦者たちが次々と旗甲板から艦橋に下りて来る。

皆、興奮冷めやらず、といった様子である。

感触としては大成功だ。

「配食用意」

たてつづけに艦内マイクが流れる。

艦の昼食は早い。

午前一一時きっかりには「配食始め」の号令が流れ、昼食の時間が始まる。

航海直や機関科当直の交替要員は早めに食事を済ませて交替するので、「配食用意」と同時に食べ始める者もいる。

今回、一般の乗艦者たちは、科員食堂で若手の隊員たちとの会食となる。

士官室では、やや遅れて一日艦長を交えた会食が始まった。

今日のメニューはあおぎりの看板メニューである「あおぎりカレー」である。

ふだんの艦長席には堀田司令が着き、その両脇《わき》を碧と暮林副長が固める。ゲストの一日艦長は碧の隣に着席した。

「私、海自カレーのレトルトはほとんど制覇したんですけど、あおぎりカレーが一番好きなんですよね。ホンモノにお目にかかれてうれしいです」

一日艦長の友梨佳はカレーを前に目を輝かせた。

「あの……。ちょっと写真を撮らせていただいても大丈夫でしょうか？」

「ああ、べつに構わんよ。インスタにでもアップするのかね？」

堀田司令が逆に尋ねると、友梨佳は恥ずかしそうな笑いを浮かべながら、手際《てぎわ》よく席札の名前を裏に返し、スプーンやフォークの位置を整えてスマホで撮影を始めた。

「慣れたもんだねえ。今日はさぞかしたくさんの『いいね』が来るだろうね」

そう言って、上機嫌で笑っている。

暮林副長は友梨佳の斜め向かいで、体のいい笑顔を浮かべていたが、内心快く思っていないのが手に取るように分かった。

――食事の前に写真を撮るとはなにごとか！

相手がゲストでなければ怒鳴りつけたいところだろう。

暮林副長の世代が若いころの艦では考えられない作法にちがいない。

ともあれ、今日の士官室テーブルに配食されたあおぎりカレーは、まるでSNS映えを意識したかのような、みごとな盛り付けだった。

インドのサグチキンカレーをルーツにしているため、どうしても黒っぽくなりがちなルーは、横に添えられたパイナップルとさくらんぼの鮮やかな色に引き立てられている。

付け合わせのサラダにもアボカドやトマト、スライスしたゆでたまごの色彩が利《き》いている。

「このサラダソース、おいしいですね」

食事が始まり、まずサラダから口に運んだ友梨佳が、声を上げた。

お世辞とは思えない、実感のこもった感想に、テーブルの中ほどの席から佐々木補給長が身を乗り出した。

「こちらのソースは本艦の料理長が考案したハニーマスタードソースになります」

淡々とした口調だが「よくぞ気づいてくれた」といった嬉《うれ》しさがうかがえる。

たしかに、はちみつとマスタードがよくマッチした、まろやかな味わいだ。

スパイシーでコクのあるカレーともよく合う。

北永料理長の「どうじゃ」と言わんばかりの得意顔が浮かんでくる。

「山大《やまだい》の学食カレーと、どっちがうまいかね、三好さん」

あおぎりカレーを口に運んだ友梨佳は、「学食の調理師さんには申し訳ないですけど、断然、こっちですね。とってもコクがあってまろやかです」と、口元を押さえながら何度もうなずいた。

「それならぜひ海上自衛隊に医官で来てもらいたかったねえ。受験のとき、防衛医大は考えなかったの？」

友梨佳が浮かべた営業的な笑顔は、おそらく当初から防衛医大への進学をまったく考えていなかったことを物語っていた。

「残念だなあ。こんなに制服が似合うのに。なあ、副長？」

堀田司令はなぜかいつも話を碧にではなく、暮林副長に振る。それも唐突に。

「ええ。まあ、こうした白い制服が似合うゆうことは、さぞかしドクターの白衣も似合うでしょうなあ」

いつもながら、咄嗟《とっさ》にそつのない受け答えをする暮林副長も大したものだ。

「やはり、大学ではいつも白衣を？」

「ええ。実習のときは必ず着ます。それ以外でも、白衣って結構あったかいんで、冬場は重宝します」

堀田司令は「ふうん」と相槌《あいづち》を打って、デザートのババロアをスプーンですくった。

「うん、これは初めて食べるな。ヨーグルトみたいな味だが」

「ヨーグルトのババロアになります。司令」

すかさず佐々木補給長が身を乗り出す。

「ああ、そう、ババロアなの？　ふうん」

デザートの名前にはあまり興味がなさそうだったが、ババロア自体は気に入ったようで、堀田司令はまだカレーが残っているのにババロアを先に平らげた。

満足げな表情を浮かべながら、「そういえば、私の娘も理系の大学生なんだが、マイ白衣を持ってますよ。でも、学内のコンビニは白衣の出入り禁止らしいねえ」と話をあっさり白衣に戻した。しばらくは和やかに話が続くかに思われた。

だが、突然テレトークから流れてきた座間水雷長の差し迫った声に、歓談は一瞬にして中断された。

「士官室、艦橋！　当直士官より艦長へ。ただいま緊急信を受信しました。航空機の遭難信号です！」

テレトークによる艦長への報告はだいたい副直士官が代行するものだが、当直士官自らが直接報告してくる時点で緊急事態であることが察せられる。

テーブルを囲んでいた幹部たち総員の視線が一斉に碧に注がれる。

手にしていたスプーンを置き、急いでナプキンで口を拭《ぬぐ》った。

「司令……」

「うん、分かった。いいから行きたまえ。私も後から行こう」

堀田司令は「それ以上なにも言わなくていい」とばかりに手を振り、碧に向かって強くうなずいた。

「失礼します！」

司令に一礼し、慌《あわ》てた様子の暮林副長を目で制して席を立つ。

スプーンを手にしたまま驚いた顔で碧を見上げている友梨佳を残して、碧はテーブルを離れた。

士官室を出る際、末席からテレトークに向かってダッシュしてきた坂上砲術士が「艦長了解！　艦長上がられた！」と応答しているのが聞こえた。

第四章　遭難信号

I

カンッ、カンッ、カンッ……。

艦橋へのラッタルを上がるのに、これほどもどかしい思いをしたためしはなかった。

まだたいして食べていないはずなのに、あおぎりカレーが胃の中で踊っている気がした。

タンッ！

ようやくラッタルの最後の段を蹴《け》って艦橋に立つ。

艦橋を見学していた何名かの乗艦者たちが、驚いて脇《わき》に退いた。

ちょうど昼食時だったのが幸いして、ほとんどの乗艦者たちは科員食堂で昼食を摂《と》っているようだった。

碧は少しホッとした。部外者が少ないほうが指揮も執りやすい。

「艦長上がられます！　気を付け！」

副直士官の大久保船務士が碧の姿を認めるなり、ただちに大声を張り上げた。

精悍《せいかん》な顔立ちの中で、一重瞼《ひとえまぶた》の鋭い目がキラキラと輝いている。

初任三尉《い》であおぎり配属となって以来、初めて直面する大事に興奮しているのだろう。

緊迫した号令の中にも、どこかワクワクした気持ちを隠し切れない様子だった。

ましてや今日は新しく組みなおされた当直割で初めて臨む航海である。

あおぎり切っての若手同士が組んでいるワッチで、こうした事象が起こるとは想像もしなかった。実地教育にはもってこいかもしれないが、後に「いい勉強になった」とふり返るには、現在の状況はあまりに切迫している。

「緊急信は？」

努めて冷静に尋ねると、当直士官の座間水雷長は険しい形相で、海図台の前で姿勢を正した。ふっくらと張った頰が紅潮し、実直そのものといった目が今にも泣きそうに見開かれている。

「はい、航空機からの遭難信号です。墜落もしくは不時着水寸前に発せられたようです。航空機の所属は……」

座間水雷長はそこで一旦《いったん》、呼吸を置いた。

「小月教育航空群第二〇一教育航空隊。練習機T《ティー》－5《ファイブ》と思われます！」

T－5。

碧は息を呑《の》んだ。

機首にエンジン・プロペラを付けた、いかにも練習機らしいフォルムの機体は全長八・四メートル、全幅一〇メートルと小ぶりだが、それゆえに曲技飛行にも耐えられる海上自衛隊唯一《ゆいいつ》の機種だ。

海自のすべての航空機パイロットは、まずこのT－5に乗って飛行訓練をスタートさせる。航空学生として小月教育航空隊に入隊した一人息子の航太も、当然、T－5に乗って訓練を行なう。

脳裏に、夏期休暇で会ったばかりの航太の日焼けした顔が浮かんだ。

一瞬にして心臓の位置が喉元《のどもと》まで上がってきた気がした。

いや、待て。落ち着け。

全身の血がおそろしい速さで駆け巡る中、碧は懸命に状況の冷静把握に努めた。

そもそも航太はまだ基礎教育課程の段階で、操縦訓練に入れる身分ではない。所属も二〇一教空ではなく、小月教育航空隊だ。

碧は遭難した航空機に息子が乗っているかどうかを真っ先に考えた自身を恥じた。

なにを考えているんだ？　私は。息子の心配をしている場合じゃないだろう。

「二〇一教空のT－5ね。了解。場所は？」

「はいッ。柳井《やない》の南南西、七マイル、洋上。ええー、この辺りになります！」

碧は座間水雷長がディバイダーで差している海域に目をやった。

「ほかに近くを航行中の船舶はないの？」

「本艦が一番近いようです。教官からのものと思われるメーデーコールも聞こえました。搭乗員は教官を含めて三名のようです」

高度が落ちていく機内で「メーデー、メーデー！」と叫んでいる、名も知らぬ教官の姿が浮かんだ。

メーデーコールが入ってくるくらいであれば、たしかに近い。

「ちょっと、ディバイダー！」

碧は座間水雷長の手にしているディバイダーを手に取り、海図の上で動かした。

あおぎりは現在平郡島《へいぐんとう》沖を航行中である。

平郡島は山口県柳井市の南約二〇キロに浮かぶ東西に長く、大きな島だ。ディバイダーの片足を現在の艦位に置き、航空機が遭難信号を発した海域にもう片足を広げて、距離を測る。

「ざっと一五マイルってとこか。ヘリを使えば……」

碧が頭の中で計算を始めたときだった。

「おおむね一五分で救助を開始できます。艦長！」

ふり向くと、いつのまにか晴山飛行長が息を切らして立っていた。

続いて暮林副長も上がってきて、肩で息をしながら操舵員《そうだいん》の後ろに立つ。

二人とも碧が士官室を出た後を追って上がってきたのだろう。

「一五マイルでしたら、ヘリなら発艦からアプローチまで計算に入れても、おおむね一五分で要救助者をホイストできる状態にもっていけます。むろん、要救助者をすぐに発見できた場合の話ですが。遭難信号の発せられた位置ははっきりしてますし、この気象条件でしたら、おそらく発見までさほど時間はかからないはずです」

「救助開始まで一五分。本当にそれでいける？」

「いけます！」

晴山飛行長のくっきりとした瞳《ひとみ》には熱情がこもっていた。

ひたむきで必死な表情は、まるで親友を庇《かば》って喧嘩《けんか》に挑む少年のようだ。

碧の頭の中に、想定としてさまざまな状況が浮かんだ。

晴山飛行長はさらに海図の前に進み出た。

「T－5の航法訓練ですと、通常、上関《かみのせき》大橋を目印に折り返します。遭難信号の位置からして、おそらく、折り返した直後にエンジントラブルかなにかに見舞われたんでしょう」

飛行ルートを指でなぞるように海図上に示す。

訓練生時代、自身も同じ機体でさんざん同じルートを飛んできたのだ。晴山飛行長の説明には説得力があった。

「高度三〇〇〇フィート（約九一五メートル）あたりでエンジンが不時停止したとしても、T－5は滑空比の良い機体なので、着水まで時間が稼げます。教官クラスのパイロットなら、なるべく衝撃の少ない体勢で不時着水にもっていけるはずです」

なるほど、急降下で墜落というわけではなく、緩やかに滑空しながら落ちていく感覚か。

「つまり、搭乗員たちの生存率は高いと？」

「はいッ！」

晴山飛行長はきっぱりと返事をした。

「今から救助に向かえば助けられます」

全身で「すぐにヘリの発艦許可を出してくれ」と訴えている。

どうにかして自艦の搭載ヘリで助けたい、という思いが痛いほど伝わって来る。

晴山飛行長にとって、二〇一教空は母校である。自身の後輩にあたる訓練生たちを助けたい気持ちが強いのも無理はない。

碧は一旦、晴山飛行長の強い眼差《まなざ》しから目を逸《そ》らした。

指揮官は常に冷静でなければならない。

「レーダーはどう？　目標をとらえてる？」

「はいッ！　当該海域にそれらしき目標が映っています」

海図台の斜め前にあるレーダースコープ画面を覗《のぞ》いていた当直海曹が告げる。

「司令上がられます！　気を付け！」

今度は大久保船務士が叫んだ。

堀田司令は難しい顔つきで、しきりに咳払《せきばら》いをしながら現れた。

士官室での会食時にはなだらかに下がっていた眉《まゆ》が険しく吊《つ》り上がっている。

そのすぐ後ろから、ラッタルを上がるのさえもどかしいといった顔で隊付の宝生一尉が上がってくる。

堀田司令はラッタルを駆け上がってきても息一つ切らさず、逆に宝生一尉のほうが息が切れて苦しそうだった。

「で？　どうなんだ？　遭難信号は？」

堀田司令は最後に派手な咳払いをした後、まだ海図台の前にいる碧に尋ねた。

「二〇一教空のT－5がエンジントラブルかなにかで不時着水したようです。場所は柳井の南南西七マイルの洋上。本艦から一五マイル圏内です」

「なるほど。それで、どうする？　艦長」

堀田司令はすがめるような目つきで海図を見ながらたたみかけてくる。

当直士官をのぞき、艦橋に詰めている幹部総員の視線が碧に集中する。

碧は努めて冷静に今後の行動について口を開いた。

「遭難信号を受信した以上、手をつくして救助に向かうべきですが、本艦には一般の乗艦者が多数います。まずは海上保安庁に通報し、そのうえで……」

「保安庁？」

ひときわ高い声にさえぎられた。晴山飛行長である。

「こんなに近くにいて、メーデーコールまで拾っているのに、見捨てて保安庁に任せるんですかッ！」

頬が紅潮し、瞳が異様なまでに煌《きら》めいている。今にも食ってかからんばかりの勢いだ。突然の激昂《げきこう》に驚きながらも、碧は強い目で晴山飛行長を見返した。

「落ち着きなさい、飛行長。誰も見捨てるとは言ってない」

「だって保安庁に通報って、そういうことじゃないですか。どうして自艦ヘリで救助しないんです？」

「飛行長、今、我々がどんな状況下にあるのかをよく考えてから発言して」

「考えてますよッ」

明らかにムキになっている。

私には「すぐムキになる」と指摘してくるくせに、自分自身のことになるとどうして別になってしまうんだろう。幹部同士で言い争っている場合ではないのに。

そのとき、晴山飛行長の後ろから、聞こえよがしに思えるほど大きなため息が聞こえた。暮林副長だった。

「ああ、見苦しいのう。いくら教空の後輩が可愛《かわい》いからゆうて。今は個人的感情で動くべきときじゃなかろう。これじゃけえ……」

首を横に振りながら忌々《いまいま》しげにぼやく口元は、うっすらと笑っているようにも見える。最後まではっきりとは口にしなかったものの、暮林副長が言わんとした言葉が碧にはしっかりと聞こえた。

これじゃけえ、女は。

同じ言葉が晴山飛行長にも聞こえたのだろう。

はじかれたように後ろをふり返る晴山飛行長の腕を碧はグッとつかんだ。

駄目だ、飛行長。言い返しては駄目。堪《こら》えろ！

だが、遅かった。

晴山飛行長は碧の手をふり払い、おそろしい速さで暮林副長のほうに向きなおっていた。

「個人的感情なんかじゃありませんッ。それに『これじゃけえ』って何です？　なにが言いたいんです？　言いたいことがあるならはっきり言ったらいいじゃないですか」

暮林副長の、庇《ひさし》のように張り出した眉根が上がり、鋭い目がギラリと光る。口元にうっすらと浮かんでいた笑いが、みるみるうちに顔全体に広がっていく。

艦橋は静まりかえり、一般の乗艦者たちは固唾《かたず》を呑んで、碧たちを見守っている。

「副長！」

碧は前のめりになっている晴山飛行長の後ろから素早く前に出て、二人の間に立った。晴山飛行長を抑えきれなかった以上、ここでさらに暮林副長に口を開かせてはならない。

「副長、海上保安庁に通報を」

とたんに、背後で晴山飛行長が大きく息を吸う気配が感じられた。

晴山飛行長が言葉を発する前に目で制する。

暮林副長は張り出した眉の下から窺《うかが》うように碧と晴山飛行長の顔を見比べると、やがて堂々と進言を始めた。

「艦長、柳井にはちょうど海上保安庁の保安署があります。遭難信号の発信ポイントから近いですけえ、わざわざ通報するまでもなく、向こうも直接受信しよると思われますが？」

たしかにそのとおりだ。

碧は海図台をふり返った。

大久保船務士がすでに柳井保安署の位置を確認して、海図台から大きくうなずいている。

「もうすでに保安庁が救助に向かいよるかもしれませんな」

暮林副長の口調には落ち着きと余裕さえ感じられた。

「了解。では、保安庁の動きを確認して」

極力平静なトーンで指示を出す。

暮林副長は碧の後ろにいる晴山飛行長にチラリと視線を投げると、勝ち誇ったように「はい」と返事をした。

晴山飛行長は険しい表情で肩を上下させながら、感情を必死で抑えているようだった。声をかけてやりたかったが、碧はそのまま海図台に向きなおった。

海図にはT－5が不時着水したと思われるポイントに鉛筆で大きく×印が記してある。

碧の頭の中に、まだ候補生だったころに一度、体験搭乗で乗った同機の機影が浮かんだ。

機首のプロペラ付近から煙を吐き、急降下する白い機体。

機首と両翼の先端に入った赤いラインが夏空に禍々《まがまが》しい軌跡を描く。

中にいる搭乗員は三名。

決して、見捨てるわけではない。

同じ海上自衛官だ。私だって助けたい。

しかし、大勢の一般客を乗せている以上、通常時のようには動けないのだ。

「艦長、ちょっといいか?」

重苦しい雰囲気に満たされた艦橋で、それまで黙って腕組みをしていた堀田司令がとうとう口を開いた。

腕を組んだまま、下に下りるラッタルのほうへ目でうながしている。

一般客の前ではできない話がある、ということだろう。

碧も目でうなずき、当直士官に指示を出した。

「当面の針路このまま」

自艦で救助するにしろ、しないにしろ、このまま予定航路を進めばT－5の着水ポイント付近を通過する。当直士官の座間水雷長も察したようで、返事をするとすぐにジャイロ・レピーターに向きなおった。

すでにラッタルを下りはじめた堀田司令の後を追って、碧もすばやく後に続く。

「司令、艦長、下りられます!」

大久保船務士が海図台の前から声を張り上げているのが、頭上から聞こえた。

2

隊司令乗艦時、専用の個室として使われる部屋はちょうど艦長室の反対舷《げん》にあった。造りも広さもほぼ艦長室と同じである。

わずか五畳ほどで、入ってすぐにソファとサイドテーブルの応接セットがあり、正面には丸い舷窓。

唯一違う点といえば、敷いてある絨毯《じゅうたん》の色だ。

艦長室の絨毯が深い青であるのに対し、司令用の個室の絨毯は赤だった。

護衛艦の士官室や個室で赤い絨毯が敷かれるのは、けして珍しくはない。

しかし、ふだんから青い絨毯を見慣れていた碧は、部屋に入った瞬間、クラリとめまいがしそうな違和感を覚えた。

折からの暑さのせいもあったのかもしれない。

「あおぎり艦長」

堀田司令は応接セットの前で立ったまま、改まった口調で碧を呼んだ。

「君は操艦は得意かもしれないが、部下を束ねるのはあまり得意ではなさそうだな」

なにを言わんとしているのかはだいたい分かった。

しかし、碧はあえて聞き返した。

「……といいますと？」

堀田司令はまたすがめるような目つきで碧をじっと見た。

碧も黙って見返す。

それぞれのパーツが比較的整ったこぢんまりとした顔立ちは、白の夏制服さえファッション性のあるものに見せるから不思議だ。

全身から漂ってくる伊達《だて》な雰囲気の中で、唯一異彩を放っているとすれば、それは眉だろう。自在に動いて社交的にも好人物にも見せるが、本来の野性的で好戦的な性質は隠し切れない。

逆にいえば、多少はそうしたところがないと、部隊を動かす指揮官は務まらないのだ。険しくそびえた眉の角度がそれを雄弁に語っていた。

しばらく無言のにらみ合いのような沈黙が続いた。

こうしている間にも刻々と時は過ぎていく。

海上保安庁の動きやほかの船舶の動きを見て、早く判断をしなければならない。

自艦で救助に向かうのか否《いな》か、向かうとすれば一般客の扱いをどうすべきか。

一秒だって無駄にはできないのに。

碧の気持ちが伝わったのか、先に沈黙を破ったのは堀田司令だった。

「精強を誇る海上自衛隊の主力を担《にな》う護衛艦。その艦橋で、僚機の救助をめぐって幹部同士が言い争うとはなにごとだ。そんな見苦しい場面を一般客の前で晒《さら》すな！」

堀田司令は一喝すると、口元をニヤリと歪《ゆが》ませた。

「というような説教をするために、わざわざ君をここへ呼んだと思うか？」

それ以外になにがあるというのだ。

碧は表情を変えず「はい」と即答した。

「なるほど。こういうところでは素直に即答するんだな」

――どういう意味でしょうか？

碧は喉元まで出かかった言葉をグッと呑みこんだ。

堀田司令はますます口元を歪ませ、クルリと碧に背を向けた。

無駄な肉のついていない、すっきりと引き締まった後ろ姿だった。

日ごろから自主的に鍛えているのだろう。

とても五〇歳を過ぎているとは思えない。

「これからどうするつもりなのか。君の考えを聞こう」

背中越しに太い声が響いた。

なぜわざわざ後ろを向くのか。

意見を述べやすくしてくれているつもりなのかもしれないが、碧にとっては堀田司令のこうした演出が鬱陶《うっとう》しくもあった。

べつに面と向かってだって構わないのに。

碧はさきほど艦橋で最後まで述べそこねた意見を述べた。

「今後の行動ですが、本艦には一般の乗艦者を無事に宇部まで運ぶ任務があります。とはいえ、救難信号を近距離で受信した以上、これを無視するわけにもいきません。よって、海上保安庁の協力を仰ぎながら、本艦からはまず搭載機を発艦させ、捜索に当たらせます。その後、本艦も増速して現場海域へ」

「宇部入港が遅れるぞ」

「やむを得ません。入港及び入港後の艦内一般公開に関しては乗艦中の広報官を通じて地本《ちほん》と調整をはかります」

「一般客も説得せねばならんなあ？」

まるで他人事《ひとごと》のような口ぶりが癪《しゃく》にさわるが、いたしかたない。

堀田司令の苦言はいちいちもっともなのだ。

「あおぎりは君の艦《ふね》だ。君の好きに動かすがいい。だが、そのためにはまずバラバラな方向を向いている部下たちをまとめて統率し、君の意のままに使いこなしていかねばならん」

分かっている。それが一番の課題なのだ。あおぎりの、そして、私の。

歯嚙《はが》みをしたい思いだった。

堀田司令がゆっくりとこちらをふり向く。

さきほどの歪んだ笑みは消えていた。

口元は厳しく引き結ばれ、射貫《いぬ》くような眼差しが碧に注がれた。

「それともう一つ。使いこなすべきなのは部下だけとは限らんぞ。優秀な指揮官はときに上官をもうまく使うものだ。よく覚えておけ」

「上官、ですか」

現在の状況下で、あおぎり艦長である碧の上官といえば、堀田しかいない。

「そうだ。君の目の前にいるこの私だ。私をうまく使ってみろ、艦長」

堀田司令の意図するところがよく分からない。

何と返事をしたものか、碧がまだ口を開かぬうち、堀田司令は右手を広げてドアのほうに差し出した。

「それだけだ。行きたまえ」

有無を言わさぬ指示だった。

釈然としないまま、碧は回れ右をせざるを得なかった。

3

「艦長上がられます！ 気を付け！」

ふたたび戻った艦橋には、さきほどより明らかに人が増えていた。

食事を終え、異変に気づいた乗艦者たちが続々と艦橋に上がってきたのだ。

出港時はビデオカメラを構えながら定位置でずっと撮影しているマニアが目立ったが、七六ミリ速射砲の操法展示などのイベントが始まったとたん、低年齢の子どもと一緒の親子連れが増えた。

今度はどちらも取り混ぜた雑多な人込みとなっている。

女性客の姿も多く、募集対象年齢の息子、娘と連れ立っている碧と同世代、もしくはやや上の世代の母親の姿も何人か見られた。

人込みの中には一日艦長の三好友梨佳もいた。

白地に赤で縁取られた「一日艦長」の派手なたすきをかけたまま、艦長席の横でおどおどと周りを見回し、途方に暮れている様子だった。

対番の岬二曹は、今は友梨佳よりT－5のほうが気がかりらしく、操舵員の横にあるレーダー画面をしきりにのぞいている。

後ろには広報官の中馬二曹が控えていたが、官用のスマホでどこかと連絡を取るのに精一杯のようで、こちらも友梨佳にかまっている余裕はなさそうだ。

友梨佳は艦橋に上がってきた碧を一瞬すがるような目で見たが、すぐに状況を察したのか、気まずそうに目を逸らした。

会食中に緊急のテレトークで呼び出されてから、士官室に友梨佳を置き去りにしたまま艦橋に上がってしまった。

申し訳ないとは思ったが、碧にも友梨佳に言葉をかける余裕はなかった。

「艦長、海上保安庁ですが」

碧が上がってくるのを待ち構えていたかのように、暮林副長が早速報告を始めた。

「柳井から巡視艇が一艇、救助に向かいよるそうです。手が足りなければ、徳山からも船艇が出るようです」

柳井から……。近いな。

碧は海図台の海図を覗き込んだ。

「柳井保安署の巡視艇は『くがかぜ』。全長二〇メートル、排水量二六トンです。艦長！」

大久保船務士がすかさず大声で補足する。

このごろでは不審船対処や災害を想定して、海上保安庁との共同訓練の機会は増えてきている。しかし、碧にはまだそうした経験はなかった。

呉のバースの近くには海上保安大学校もあるというのに、海上保安庁との関わりはほとんどといってよいほどなかった。

全長二〇メートルか。

碧は、海上保安庁の比較的小型の白い船艇を思い浮かべた。

小型であるぶん、護衛艦より運動性能は良いだろう。脚も速そうだ。

「艦長、本艦が増速して現場に向かうより、くがかぜのほうが先に到着すると思われます」

暮林副長が海図の上で、柳井保安署から出たくがかぜの航跡を辿《たど》るように指で示した。

「T－5が大破せず浮いている状態であれば発見は容易なはずです。搭乗員三名が無事機体の外に脱出できていれば、くがかぜ一艇でも救助は可能でしょう」

暮林副長は海図から上目遣いに鋭い視線を碧に投げた。

要するに「救助はくがかぜに任せればよい」と進言しているのだ。

碧は傍らにいる晴山飛行長に目を向けた。

「飛行長、搭乗員たちは耐寒耐水服を着ているの？」

「いえ、この時期は装着してないはずです。救命胴衣のみです」

晴山飛行長が即答する。

耐寒耐水服は主に冬場、事故や災害などで長時間の海上漂流を余儀なくされた場合を想定し、体温低下を防止するために航空機の搭乗員たちが装着するものである。

さすがに暑いこの時期は装着しないのだろう。

「艦長、現在の海水温度は二六度。救命胴衣だけでも搭乗員たちは長時間生存可能と思われます」

暮林副長がたたみかける。

さあ、どうする？　とでもいうように、艦橋が急に静かになった。

皆、私の判断と命令を待っている。

当直士官の座間水雷長も前を向いてはいるが、背中全体を耳にして緊張しているのが分かる。

晴山飛行長はあえて目を逸らし、暮林副長は海図を睨《にら》んだまま、顎《あご》の辺りをしきりに撫《な》でている。「言うべきことはすべて言った」といった満足感さえうかがえる表情だった。

碧は深く息を吸った。

たしかに暮林副長の進言はもっともだったが、さきほど司令室で述べた考えを変えるつもりはなかった。

目に力を込め、顔を上げて前を向く。

「これより搭載機を発艦させ、ただちに現場海域に向かわせる。その後、本艦も増速して現場海域に向かい、海上保安庁の協力を得ながら速やかにT－5搭乗員の救助に当たる！」

一般の乗艦者たちから一斉にどよめきの声が上がった。

晴山飛行長が驚いた表情で碧を見つめる。

碧が小さくうなずくと、ポカンと開けた口元を引き締め、厳しい顔でうなずき返した。

暮林副長は「信じられない」といった顔で天を仰いだ後、ふたたびいつもの渋面に戻った。

「当直士官、部署の発動を！」

座間水雷長がジャイロ・レピーターの前から「はいッ」と返事をしたときだった。

ほぼ同時に「待て！」という声が出入り口のラッタルのほうから響いた。

「司令上がられます。気を付け！」

大久保船務士の号令とともに、堀田司令が重々しい足取りで艦橋に姿を現した。

4

艦長席に着こうとしていた碧は足を止め、上がってきた堀田司令に向かって姿勢を正した。

ラッタルを下りてLSOに向かおうとしていた晴山飛行長も堀田司令に道をふさがれた形で気を付けをする。

この期《ご》におよんで「待て」とは何だ？

先に搭載機を現場に送り、その後、自艦で救助に向かうとつい先ほど司令室で述べたばかり。

ことここに及んで反対するなら、何のためにわざわざ司令室まで呼んだ？

胸の中には疑問とも憤《いきどお》りともつかない思いが渦巻いていた。

ピリピリとした緊張が艦橋にみなぎる。

堀田司令は操舵員の後ろに立ち、じゅうぶんすぎるほどの間をおいてからゆっくりと口を開いた。

「あおぎりは現在、一般客を乗せて体験航海中だ。今から現場海域に向かってT－5の救助に当たるには一旦任務を中断したうえ、一般客を巻き込まねばならん。そこまでするからには、それなりの根拠があるのだろうな？」

静かに問いただすような口調だった。

まるで嵐の前の静けさを思わせる。

乗艦者たちの視線が一斉に碧に集まる。

なぜ司令は今ここで、こんな問いかけを？

意図を測りかねているうち、堀田司令の目がやおらカッと見開かれた。

「根拠はなにかと聞いておるんだッ。艦長！」

急転直下の一喝に、ざわついていた艦橋が、しんと静まった。

操舵コンソールの前でハンドルを握っている操舵員の背中に、にわかに緊張が走る。

それまでカメラを構えていたマニア風の乗艦者たちも、呆気《あっけ》に取られたようにカメラを下ろし、じっと堀田司令と碧の顔を見比べている。

碧には、目の前にいる堀田司令の姿が高くそびえる山のように思えた。

経験と階級からいえば、とうてい適《かな》うはずのない相手だ。

船乗りとしても、指揮官としても……。

高くそびえる山から、二つの目がまっすぐに碧を見下ろしている。

司令は一般客の目の前で、私を蹴落とそうとしているのか？

碧は黙って堀田司令の目を見返した。

いや、違う。

碧は堀田司令の眼差しの中に「登ってこい」という言葉を読み取った。

司令室での堀田司令の言葉がよみがえる。

――優秀な指揮官は、ときに上官をもうまく使うものだ。

――私をうまく使ってみろ、艦長。

まさか。そういうことなのか？

碧は深く呼吸をして背筋を伸ばした。

助けたいという気持ちだけでは艦は動かない。

しかし、助けたいという強い気持ちがなければ、とうてい任務の遂行などできない。なぜ行くのか。何のために行くのか。

司令は私の口から、救助に当たる理由を述べさせ、ここにいる大勢の乗艦者たちを説得させようとしている。

「根拠は」

碧は覚悟を決めて口を開いた。

「根拠は自衛艦乗員服務規則です」

山は無言でそびえたままだ。

碧はあおぎり艦長として、滔々《とうとう》と続けた。

「第一〇二条に、艦艇の長は他艦船等の遭難を知った場合、やむを得ない事由で救助におもむくことができないときを除き、救護に必要な手段を尽くさねばならない、とあります。同様の内容は船員法第一四条にも定められています。航行中の船舶の中で、おそらくもっとも近い位置で遭難信号を拾った本艦は、手段を尽くして救助に向かうべきです」

「救助対象が自衛官であってもか?」

山が口を開いた。

――事に臨んでは危険を顧みず、身をもって責務の完遂に務め、もって国民の負託にこたえることを誓います。

自衛官の服務の宣誓に言及しているのだろう。

たしかに自衛官は身をもって責務の完遂に務める誓いをたてている。しかし、今回は不慮の事故だ。遭難して命を落とすことと責務の完遂とはちがう。

自衛官が自衛官を助けてはならないという規則もない。

「自衛官であろうとなかろうと、人命に代えられるものはありません。規則にのっとり、手段を尽くして救助します！」

ため息とも感嘆ともつかないどよめきが艦橋に起こった。

言葉を発する者は誰もいなかった。

皆が皆、息を呑んで堀田司令を見つめていた。

正確にいえば、堀田司令の言葉を待っていた。

「わかった」

堀田司令は険しい目を閉じてうなずいた。

「君の考えるとおりにしたまえ」

さきほどとはうって変わった静かな口調だった。

乗艦者たちは一斉にほっとした表情を浮かべ、暮林副長の渋面が驚きの表情に変わった。

司令席へ向かう堀田司令のために誰もが自然と身を引く。

まるで花道でも通るように、堀田司令は悠々と司令席に引き揚げた。

ふだんどおりの軽い身のこなしで、サッと座って足を組む。意図しているわけではないのだろうが、動作の一つ一つがやけに様になっていて気障《きざ》である。

しかし、これがこの人のスタイルなのだ。

この人は、このスタイルを貫き、ずっと第一線で指揮を執ってきたのだ。

碧は司令席に向かって踵《かかと》を合わせると、後ろから挙手の敬礼をした。

一般客の手前、わざと山になられたのですか?

いかにもあなたらしいご演出です、司令。

こちらに背を向けているため、もちろん堀田司令からの答礼はない。それでじゅうぶんだった。

さあ、いくぞ。

右手を下ろし、当直士官に向きなおる。

ジャイロ・レピーターの前からふり向いた座間水雷長は、緊張した面持ちでうなずくと、声を張り上げた。

「航空機発艦用意！」

晴山飛行長が勢いよく艦橋のラッタルを下りていく足音が響いた。

5

「状況説明のため、マイク入れます！」

座間水雷長が、たて続けに叫ぶ。

本来なら、これから発着艦訓練の展示を行なうはずだった。

だが予期せぬ遭難信号を受信したため、あおぎりに搭載していたSH－60Jは訓練ではなく急遽《きゅうきょ》発艦するはこびとなった。

艦橋にいる一般客にはだいたいの状況が伝わっているだろうが、その他の場所にいる一般客やあおぎり乗組員たちにも艦内マイクで状況を知らせる必要があった。

艦内マイク担当の桃井士長に、遠藤通信士がアナウンス内容の指示を始める。

「待って！」

碧は艦橋を横切り、二人の前に進んだ。

「マイクは私が入れます」

驚いた表情の桃井士長からマイクを受け取る。

カチリ。

艦内マイクのスイッチが入った。

「あおぎり艦長より申し上げます」

マイクに向かって声を発すると同時に、艦橋だけでなく艦内各所の乗組員や乗艦者たちの注意が一斉に集まるのを感じた。

碧はひるまず続けた。

体験航海に集まった一〇〇名の乗艦者たちに、以後のあおぎりの行動を説明し、理解してもらうのはあおぎり艦長である自身の務めだ。

「本艦はさきほど、付近に不時着水したと思われる航空機からの遭難信号を受信しました。航空機は小月教育航空群第二〇一教育航空隊所属の練習機T－5。本艦は、航行中の船舶の中で、遭難機から最も近い位置で信号を受信したようです。よって、皆様を乗せての体験航海中ではありますが、自衛艦乗員服務規則および船員法の定めるところにより、まずは航空機を発艦させて遭難機の捜索にあたり、その後本艦も増速して現場海域に向かいます。ご乗艦中の皆様には大変ご迷惑をおかけしますが、なにとぞ、ご理解ご協力のほど、お願い申し上げます」

非難、ブーイングは覚悟の上だった。

しかし、マイクを切った瞬間に碧が耳にしたのは思いがけない喚声だった。

「おおー、がんばれー!」

「あおぎり、がんばれー!」

艦橋では女性客を中心に何人かから拍手が起こった。

やがてそれにつられたのか、マニア風の乗艦者たちからも拍手が起こり、艦橋全体が拍手に沸いた。同じ状況は上甲板でも起こっていたようで、ざわざわとした喚声と遠い拍手が風に乗ってウイングから伝わってきた。

一日艦長の三好友梨佳も一日艦長の立場を忘れたのか、一般客と同調して盛んに手を叩《たた》いている。

その隣では中馬二曹が感心したような表情を浮かべ、碧に向かって深くうなずいている。

とまどいながらも、しだいに気持ちが高まってくるのを感じた。

自身の決断を、あおぎりの行動を、乗艦者たちが支持してくれているような気がした。

艦長席に戻ると、暮林副長がスッと脇《わき》に寄ってきた。

「自衛艦乗員服務規則。こまい（細かい）ところまでよう覚えとられましたな」

相変わらずの渋面に、苦々しげな笑いが浮かんでいる。

「じゃけえ、もし、あそこであんなふうに立て板に水で答えられんかったら……。そう考えると恐ろしいですなあ。司令もよほどの賭《か》けに出られたか、あるいは最初から艦長を潰《つぶ》す気でおられたか。油断はできませんな」

釘《くぎ》を刺すように言い捨てると、またスッと離れていった。

高揚した気持ちに急に水を差された気分だった。

最初から潰す気でおられた？

考えてもみない一言だった。

そもそも隊全体を率いる隊司令ともあろう人が、一般客の前で個艦の艦長の面子《メンツ》を潰そうなどと考えるだろうか。

――私をうまく使ってみろ、艦長。

あのとき、司令はわざわざ司令室に呼んでそう言ったのだ。だから、お言葉どおり、うまく使わせていただいた。

司令の意図もそこにあったはずだ。いい加減なことを言うな、副長！

碧は艦長席から腰を浮かしかけた。しかし、さきほどの晴山飛行長の激昂ぶりを思い出し、もう一度座りなおした。

艦長の私が同じ振る舞いをしてどうする？

今は非常時。非常時にこんな些細《ささい》なことで心を揺さぶられているなんて……。

くだらない。くだらなすぎる。

――油断はできませんな。

やけに耳に残る暮林副長の言葉をふり払うように頭を振り、背筋を伸ばした。

当直士官は航空機発着艦時を担当する渡辺航海長に交替している。

渡辺航海長が各部とやり取りしている間にも、飛行甲板のＳＨ－60Ｊ、六七号機はローターを回し、着々と発艦準備を整えていた。

陽炎《かげろう》が立っているように見える飛行甲板には、回転するブレードの影がくっきり映っていた。モニターに黒く映し出されている操縦席のウインドウが、夏の日射しに反射して、ときおりギラリと光る。

あらかじめ午後の発着艦の訓練展示に備えていたので、発艦準備完了は早いはずだ。

一刻も早く発艦させ、現場海域の捜索と状況報告に当たらせたい。

モニターの中でローターを回し続けている六七号機の白い機体を思わず凝視する。

やがて、渡辺航海長がヘッドセットを押さえて「了解！」と叫んだ。

きっぱりとした面持ちで碧のほうに向きなおる。

「六七号機発艦準備完了しました。発艦させます！ 艦長」

碧は双眼鏡を構え、発艦針路を見据えた。

気にかかる行合船は出てきそうにない。

「了解。発艦！」

艦長席から発艦許可を下す。

直後、桃井士長による緊迫した艦内マイクが流れた。

「まもなく航空機が発艦します！」

発着艦員たちが機体に歩み寄り、六七号機をつなぎ留めているタイダウンチェーンを外す姿がモニターに映った。

白い機体がふわりと飛行甲板から浮かび上がる。

その瞬間から、艦橋にまで響いていたエンジンのうなりと吸気音のトーンが変わった。少しグラついたものの、機体はすぐに安定して高度を上げ、モニターの画面から消えた。

代わりに左舷から空気を叩くようなローター回転音が迫ってくる。

司令席で腕を組んでいた堀田司令も、ひじ掛けに手をやって身体《からだ》を浮かしている。上体をひねり、飛び去る六七号機の腹を下から仰ぎ見ているようだ。

やや前傾した機体はあっという間に艦を追い越していった。

遠ざかっていく機体のダウンウォッシュでそこだけ海の色が変わっていく。

よし、行った。ひとまずは無事発艦だ。

碧は艦長席から半分浮かしかけていた腰をドサッと下ろした。

一路、現場海域へと向かう六七号機の勇姿に、艦橋にいた乗艦者たちがさらに沸く。

「がんばれーッ！」

「頼んだぞーッ」

興奮とともに人の流れが急激に左ウイングへと押し寄せていった。

「あっ」

何人かの子どもが押し倒されそうになり、碧は息を呑《の》んだ。

大久保船務士が慌《あわ》てて流れを制する。

危険だ。この非常時に艦内でも事故が起きては困る。

同じことを危惧《きぐ》したのか、厳しい目つきで艦橋内を見まわしていた暮林副長と目が合った。

碧が小さくうなずくと、暮林副長はすぐに「水雷長！」と声を張った。

「ワッチはこのまま航海長と通信士に任せて、船務士と手分けして乗艦者たちの動きを統制せえ！」

渡辺航海長の後ろに控えていた座間水雷長は機敏に反応し、艦橋中央に進み出た。

上腕二頭筋の発達した、たくましい両腕を目いっぱいに広げて乗艦者たちに注意喚起を始める。

「艦橋内は狭く危険ですので、一ヶ所に集中しないようお願いいたします」

さすがは警衛士官だけあって発声も大きく、有無を言わせない説得力があった。

左ウイング付近に集まっていた乗艦者たちは、にわかに個々の間隔を開け始めた。

六七号機の飛び立った方向に向けて祈るように手を組み合わせている者もいれば、しきりに帽子を振っている者もいる。

声援に応《こた》えるかのように、六七号機は、ときおりキラリ、キラリと光を反射しながら、夏の海の向こうに消えていった。

6

このまま何事もなければ、晴山飛行長の進言どおり、おおむね一五分後には六七号機は現場海域に到達する。

あおぎりはそれを待たず、すぐに後を追うように増速して現場海域を目指す方策を採る。

最大戦速は三〇ノット。時速にして六〇キロちかいが、ヘリのように最短コースではなく、島々を迂回《うかい》した航路上を進まなければならない。

現場海域までは三〇分から四〇分はかかるだろう。

それに高速を使えば、どうしても船体に負担がかかる。できれば避けたいところだが、今回はやむを得ないと碧は考えていた。

「当直士官、乗艦者たちの艦内誘導、マイク入れます！」

海図台の前から進言する副直士官の遠藤通信士に、渡辺航海長が片手をあげて「了解」の合図をする。

高速使用時に懸念《けねん》されるのは船体への負担ばかりではない。上甲板に出ている人員も危険にさらされる。ことに艦に慣れていない一般の乗艦者たちは高速によって生じる強風で帽子や手荷物を飛ばされたり、動揺でバランスを崩して転倒し、怪我《けが》をしたりしかねない。

まずは乗艦者たちを艦内に入れて安全を確保してからでないと、大幅な増速はできない。

「これより、本艦は増速して不時着水機の救助に向かいます。上甲板は危険ですので、艦内にお入りください」

桃井士長による艦内マイクが流れると、旗甲板から艦橋にゾロゾロと男女が下りてきた。

「階段付近で立ち止まらないようお願いしますッ！」

旗甲板へと上がる階段の下に付いていた大久保船務士が持ち前の大声を上げる。

「増速してからは危険ですので、今のうちに艦内に下りてくださいッ」

艦橋内に人が増えることを危惧して、座間水雷長がさりげなく艦内に下りるラッタルのほうへ乗艦者たちを誘導する。

前甲板にいた一般客たちも、警戒員たちによって次々と艦内に誘導されている。中部や後部甲板でも同様な誘導が行われているだろう。

各部の警戒員たちからの誘導完了報告が来たら、いよいよ増速だ。

碧が艦長席のひじ掛けに手を置いて座りなおした時だった。

旗甲板へ続く階段から慌ただしげな靴音が響き、警戒に当たっていた航海科の海曹が艦橋に下りてきた。

「看護長の呼び出し願います！　旗甲板で気分が悪くなった方がおられます」

艦橋当直員たちの動きが一瞬止まった。

誘導によって艦内に下りようとしていた乗艦者たちまでが足を止めた。

「立ち止まらずにお願いしますッ」

座間水雷長の声が追い立てるように響く。

「どんな具合なんじゃ？」

暮林副長が怒ったような声でたずねる。

航海科の海曹はよく日に焼けた顔の中で、焦《あせ》った目をしきりに泳がせた。

「はいッ。急にうずくまられて、頭が痛い、と……」

口調がたどたどしい。

「意識はどうなんじゃ？」

「意識はありますけんど、とにかく痛みがひどくて動けんようです」

暮林副長は首をかしげるような素振りをした後、艦内マイク担当の桃井士長に向かって指示を出した。

「マイク入れ！　『看護長、旗甲板（旗甲板へ来い）』！」

マイク担当の桃井士長は強張《こわば》った顔で艦内マイクを取り、指示どおりのマイクを入れた。

海上自衛隊では海外派遣など長期行動の任務に就く艦には医務長と呼ばれる医官が乗組員として勤務する。しかし、それ以外は大型艦を除き、医官が乗組んでいないのが通例である。

例に漏れずあおぎりにも医官は乗っていない。衛生科は准《じゅん》看護師と救急救命士の資格を持つ看護長の保江《やすえ》二曹と衛生員の小森《こもり》士長ほか数名で成り立っていた。

とそこへ、人の流れに逆らって艦橋から旗甲板へ階段を駆け上がろうとする者が現れた。白いレースをあしらったチュニックシャツにロールアップしたデニムパンツを穿《は》いた、ショートカットの女性である。

「どうされましたかッ？」

ただちに引き留めた大久保船務士の質問に、ショートカットの女性が「すいません、ちょっと目を離した隙《すき》に、うちの子がいなくなっちゃったんです」と訴えているのが聞こえた。

声の調子からして、嘘《うそ》を言っている感じではない。さきほどから探しているのだが見つからず、もしや旗甲板にいるのではないかと思ったらしい。

「分かりました。こちらで捜しましょう。今は下りてください」

「だって、これからスピードを上げるんですよね？　うちの子、もしまだ外にいたらどうしましょう」

「大丈夫です。各所の警戒員が上甲板を確認しますので」

「え？　捜してはいただけないんですか？」

「もちろん捜します。捜しますので、とにかく一旦《いったん》下りてください。いつごろいなくなったか分かりますか？」

大久保船務士が、ショートカットの母親をなだめながら艦橋へと下りてくる。

すると、まだ艦橋内に残っていた、やや年配の男性が、

「こんなときに迷子かよ。まったく、母親なら見学に夢中になってないで、ちゃんと子どもの手をつないでおけよなあ」

と、聞こえよがしに声を上げた。

ベージュの麻のジャケットに白のハンチング帽を被《かぶ》り、性能のよさそうな望遠カメ

ラを下げている。

「ちょっと、そういう言い方はないんじゃないですか？　あなただってさっきから夢中で写真を撮ってたでしょ」

さすがに聞き捨てならなかったのだろう、横で聞いていた上品な感じの女性客が意見する。

「なんだって？　俺はただ写真撮ってるだけで誰にも迷惑かけてねえから」

「あら、気づいてないだけで迷惑かけてますよ、場所取りだか何だか知りませんけど、一番いい場所をずーっと占領して」

「はあ？　何言ってんだ？」

「ちょっと君、やめなさいよ。こういうところで」

女性客の連れらしい恰幅《かっぷく》のいい男性が加勢すると、ハンチング帽の男性は「は？　あんたの連れが変な言いがかりつけてきたんだろうがよ」と凄《すご》んだ。

不穏な空気が広がり、にわかに乗艦者同士による口論が始まった。

せっかく艦橋から下りはじめていた人たちの足が止まる。

「立ち止まらないでくださいッ」

大久保船務士と当直海曹が交互に叫ぶ。

ショートカットの母親は責任を感じたのか、「すいませんッ。すいませんッ」と泣きそうな声で誰にともなく謝っている。

想定外の騒ぎだった。急病人と迷子が、まさか同時に発生するとは。

安全面を考えて未就学児の乗艦は見合わせたのだが、就学児童なら大丈夫とは限らなかったのだ。

迷子は必ず艦内のどこかにいるはずだ。

上甲板には随所に警戒員を配置しているし、海中転落は考えにくい。かりに転落したとしても、これだけ明るければ警戒員が気づくだろう。

しかし、所在が確認されるまで安心はできない。

碧は前方の航路を睨みながら、唇を噛みしめた。

そのときだった。それまで海図台で立直していた遠藤通信士が毅然《きぜん》とした足取りで口論の輪に向かっていくのが見えた。

「お取込み中、失礼します。あおぎり通信士、遠藤二尉《い》です。これより、私がお二方のお話を順番にうかがわせていただきます。よろしいでしょうか？」

凛《りん》と張った声に、一瞬の静寂が訪れた。

遠藤通信士がすかさず場を取り仕切る。

「ではまず、そちらの男性の方からお願いします」

「え? 俺? 俺になにを話せっての?」

ハンチング帽の男性は明らかに動揺した様子だった。

「今、こちらで展開されていたご主張の内容についてです」

周りの視線が一斉に、くだんの男性に集まる。

「ご主張って……。俺はただそっちの女が変な言いがかりをつけてきたもんだから」

ショートカットの母親を庇《かば》った女性客がなにか言い返そうとしたが、遠藤通信士が切れ長の目で制した。

「どのような言いがかりでしょうか?」

遠藤通信士が男性に問いかける。

「俺がずっと、いい場所を占領してるとか何とかって」

「それは事実ですか?」

男性が答える前に、周りから「そうだ」「ずっとそこで写真撮ってたよ」といった声が一斉に上がった。

ハンチングの男性はバツが悪そうに視線を泳がせている。

「そうですか。分かりました。では、私から皆様に申し上げましょう」

遠藤通信士は艦橋全体に響くように声のトーンを一段上げた。

「皆様、ごらんのとおり艦内はとても狭くなっております。皆様が気持ちよく見学できるよう、見学の際は譲り合いのご配慮をお願いいたします」

遠藤通信士の注意喚起に、ハンチングの男性は一人でブツブツとなにかつぶやきながらプイと横を向いてしまった。

「では、次にそちらの女性の方。あなたのご主張を」

上品な感じの女性客はしばらくハンチングの男を睨んでいたが、やがて吹っ切れたように遠藤通信士に向きなおった。

「私のほうはもう結構です。今、遠藤さんがおっしゃったとおりですから。それより、迷子のお子さんを早く探してあげてください」

周りから「おおー」という声が上がった。何人かから、パラパラと小さな拍手も起こった。

「承知いたしました。ありがとうございます。捜索に最善を尽くします」

遠藤通信士は踵を合わせて敬礼し、呆気に取られて立っている大久保船務士に目配せをした。大久保船務士は急に我に返ったように、「ええ、ではまず艦内マイクを入れます。お母さん、お子さんの特徴とお名前を教えてください」と、ショートカットの母親に尋ねた。

遠藤通信士がなにごともなかったかのように海図台へと引き上げていく。

迷子は黄色いキャップに白いTシャツ、身長一二〇センチくらいの小学一年生の男の子とのことだ。

ひとまず特徴を告げる艦内マイクが入る。

「……なお、見かけた方は、どうぞ各所におります本艦の警戒員までお知らせください」

一連の流れを見ていた暮林副長は「さすが通信士。誰にもカドが立たんよう、うまく収めよった」と満足げだった。

「手空《てあ》きの応急員たちにも指示して、艦内捜索を行ないます。艦長」

「そうね。それから、親御《おやご》さんを士官室にお連れして」

暮林副長が指示を出し、ショートカットの母親は当直海曹になだめられながら艦橋を下りていった。ざわついていた艦橋もにわかに静かになった。どうやら「艦内捜索」というものものしい言葉も効いたらしい。

「さあ、艦内に下りられる方は今のうちにどうぞ」

座間水雷長と大久保船務士が持ち場に戻って、誘導を続行する。

ふたたび人が流れ始めた。

入れ替わりに、看護長の保江二曹と衛生員の小森士長が艦橋に上がってくる。

息をつく間もなく、今度は急病人のほうの対応だ。

きっと炎天下の旗甲板でずっとＳＨ－60Ｊの発艦を見ていたせいで、体調を崩したにちがいない。

冷房の利いている医務室で休んでいるうち、体調が回復するといいが。

「あの、早乙女艦長」

一日艦長の三好友梨佳が、いつの間にか艦長席の横に立っていた。

「私も旗甲板に行って、診させてもらっていいでしょうか？」

当初のふんわりとした印象は消え、表情が真剣そのものである。

「まだ学生の身分で医療行為はできませんが、少しでもお役に立てればと思いまして」

そういえば、友梨佳はミス山口大学で医学部医学科の四年生だった。

医学科の四年生といえば、これから病院での実習に入る段階で、臨床経験は皆無にちかいだろう。

それでも、医学の専門知識があるのはたしかだ。

「ありがとうございます。心強いです」

碧は礼を述べると、対番として後ろで控えていた岬二曹を呼んだ。

「岬二曹、三好さんを旗甲板へ！」

座間水雷長によって流れの整理された階段を、保江看護長と小森士長が駆け上がり、その後に岬二曹に先導された友梨佳が続く。

友梨佳の白い夏制服が一瞬、医者の白衣に見えて頼もしかった。

とにかく不調を訴えている乗艦者を無事医務室に移す。増速はそれからだ。

艦長席でその後の報告を待っていると、ほどなくして、もどかしい足取りで階段を下りてくるヒールの音が響いた。

友梨佳だった。

深刻な顔つきで、小走りに艦長席に向かってくる。

「頭痛を訴えている患者さんですが」

脇腹にキュッと差し込むような、いやな予感がした。

「熱中症かなにかですか？」

「いえ」

友梨佳はいったん口元を強く引き結び、覚悟を決めたように、ふたたび口を開いた。

「ふだんから血圧の薬を服用されていたようで。看護長さんは『くも膜下出血ではないか』と。私も同意見です」

波による動揺もないのに、艦橋がグラリと揺れた気がした。

くも膜下出血。交通事故のように突然発症し、いざ発症すれば死亡率の高いことで知られる、あの……。

「今、なるべく頭部を水平にして動かさないよう医務室に搬送しましたが、一刻も早く病院に移送してください」

耳元に響く友梨佳の声が、遠い海鳴りのように聞こえていた。

7

艦内捜索により、例の迷子は士官寝室の中で見つかった。

前部に位置する稲森船務長と大久保船務士の共用寝室で、くだんの男の子は二段ベッド上段の大久保船務士のベッドですやすやと眠っていたという。

士官寝室区画や乗組員の居住区画にはロープを張って立ち入り制限をしていたのだが、わずかな隙にロープをくぐって入り込んだようだ。

それにしてもたまたま入った士官寝室で眠ってしまうとは、体験航海でよほど疲れたのだろうか。人騒がせながら、なかなか度胸のある子だ。

とにかく、懸念事項のうち一件は無事解決した。残る二件で急を要するのは……。

碧の腹は決まっていた。

T－5の救助にはすでに海上保安庁の船艇が向かっている。間がよければ付近を航行中の漁船などが機体を発見するかもしれない。

しかし、自艦で発生した急患は自艦で対処するしかない。

なにより、救助は原則として民間最優先。T－5は後回しだ。

「ひとまず現場海域への急行を取りやめ、急患の搬送を行なう」

異を唱える者は誰もいなかった。

艦橋がまた慌ただしい空気に包まれる。

堀田司令は司令席の脇に隊付の宝生一尉を呼び寄せ、険しい顔でしきりになにかを言い合っている。

暮林副長は大久保船務士に、近くの病院を探すよう指示した。

当直士官の渡辺航海長はジャイロ・レピーターを睨み、座間水雷長はいつでも交代できるようにその横に控えている。

各自所掌の配置を守りながらも、急患発生という新たな事態への焦りは隠せなかった。

「副長、ちょうど柳井に脳神経外科の病院があります！　個人病院のようですが」

ざわつく艦橋で、大久保船務士が不意をつくような大声を上げた。

「そこは急患の受け入れは可能なんか？」

「ええーっと、ちょっと待ってください。それはまだ」

「ええい、よう確認してから報告せえ！」

「はいッ！　確認します」

暮林副長が声を荒らげて怒鳴りつけると、大久保船務士は強張った顔で、転げるようにラッタルを駆け下りていった。

続けざまに、艦橋伝令が声を張り上げる。

「医務室より！『急患、嘔吐《おうと》。くも膜下出血の疑い。ただちに救急搬送の要あり』」

さすがに声がうわずっている。

「三好さん、嘔吐ってどういうことなんですか？」

脇に立っている友梨佳に思わず聞かずにいられない。

「吐き気と嘔吐は、激しい頭痛と並んで、くも膜下出血の典型的な症状なんです。脳にできた動脈瘤《どうみゃくりゅう》が破裂して、その出血によって脳が圧迫されている状態といったらいいでしょうか。あまり圧迫が長く続くと、脳に障害が出る可能性があります。それに生命の危険も」

しきりにまばたきをくり返す友梨佳の口調は切羽詰まっていた。

「とにかく一刻も早く病院へ運ぶ必要があります」

碧はゴクリと唾《つば》をのみ込んだ。

気を静めているつもりでも、胸の鼓動は激しい。こんなに暑いのに手足の先だけがやけに冷え、いやな感じに汗ばんでいる。

「一刻も早くゆうても、こんなときに、六七号機はおらんのじゃけえ」

暮林副長の悔しげな舌打ちが後ろから聞こえた。

「ええいッ、クソッ。じゃけえ、T－5は最初から保安庁に任せよったらええゆうたんじゃ！」

独り言のようだが、わざと碧に聞こえるようにぼやいているのは明らかだった。

「しかし、副長。あの時点ではまだ急患の発生は予見できませんでしたよね？　今は過ぎたことを悔やんでいるときではないように思いますが」

見るに見かねたのか、広報官の中馬二曹が口を挟む。すると、暮林副長は急に気色ばんだ。

「なにを分かったような口を。陸自のお客さんは艦のことに口出しせんと、黙って乗りよったらええんじゃ」

「私は広報官ですッ。お客さんじゃありません」

中馬の口調が一気に切り口上になる。

「中馬二曹」

たまりかねて碧はふり向いた。

「急患の身元確認とご家族への連絡を」

キリキリと眉《まゆ》を吊《つ》り上げていた中馬二曹は、ハッと我に返ったようだった。顔を赤らめながら、乗艦者名簿を確認し始めた。

暮林副長も顔を背けて海図台のほうへと歩いていく。

二人とも今は口論などしている場合ではないと分かっているはずだった。にもかかわらず、誰もが焦りで気持ちを昂《たかぶ》らせていた。

急がねば乗艦者の命が危ない。

碧でさえ、乗組員たちの前で平静の表情を保つのは難しかった。

そこへカンカンカンッとラッタルを大股《おおまた》で駆け上がってくる靴音がした。

「艦長！ 副長！ 当直士官！」

張り詰めた艦橋の空気を突き破るように、大久保船務士の元気のいい大声が響く。

「今、岩国医療センターと連絡がつきました。急患の受け入れ可能だそうです！ 脳神経外科もあります」

艦橋の端に寄ってやり取りを見ていた一般客たちから「おお」という声が漏れた。

「ああ、岩国医療センターか」

当直士官の後ろに控えていた座間水雷長が、なぜ今まで気がつかなかったのかというように手を打った。

「艦長、岩国医療センターはドクターヘリも発着できる、かなり大きな病院です。たしか、国立病院だったかな？」

「国立病院機構の病院です、水雷長。救命救急センターにも指定されてます！」

大久保船務士が息を弾ませ、得意げに鼻を膨らませる。

急患の受け入れ先がみつかったのは、凶事の最中のせめてもの朗報といえる。

問題は急患をどうやって運ぶか、だ。

一刻を争うのであれば、やはりヘリによる搬送だろう。発艦したばかりの六七号機を戻し、急患を乗せて再び発艦させたとしても、このまま艦で岩国に向かうより断然早い。

決断するなら今だ。

碧はひじ掛けに手をやり、勢いよく艦長席から降り立った。

「六七号機を呼び戻します！」

当直士官の渡辺航海長は一瞬ポカンとした表情で碧を見た。

だが、すぐに姿勢を正してうなずくと、ヘッドセットを押さえてＣＩＣにいる晴山飛行長を呼び出した。

――おい、さっきのヘリが戻ってくるらしいぞ。

――ヘリで救急搬送か。

一般客たちがざわめく。

暮林副長が後ろで「こんなことになるなら最初からヘリを残しよったら……」とつぶやいているのが聞こえた。

しかし、碧は前を向き続けた。

どんな状況にあっても、常に最善策を考え、力を尽くす。それが指揮官の務めなのだ。

目の前に広がる夏の海の色は濃い。

どくどくという胸の鼓動のリズムに合わせて波打っているように見える。

「おい、艦長。あおぎり艦長！」

ふいに左舷側《ひだりげんがわ》から声がして、碧は波打つ海から目を離した。

堀田司令が司令席から身を乗り出すようにして声を張っている。

「六七号機には担架を搬入できるんかッ？」

さきほどT－5救助の根拠をたずねたときとはあきらかに様子がちがう。

堀田司令らしからぬかみつくような口調に、碧は全身の血が音を立てて引いていく思いだった。

担架……。

肝心なところであり、盲点だった。

「当直士官、ただちに飛行長に確認を！」

渡辺航海長がヘッドセット式電話で急いで晴山飛行長に問い合わせる。

その間にも、ふたたび手足の先がいやな感じに冷えていく。

そもそも哨戒機《しょうかいき》であるSH－60Jは救難の用途には向かない機体だ。

吊り下げ式ソナーなど対潜機器搭載中はキャビン内はどうしても狭くなる。後に改良された60Kであればキャビン扉の開口部も広く、キャビン内も多少広いが。

どうして気づかなかったのか。

「艦長！」

渡辺航海長が眉根を寄せた険しい表情を碧に向けた。

「六七号機に担架の搬入は厳しいそうです。座席に座らせての搬送であれば」

脇にいた友梨佳が「とんでもない」といったように目を見開いた。

「今、患者さんの頭部を立てるのは危険です。頭部は水平にして安静搬送すべきかと。看護長もそうおっしゃるはずです」

耳の奥でソナーの発振音のような高い音が、カーンと響いた。

堀田司令が苦々しく拳《こぶし》で膝《ひざ》を叩く姿が見えた。

事態が急速に行き詰った。

どくどくと胸の鼓動が早まる。

「なんと、六七号機が役に立たんとはのう」

暮林副長の大きな舌打ちに続き、医務室とのやり取りをしていた伝令の海曹が焦った声で報告を上げた。

「医務室より！『搬送の目途は立っているのか？』」

「ええい、軽々しく聞くな！こっちも必死にやりよるんじゃ。そう言うとけ」

暮林副長がふり向きざまに怒鳴りつけると、伝令の海曹は姿勢を正し、目を泳がせながら「医務室、艦橋。搬送の目途は……、まだ立っていない」と、しどろもどろな声で報告した。

このまま搬送の目途が立たなければ、最悪はあおぎりから死者が出る。

いや、絶対にそうはさせない。

碧は自身に言い聞かせた。

8

「六七号機で搬送できないとなれば、このまま本艦で搬送するしかないでしょうか？」

座間水雷長の誰にともなく問いかけた言を受け、大久保船務士がさらに問いかける。

「岩国港に護衛艦は入れますかね？」

なまじ元気が良すぎるだけに能天気な発言に聞こえなくもなく、暮林副長が頭から怒鳴りつける。

「なにを言いよるんか！　悠長に岸壁横付けなんてしよる暇はないぞ」

大久保船務士はめげずに食いついた。

「では内火艇《ないかてい》を使いますか？　溺者《できしゃ》救助用の舟形担架で患者を内火艇に降ろして」

「内火艇で岩国までだと？」

暮林副長は「話にならない」といった顔で目を剝《む》いた。

「いえ、さすがに岩国までは遠いですが、柳井まででしたら」

「で、柳井からは？　救急車か？」

今度は呆《あき》れたような声を上げる。

「内火艇じゃあ脚が遅《おそ》うてどうにもならん」

低いぼやきが艦長席まで聞こえる。

たしかに内火艇の速力は七ノット（時速約一三キロ）程度。柳井まででも二時間はかかる。

あおぎりの最大戦速で柳井に向かい、港付近で小回りの利《き》く内火艇を降ろして岸壁横付けの時間を節約するか。

碧が頭の中で計算していると、右ウイングから中馬二曹が半身をのぞかせた。

「急患のご家族の方と連絡が取れました。搬送先は岩国医療センターでよろしいですよね？」

官用スマホを片手に、碧と暮林副長の顔を交互に見ながら聞く。

「そうです。岩国医療センターです。なにが何でも搬送します」

今、碧に答えられるのはそれだけだった。

中馬二曹はキリリとした表情でうなずき、ふたたびウイングへ出ていった。

「医務室より！」

入れ替わるように艦橋伝令が声を張った。

「『急患に全身の痙攣《けいれん》！　意識混濁。搬送の目途はまだか』！」

一般の乗艦者たちも含め、艦橋に詰めている者たちが一斉に息を呑んだ。さすがの暮林副長も今度ばかりは伝令を怒鳴りつけるどころか、黙り込んだ。

皆の視線が艦長席の碧に集まる。

堀田司令だけが司令席で腕組みをして瞑目《めいもく》していた。

全身の痙攣が始まったとはどういう事態なのか。隣にいる友梨佳に確かめたい気もしたが、確かめるのがこわくもあった。

いずれにせよ、良い事態であるはずがないのだ。一刻の猶予《ゆうよ》もならない。それだけは確かだ。

「まさか助からん、ゆう場合も？」

「シッ。言うたらいけん」

艦橋当直員同士がひそひそとささやき合う声が聞こえた。

いやな汗が背中を伝っていく。

「司令！　艦長！　副長！」

ふいに左ウイングから声がした。

「海上保安庁に頼んではどうでしょうか」

逆光で顔はよく見えないが、ヒョロリとしたシルエットがウイング出入口から身をかがめるようにして入ってきた。

「砲術士、いつからそこに？」

大久保船務士が大声を上げた。

続いて暮林副長も左舷側に顔を向ける。

「貴様、いつの間に上がってきよった？　後部は？　後部の持ち場はどうした？」

「後部の乗艦者たちはすべて艦内に誘導したので問題ありません。あとは先任伍長《ごちょう》に任せてあります。副長、もう一度申し上げます。海上保安庁に……」

ふだんのモゴモゴとした発声から一皮むけたような、ハキハキとした物言いだった。

しかし、せっかくの進言は途中で遮られた。

「たわけ！　すでに保安庁の巡視艇はＴ－５の救助に向かいよるわ」

坂上砲術士は引かなかった。

暮林副長の剣幕をものともせず、一本の棒のようにまっすぐに立ち、きっぱりと声を張る。

「私が言っているのは、保安庁のヘリです」

ざわめいていた艦橋が一瞬静まった。

「海上保安庁のヘリなら担架も入るはずです」

堀田司令がわざわざ司令席からふり返って坂上砲術士を見る。

色白の頬を紅潮させ、口元をきっぱりと結びながら、坂上砲術士はしきりに早いまばたきを繰り返していた。

海上保安庁のヘリコプター。

誰もが思いつきそうだが、誰ひとり思い浮かばなかった。

碧でさえ、自艦搬送と内火艇にばかりとらわれていた。

「そうか。なるほど。保安庁のヘリなら担架の問題はクリアできるかもしれん」

暮林副長も不意をつかれたような表情を浮かべている。

「うむ、しかし、T－5の救助も急患搬送も保安庁頼みゆうのはいかがなもんかのう。これじゃあまるで、おんぶにだっこ、ゆうか」

この期《ご》に及んで面子《メンツ》を気にしているのか、急に歯切れが悪くなってきた。

そのときだった。

「六七号機が現場海域に到着しました！」

ＣＩＣから報告が上がってきた。

「引き続き六七号機が海上にＴ－５の機体を発見。機体付近より、搭乗員により発射されたと思われるペンシルガンの信号を視認しました」

碧は思わず暮林副長と顔を見合わせた。

艦橋に「おおー」というどよめきが起こる。

ペンシルガンとは航空機の搭乗員が携行している小型の信号拳銃《けんじゅう》である。約三〇メートルの高さまで発射でき、約一キロ先からも確認できる。

機体から脱出して海上を漂流していた搭乗員は、六七号機のローター回転音を聞きつけ、上空に向けてペンシルガンを発射したのだろう。ペンシルガンの信号は上空で白や黄色の煙の筋を描き、救助に来た航空機に遭難者の生存や位置を知らせる。

今、その搭乗員は漂流を続けながら、六七号機が信号に気付いて上空から自分を発見してくれるのをひたすら待っているはずだ。

どうか三名とも無事であってほしい。

はやる気持ちを抑えていると、たて続けに報告が上がってきた。

「機体付近を漂流中の搭乗員三名の生存を確認。これより救助を開始します」

さきほどのどよめきがさらに大きくなった。

SH－60J六七号機は救難ヘリUH－60Jと違い、救難が主任務ではない。しかし、六七号機にもホイスト装置は装備されており、必要とあれば降下救助を行なうことができる。

この場合、センサーマンと呼ばれる航空士がホイスト・ケーブルを使って機体から降下する降下救助員の役目を担《にな》う。

現場でこの降下救助がうまくいき、さらに自艦に保安庁のヘリを呼ぶことができれば、二件同時に解決できるかもしれない。

「これでおんぶにだっこしてもらわなくても済みそうですね。副長」

「はあ、そうですな。しかし」

暮林副長はまんざらでもなさそうな表情を浮かべた後、急に難しい顔になった。

「六七号機のセンサーマンはHRS（ヘリコプターレスキュースイマー）の資格を持ちよるんですかのう？」

一理ある疑問だった。

ヘリによる救助でまず考慮しなければならないのは、ホバリングによって発生するダウンウォッシュである。

通常、救助に当たるヘリは海面より五メートルから二〇メートルまで高度を落としてホバリングを行なう。その際にローターから発生した風（ダウンウォッシュ）が海面を叩《たた》きつけ、猛烈な水しぶきをあげる。

このダウンウォッシュの風速はおよそ二〇メートル。地上であればまともに立っていられない強さであり、飛来物で負傷するおそれのある危険な風速域である。吹き上げられる水しぶきの威力も猛烈で、洋上の要救助者がこれを浴びれば、呼吸困難に陥りかねない。

ダウンウォッシュはヘリを中心とした半径約五〇メートル圏内に発生するため、通常、ヘリは要救助者から約五〇メートル離れた位置で機体を風上に向けてホバリングを行なう。

降下救助員を兼ねるセンサーマンがＨＲＳの資格を有していれば、ヘリから海面に降下した後ケーブルを放し、この五〇メートルの距離を泳いで要救助者の元まで辿《たど》り着き救助活動を行なうことができる。

しかし、ＨＲＳの資格がなければ、ホイスト・ケーブルに捕まりながらの救助が原則となる。この場合、要救助者までの五〇メートルをどう克服するかが鍵《かぎ》となり、救助活動はある程度制限される。

「ちょっと、飛行長を呼んで」

碧は艦内マイクを指示した。

「飛行長、艦橋」

桃井士長による艦内マイクで、まもなく晴山飛行長が艦橋に上がってきた。

ＣＩＣに詰めていた晴山飛行長は、六七号機とのやり取りの最中に突然呼び出され、見るからに「こんなときに上がってこいなんて信じられない」といった表情をしていた。

終始前のめりの姿勢で、全身から殺気のようなものすら感じられる。

「結論から申し上げますと、六七号機のセンサーマン二名はどちらもＨＲＳ資格を有しておりません。しかし、発見した搭乗員三名のホイスト救助は可能です」

きっぱりと断言する口調だった。

「ダウンウォッシュの問題は大丈夫？」

碧はすかさず尋ねた。

晴山飛行長は「なにを言ってるんだ？」とでもいうような目つきで碧を見た。

「今回は機体を要救助者の真上に持ってきて、高度は海面より一五〇から二〇〇フィート（約五〇から六〇メートル）、やや高い位置でホバリングしてホイストします。つまり要救助者はダウンウォッシュの輪の中にすっぽり入る形となり、降下救助員もホイスト・ケーブルの制限内で充分救助可能です」

――現場の救助に関しては現場に任せるべき。あれこれ心配するな。手綱を放せ。

くっきりとした強い瞳《ひとみ》が語っていた。

二人の間に緊張した空気が流れる。

と、それまで司令席で黙ってやり取りを聞いていた堀田司令がとりなすように口を挟んだ。

「今回は一般客を乗せた体験航海中で自由に身動き出来んところへ、搭載ヘリによる洋上救助と自艦で発生した急患の救急搬送をほぼ同時に行なわねばならん。わしも艦は長いが、こんな事態は初めてだ。艦長の心配も分かってやれ、飛行長」

晴山飛行長の口元がフッと緩んだ。

「分かりました。では、ＣＩＣからもマイクを入れて、六七号機からの報告と現場の状況を流させます。艦長」

これでどうだ、と言わんばかりだ。

「了解」

碧はうなずいた。

「いいだろう。ＣＩＣからもマイクが入れば、一般客にも現場の様子が伝わって分かりやすい。一石二鳥だな」

堀田司令も満足そうな笑みを見せる。

「では、かかります」

晴山飛行長が姿勢を正して回れ右をする。最後にラッタルを下りる一歩手前で、ふたたび目が合った。

その瞬間、晴山飛行長の口角がニッと上がったように見えた。確かめる間もなく、晴山飛行長はあっという間にラッタルを下りていった。

その後を追い、大久保船務士も派手な靴音を響かせて下りていく。

「艦長、先ほどの保安庁のヘリ支援の件ですが」

頃合いを見計らったかのように海図台の遠藤通信士から声が上がった。

「保安庁の広島航空基地からここまで七〇、いや八〇マイル（約一三〇キロ）はあります。ヘリでも一時間はかかるのではないでしょうか」

希望の光にまた影が差した。保安庁のヘリを呼べたとしても、到着が一時間後では急患を救うことはできない。

ふたたび静かになった艦橋で、ふだんとは別人のように堂々とした態度で坂上砲術士が声を張った。

「ヘリは必ずしも航空基地にいるとは限らないじゃないですかッ。もしかしたら監視任務で、あるいは訓練で近くを飛んでいるかもしれません」

「しかし、そんな都合のええ話があるか？」

暮林副長に構わず坂上砲術士は続けた。

「海上保安庁にも我々と同様、年間の訓練計画、年次訓練があります。げんに去年のこの時期、彼らはこの辺りでヘリによる救助訓練を行なっていました。本日の気象海象からして、彼らが近くで訓練を実施している可能性はあります」

暮林副長は呆気に取られたように坂上砲術士の顔をみつめた。だが次の瞬間、こう告げた。「よし、そこまで言うなら一か八《ばち》か、運だめしじゃ」

張り出した眉の下から真剣な目で碧を見る。

碧がうなずくと、暮林副長は踵《きびす》を返してラッタルを下りて行った。

9

大局を見て冷静に判断をしているつもりが、いつの間にか視野狭窄《きょうさく》に陥り、その範疇《はんちゅう》にあるものしか見えなくなっていた。

坂上砲術士は艦橋の様子を気にして後部から上がってきただけに、それまでの艦橋でのやり取りを見聞きしていなかった。

べつの言い方をすれば、切迫した事実の呪縛《じゅばく》から、唯一《ゆいいつ》、坂上砲術士だけが自由だったのである。

「艦長」

やがて、張り巡らされた厳しい現実の壁を突き破るように、血相を変えた暮林副長が艦橋に戻ってきた。泣いているのか、笑っているのか。

いつもの渋面の下には収まり切れないほどの感情が、エラの張った四角い顔全体からあふれ出ていた。

「第六管区海上保安本部より。現在、伊予灘で救助訓練中のヘリを急患搬送のため、至急本艦に向かわせるとのことです！」

とたんに艦橋に安堵《あんど》の声とため息が溢れた。

一か八かの賭《か》けが当たった。それも大当たりといってよかった。

得意げに顎《あご》を上げる坂上砲術士の背中を座間水雷長が「お前、すごいな！」と叩く。軽く叩いたつもりなのだろうが、体軀《たいく》の差のせいか、坂上砲術士は前にのめりかけていた。

現在、あおぎりは八島《やしま》のほぼ正横を航行中である。

右側に九州の大分、左側に四国の愛媛をのぞみ、このまま変針せずに進めば、伊予灘を経てやがて豊後水道に出る。

海上保安庁のヘリは、はたして、伊予灘のどの辺りにいるのだろうか。

間を置かず、ＣＩＣからの報告が上がってきた。

「艦橋、ＣＩＣ！　保安庁のヘリらしき目標。左三〇度、一〇マイル！」

艦橋で立直中の者たちは、それぞれ近くにいる者たちと顔を見合わせた。

「よっしゃ！」

座間水雷長がガッツポーズを取る。

「思ったより近いですね、司令」

司令席の脇《わき》では隊付の宝生一尉が弾んだ声を上げている。

たしかに、近い。

坂上砲術士の進言どおり、本当に海上保安庁のヘリが付近にいたのだ。双眼鏡を構えてもまだ視認はできないが、一〇マイル圏内であれば、おおむね一〇分もあれば到着するだろう。

危機を脱する一筋の光は、突然思いもよらぬところからもたらされた。いや、最初からもたらされていたのに、誰ひとり気づかなかったのだ。

「おい、搬送の目途が立ちよったぞ。早《はよ》う医務室に知らせえ！」

暮林副長はまだ信じられないといった顔で、艦橋伝令を焚《た》きつけた。

「医務室、艦橋！　搬送の目途が立った！」

艦橋伝令の張り切った声とともに、事態がふたたび回りはじめる。

それに合わせるかのように、ＣＩＣからも艦内マイクが流れた。

「ただ今、現場海域では六七号機の降下救助員が海面降下を開始しました。海上保安庁の巡視艇が周囲の警戒に当たっています」

艦橋の桃井士長の艦内マイクとはまた一味違う、落ち着いたトーンのしっかりとした艦内マイクだった。

この声は、内海三曹の声だ。

同じことに気づいたのか、CICのマイクが入ったとたん、暮林副長の動きが止まった。

——私、やっぱり艦《ふね》に帰りたい。帰って、艦長や砲術士の下でもう一度勤務したい、です。

坂上砲術士とともに身柄の確保と説得を行なった際、涙ながらに語った内海の言葉がよみがえる。

艦長交代の当日に失踪《しっそう》して艦を騒がせたWAVEが、今こうしてふたたび艦の力になっている。

碧にはそれがたまらなく嬉《うれ》しかった。

内海三曹が伝えてくれた現場の様子を思い浮かべる。

ホバリングする機体のキャビン扉が開き、降下救助員が姿を現す。白いヘルメットにゴーグル。夏場なのでウェットスーツ姿で足には大きなフィンをつけている。

キャビン扉の上に突き出しているホイスト装置から延びるホイスト・ケーブルを自身のカラビナ（リング状の金具）につないで、降下救助員はするすると海面に降下していく。

頼んだよ。

心の中で念じているところに、中馬二曹がラッタルを駆け上がってきた。きっちりとしたまとめ髪の下から後れ毛が揺れている。広報官として、まさに髪をふり乱して不測の事態に対応していたのだろう。

「艦長、副長！ 今、医務室で急患の容態を見てきました。痙攣は収まりましたが、素人目《しろうとめ》にもかなり危険な容態と思われます。まずは搬送の目途が立って本当によかったです。急患のお名前は丸山修二《まるやましゅうじ》さん。三八歳、男性」

中馬二曹はそこで一度息を継ぎ、切れ長の目に力を込めた。

「覚えておられますか？ 午前の操法展示の際、号令をかけてくださった方です」

ああ……、あの白いポロシャツを着た男性か。

「たしか、お子さんを連れておったはずじゃのう」

暮林副長も覚えていたようだ。

「はい。お子さんは今、医務室に。機関科のWAVEの方が付き添ってくれてます。お父さんが倒れてからずっと泣きじゃくっているんですよ」

まだ小学校低学年くらいの女の子だった。初めて乗ったいかめしい艦の上で、父親が突然倒れたのだ。動揺するのも無理はない。

「それで、これはさきほど連絡がとれた奥様からのお願いなんですが、お子さんも一緒に搬送してもらいたい、と」

「なるほど」

暮林副長が上目遣いに窺《うかが》うように碧をみる。

「広島市から来られたとのことです。お子さんはあの年齢では一人で帰れないでしょう」

たしかにこの後、あおぎりが入港するのは宇部の芝中西ふ頭である。

小学校低学年の女児が宇部から広島まで帰宅できるとはとうてい思えなかった。

「分かりました。では、お子さんも一緒に保安庁のヘリで搬送してもらいましょう。副長、そのように手配を」

中馬二曹は保安庁のヘリが到来するとは予想していなかったようで、驚きに満ちた目を見開いた。

「保安庁のヘリが着艦するんですか？」

「いいえ、着艦ではなく、吊り上げ救助です」

海上自衛隊では原則として着艦資格のないパイロットは護衛艦に着艦できない。

この着艦資格取得のために、哨戒ヘリのパイロットたちは一定期間護衛艦に乗り組んで集中して発着艦の訓練をする。

最終的には訓練後の検定に合格したパイロットしか着艦資格は得られないのだ。海上保安庁のパイロットは護衛艦への着艦資格を保有していないため、碧は着艦ではなく吊り上げによる救助を考えていた。

碧自身、これまでの艦艇勤務において保安庁のヘリによる吊り上げ救助の経験はない。いわば、ぶっつけ本番だった。

「早乙女艦長」

横で話を聞いていた友梨佳が心配そうな表情で割って入ってきた。

「吊り上げ救助って、あの、こう、患者さんの後ろから抱きついて一緒に上がっていく感じですか？」

友梨佳が手ぶりを添えて訊《き》いてきた。なにを懸念《けねん》しているのかはだいたい分かった。

友梨佳の懸念を払ったのは碧ではなく、坂上砲術士だった。

「大丈夫です。担架ごと吊り上げてくれますよ」

丁寧な物腰だが、どこか得意げでもある。

「え、担架ごと？ すごい。そんなことができてしまうんですね」

友梨佳が感心した表情を浮かべたところへ、ＣＩＣから次の艦内マイクが流れた。

「今、六七号機の降下救助員が海面に降下しました」

現場海域でも、吊り上げ救助が行なわれようとしている。

「遭難機の搭乗員三名のうち一名が負傷。負傷者から先にホイストを開始します」

負傷者か。

無理もない。いくら滑空比の良い機体とはいえ、高度三〇〇〇フィート（約九一五メートル）から墜《お》ちているのだ。三名とも無傷というわけにはいくまい。むしろ、負傷者が一名で済んだだけでもありがたい。

やがて、負傷者が左手を痛め、骨折の可能性があるとのマイクが流れた。

「負傷者にレスキュー・ネットを装着。装着でき次第ホイストを開始します」

レスキュー・ネットは長さ約一メートル幅約六〇センチの袋状の救助縛帯《ばくたい》で、要救助者の身体を袋状のネットで包みこむため、ホイストする際、要救助者の身体にかかる負担を軽減できる。

波にもまれながら、負傷者の後ろから抱きつくようにして、レスキュー・ネットを装着している降下救助員の奮闘を想像する。相当の気力と体力を要する任務だが、人命が懸かっている。どうかがんばってほしい。

と、そのとき、大久保船務士が興奮した様子で艦橋に上がってきた。

「保安庁のヘリから呼び出しです！」

艦橋の救難用無線から急に雑音が入り始め、やがて、雑音の中から保安庁のヘリのパイロットらしき声が響いた。

「自衛艦あおぎり、こちらホアン963。海上保安庁です。聞こえましたら応答願います」

——おお、海上保安庁だ！

——本当に来たんだ。早いな。

艦橋にいた一般の乗艦者たちが、にわかに色めきたった。

「ホアン963、こちら自衛艦あおぎり。感度良好」

暮林副長が当直士官の横に立って応答する。

たて続けに左ウイングから見張り員の声高な報告が艦橋に飛び込んできた。

「航空機視認、左三〇度！　海上保安庁機らしい！」

堀田司令は組んでいた足を戻し、司令席から左に身を乗り出すようにして双眼鏡を構えた。

続いて碧も艦長席から双眼鏡を構える。

はるか豊後水道をのぞむ海面から一定の高度を保ち、海上保安庁のヘリとおぼしき機影が、まっすぐにこちらに向かってきていた。

　CICからもマイクが流れる。

「六七号機が負傷者のホイストを開始しました！」

　碧は双眼鏡を下ろした。

　みるみる近づいてくる海上保安庁のヘリの機影と現場海域で懸命に救助にあたっている六七号機の勇姿が重なる。

　人命救助はクルー一丸となって行なう総力戦だ。

　高度な操縦技術を駆使して、海面から一定の高度を保ち、ホバリングを続ける機長と副操縦士。負傷者は、まるでコウノトリに運ばれてくる赤ん坊のように、上体をすっぽりとネットに包まれ、足を外にだらんと垂らしている。その負傷者を後ろから支えるようにホールドする降下救助員。右手をクルクルと回して「上がれ」のサインを送るその先には、機内でホイスト装置を操作しているセンサーマンがいる。

　彼らをつないでいるのは一本のホイスト・ケーブルのみだ。

　バランスを保ちながら、ゆっくりと確実に上昇していく。

　最後まで頼んだよ、六七号機。さあ、こっちもいよいよミッション開始だ。

10

「お知らせします。先ほど本艦を発艦した航空機が現場海域にて遭難機を発見。海上を漂流中の搭乗員三名の生存を確認し、吊り上げ救助を開始しました。よって、本艦は現場海域への急行を一時取りやめ、海上保安庁の協力の下、さきほど発生した急患の救急搬送を行ないます。まもなく海上保安庁の航空機が本艦に近づきます。危険ですので、引き続き、後部・飛行甲板へは立ち入らないようお願いいたします」

桃井士長の艦内マイクにより、それまで艦内に誘導されていた一般の乗艦者たちが一斉に艦橋に上がってきた。

救助のため増速して現場海域に向かうと艦長自らのアナウンスがあったにもかかわらず、いっこうにスピードアップする気配がないので、皆、おかしいと思っていたのだろう。

そこへ今回の桃井士長の艦内マイクである。

ひとまず艦橋に行って状況を確かめようという流れが生まれたようだ。

さほど広くはないあおぎりの艦橋はすぐに人で溢《あふ》れ、やむなく一部を旗甲板へ上げざるを得ない状況となった。

「おい、船務士。お前、旗甲板に上がって警戒に当たれ。艦橋は俺と砲術士で当たる」

乗艦者たちの動きを統制していた座間水雷長は大久保船務士に指示して旗甲板に上がらせた。

座間水雷長と坂上砲術士による、艦橋の人員誘導と整理が始まった。

「危険ですので、旗甲板への階段は一時的に一方通行とさせていただきます」

「恐れ入りますが、我々の指示に従ってくださいますよう、ご協力お願いいたしますッ」

座間水雷長が艦橋中央で注意喚起し、坂上砲術士が旗甲板へ続く階段の下に陣取って誘導する。

混雑の中を縫うようにして、暮林副長が報告に来た。

「艦長、医務室の急患搬送準備完了です。なお、これより航空機管制と交話は飛行長に任せます」

「了解」

晴山飛行長は駆け足でＣＩＣから飛行甲板のＬＳＯへと移動しているだろう。

そして、伊予灘での訓練を切り上げてきた海上保安庁のヘリコプターが、夏空の下、くっきりと姿を現した。

頼もしいローター音を轟《とどろ》かせながら飛んでくる機体の機種名はアグスタAW139。愛称は「せとわし二号」。アグスタ139は海上保安庁のほか警察、消防防災航空隊にも採用されている中型の双発ヘリコプターだ。全長約一六メートルで全高約五メートル、ローターの直径は約一四メートル。SH－60Jより一回りほど小さな機体で、軽やかな飛行を見せている。

せとわし二号のキャビンは白と水色のツートンカラー仕様で、キャビン扉近くに海上保安庁を象徴する紺青《こんじょう》のS字章。キャビン後部からテールブームにかけて同じく紺青のラインが引かれている。

ラインの下にはラインと同じ色で「JAPAN COAST GUARD」のロゴ、テールブームには「海上保安庁」の文字。キャビン扉の下部には日の丸のマークが描かれている。

――おお、来た来た。

――速《はや》ッ！

右舷側を反航していくせとわし二号の姿をカメラに収めようと、乗艦者たちが右ウイングへと殺到する。

「危険ですので、一ヶ所に固まらないようお願いします。恐れ入りますが、リュックを前に掛けていただけますか？」

大きなリュックを背負い、首から望遠カメラを提げた男性に坂上砲術士が注意する。

せとわし二号は悠々と艦尾に回り込んでアプローチする態勢に入った。

CICからもマイクが入る。

「六七号機が負傷者のホイストを完了し、負傷者を機内に収容しました。引き続き、残る二名の救助を行ないます」

あちこちからどよめきが起こる。

とりあえず、一番気がかりな負傷者の救助が終わった。ホッとするにはまだ早いが、同様に吊り上げ救助を開始するにあたって、一足早く一人目の救助が完了したのは幸先のよい流れだ。

いいぞ。この調子でこっちも。

そのとき、当直士官の渡辺航海長が「副長！」と声をあげた。

暮林副長を呼んだものの、ヘッドセットを押さえながら、しきりに目を泳がせている。

電話の向こうで晴山飛行長がまだなにか話しているのだろう。

やがて「了解」と短く告げ、渡辺航海長は改めて暮林副長に向きなおった。

「航空機より。本艦から救急救命士の資格のある者を患者に同行させてほしいと言ってきているそうです」

「ほう、それはつまり、看護長か衛生員の小森士長を寄越せ、ゆうわけか？　保安庁のヘリには救急救命士はおらんのか？」

暮林副長が確認するそばから、坂上砲術士が後ろから声を張った。

「保安庁の広島航空基地には救急救命士の資格のある機動救難士が配置されていません」

艦橋にいた当直員たちが一斉に坂上砲術士に目を向ける。

「現在ヘリに乗っている潜水士たちだけでは搬送中、機内で患者になにか起きたときに対応できないので、対応できる者の派遣を本艦に要請しているのだと思われます。今回は重篤《じゅうとく》なケースですし、小森士長より看護長が適任だと考えます」

突然の堂々とした意見具申に、暮林副長も驚いたようだった。

「なるほど。貴様やけに詳しいのう」

暮林副長は呆気に取られた表情を浮かべた。

「よし、それなら看護長を行かせえ」

暮林副長の指示で、患者と子どもと保江看護長の三名が飛行甲板からホイストされることとなった。

渡辺航海長と晴山飛行長との電話でのやり取りがひととおり終わった後、坂上砲術士はまたなにかを思いついた顔になった。

「急患の搬送先ですが、岩国医療センター屋上ヘリポートはドクターヘリ用ですから、アグスタ139は着陸できない可能性があります」

「あッ、そうか」

座間水雷長が不意をつかれたように大声を上げる。

当直士官の渡辺航海長も思わずふり向いて坂上砲術士を見ている。

アグスタ139の重量は約四四〇〇キロ。一般的なドクターヘリの重量はおおむね三〇〇〇キロ前後。坂上砲術士の指摘のように、屋上ヘリポートの強度の問題で着陸はできないかもしれない。

艦橋当直員たちの視線が一斉に碧に集まる。

碧は忙《せわ》しく頭の中を動かした。

岩国医療センターの近くでヘリが確実に着陸できる場所といえば岩国航空基地だが、

米軍との共同使用で、航空管制は米軍が担っている。しかし、今は緊急事態だ。

どうにか調整を行なうしかない。

「ヘリは岩国基地に降りてもらう！ そして、急患は基地から救急車で岩国医療センターへ搬送！」

険しい面持ちで碧を見つめている暮林副長と目が合う。

「副長、岩国の三一空群（第三一航空群）に連絡して調整をお願いします」

堀田司令がいきなり声を上げた。

「その必要はない」

暮林副長が驚いた顔で司令席を見る。

「三一空群には、すでに隊付が連絡して調整している。保安庁側にもそう伝えておけ」

堀田司令はそれだけ言うと、司令席の上でクルリと前に向き直った。

現場の指揮官畑を長年渡り歩いてきた人だけある。

迅速な采配《さいはい》に頭の下がる思いだった。

「司令、ありがとうございます」

堀田司令は前を向いたまま片手を挙げると、ふだんの調子でひらひらと振ってみせた。いつもなら癪《しゃく》に障《さわ》るところだが、今回ばかりは感謝せずにはいられなかった。

飛行甲板では着々と準備が進み、せとわし二号もホイストの態勢を整えつつある。

状況と状況の間をつなぐ、わずかな凪《なぎ》のような時間が訪れた。

碧は左手首のセイコー・ルキアに目を落とした。

急患発生からおよそ二〇分が経過しようとしている。

静かに目を閉じて、この次の展開をイメージする。

ホバリングするせとわし二号のキャビン扉が開く。降下員が降下ロープを伝ってあおぎりの飛行甲板に降下する。急患を載せた担架をロープにつなぎ、ホイスト開始。せとわし二号が一度にホイストできるのは一名。今回、患者とその子ども、さらに保江看護長の三名を機内に収容するため、計三回のホイストが行なわれる。

すべてのホイストを終えて岩国航空基地を経由し、急患が岩国医療センターに搬送されるまで、どれくらいかかるだろうか。

ふたたび目を開けて時計を見る。

正直なところ、一分一秒だって惜しい。

三回もホイストをくり返すよりむしろ……。

頭の中でふたたびソナーの発振音に似た高い音が響いた。

「航海長！」

碧は、艦長席から叫んだ。

「飛行長と保安庁ヘリの機長に、本艦に着艦できるかどうか聞いて！」

後ろにいた何名かの幹部が息を呑《の》む気配がした。

「まさか、着艦させる気ですか？　艦長、着艦には着艦資格が要ります」

意見する暮林副長を遮るように、また坂上砲術士が口を挟んだ。

「共同訓練で保安庁のヘリが護衛艦に着艦した例はあります」

「たわけッ！」

暮林副長が叩きつけるように叫ぶ。

「あくまで共同訓練での話じゃろ。今は本番じゃ。人の命がかかりよるんじゃ」

坂上砲術士は頬を紅潮させたまま言葉を詰まらせた。

言い返したいたくさんの言葉が、暮林副長の剣幕に塞《ふさ》がれて出てこない。

碧はその言葉を拾うように艦長席を降りた。

「本番だからこそ、ですよ。副長」

暮林副長に正対する。

「人の命がかかっているからこそ、一分一秒でも早い搬送手段を取る必要があるのです」

暮林副長の張り出した眉《まゆ》の下で、鋭い目が光る。

「訓練は実戦のごとく、実戦は訓練のごとく、と？」

「そのとおり」

「そこまで仰《おっしゃ》るなら着艦もええでしょうが」

暮林副長の口元が苦々しく歪《ゆが》んだ。

「まったく、慣熟訓練時の緊急着艦といい、今回といい、艦長が代わってからあおぎりはイレギュラーな着艦ばっかりじゃ。いったい、どうなりよんのかのう」

——失敗したら全部あんたのせいじゃ。一人でええカッコしよってから、この疫病《やくびょう》神《がみ》が。

すべて口にしなくても、心の声はよく聞こえた。

横を見ると、息を詰めた表情でこちらを見ている友梨佳と中馬二曹がいる。

おそらくこの二人にも聞こえているのだろう。

剣呑な気配をやぶったのは、晴山飛行長の意向を伝える、渡辺航海長の声だった。

「艦長、飛行長は『許可さえあれば、必ず着艦させる』と言ってます。保安庁の機長も『許可があれば着艦は可能』と」

ニッと口角を上げる晴山飛行長の表情が目に浮かんだ。

ありがとう、飛行長。

保安庁との共同訓練の実績のないあおぎりだけれど、あなたがそう言い切ってくれるなら心強い。

ぶっつけ本番で成功させてみせる。いや、成功させなければならない。

碧は静かに深く息を吸った。

「司令」

堀田司令は司令席で足を組んだまま前を向いていた。

「何度も言わせるな。あおぎりは君の艦《ふね》だ。君の考えどおりに動かせ」

こちらに一瞥《いちべつ》もくれないところに、碧はむしろ情を感じた。

ふたたび深く息を吸う。

「ホアン963の本艦への着艦を許可する」

直後、無言のどよめきが波のように打ち寄せた。

やがて波は感嘆の声とともに、艦橋、旗甲板のいたるところでしぶきを上げた。

「航空機着艦用意！」

部署が発動され、あおぎりにピリピリとした緊張がみなぎった。

艦橋にいる当直員総員の表情が一気に引き締まる。

「まもなく海上保安庁の航空機が本艦に着艦します」

マイクを入れる桃井士長の声は、心なしか震えているようだった。

11

護衛艦に着艦するヘリのパイロットには着艦資格が要る。逆にいえば、着艦資格のあるパイロットしか護衛艦に着艦できない。

しかし、それはあくまで海上自衛隊においての話である。

海上保安庁のパイロットで護衛艦に着艦経験のある者は多くはないかもしれないが、たいていの者は保安庁の巡視船への離着船経験があるはずだ。

航空灯火や誘導灯は世界で統一された表示方式だし、巡視船のヘリコプター甲板に着船できるパイロットが護衛艦の飛行甲板に着艦できないとは考えにくい。

じつは海上保安庁の航空機パイロットと海上自衛隊の航空機パイロットは、一時期小月教育航空隊で訓練を共にするのだ。

かつて同じ場所で訓練したパイロット同士、晴山飛行長ならせとわし二号のパイロットと息を合わせて、無事に着艦を成功させてくれるだろう。

預かった人命はすべて守り抜く。

碧は艦長席の膝《ひざ》の上で固く拳《こぶし》を握りしめた。

「着艦針路二七〇度とします」

渡辺航海長の声にも力がこもる。

今のところ、針路上には気になる行合船はいなかった。

だが、その後すぐに、

「タンカー一、右二〇度、二〇〇〇 左に進む！」

行合船の出現を知らせる見張り報告が上がってきた。

「チッ。現れよった」

渡辺航海長が舌打ちをする。

「LSO、艦橋。行合船が現れた。着艦針路を……」

「待って」

碧は着艦針路を変更しようとする渡辺航海長を止めた。

慌《あわ》てて針路を変えなくても、待っていればじきに通り過ぎる。急務を控えているときほど待ったほうがよい。どれだけ落ち着いて待てるかが勝負のときもある。

「このまま待ちましょう」

「分かりました。LSO、艦橋。しばらく待て」

碧は心を鎮《しず》めて前方に双眼鏡を構えた。左舷《ひだりげん》の堀田司令はじっと腕組みをしたまま前方を睨《にら》んでいる。

凪のような時間だった。

行合船が通り過ぎる。

「艦長」

こちらを見ている渡辺航海長に目で合図する。

「LSO、艦橋。行合船が通過した」

さあ、いよいよだ。

思い出したように、艦尾からせとわし二号のローター回転音が響いてきた。

碧は艦長席で軽く腰を上げ、座り直した。

今回の着艦は着艦拘束装置を使わないフリーデッキランディングだ。

飛行甲板を映したモニターには誘導の発着艦員が映っているが、せとわし二号の姿はまだない。

「両舷前進微速」

前から適度な風を受けて着艦するのがヘリコプターにとってベストな状態だが、相対風なのでそこまで高速ではしる必要はない。

今、まさにあおぎりは艦首を風に立てて着艦針路についていた。

「航空機接近、左艦尾！」

ウイングから見張り員が告げる。

せとわし二号が左艦尾からアプローチして、あおぎりの飛行甲板上でホバリングの態勢に入る。ここからヘリが無事に着艦するまでは「揺らすな」「曲がるな」が鉄則となる。

碧はじっと着艦針路上を見据えた。

司令席では堀田司令がひじ掛けをしきりに指で叩《たた》きながら、着艦針路の先を見つめている。

頼んだぞ。

せとわし二号がアプローチを開始し、飛行甲板上でホバリングをしながら徐々に高度を下げてきた。艦長席の後ろにあるモニターには、底部の衝突防止灯を点滅させている機体の白い腹が映っている。

いよいよ着艦態勢だ。

着艦する側にとっても、着艦される側にとっても、神経を研ぎ澄ます瞬間が訪れた。
訓練は実戦のごとく、実戦は訓練のごとく。
碧は心の中で呪文のように何度もそう唱えた。
――発着艦時には全身の汗をふりしぼります。
隊訓練の際、乗艦してきたパイロットの言葉を碧は艦長席で思い出していた。
なるほど、こういうことか。
パイロットでもないのに、今、碧は艦長席で全身の汗をふりしぼっていた。
白い夏制服の下、背筋に沿って汗がスーッと落ちていく。こんなに汗をかいている
のに、手足の先だけ異様に冷えている。首にかけている双眼鏡のストラップが、汗で
ぐっしょりと湿っているのが分かる。
せとわし二号の機長も今ごろ全身の汗をふりしぼっているのだろう。
――許可さえあれば、必ず着艦させる。
LSOで航空機管制を行ない、着艦のタイミングを見計らっている晴山飛行長の強
い眼差《まなざ》しが目に浮かぶ。
海上自衛隊のパイロットとして第一線で活躍してきた晴山飛行長と、同様に経験を
積んできたであろう海上保安庁のパイロットとが呼吸を合わせる。この一瞬に互いの

経験のすべてが凝縮される。

いよいよ、せとわし二号のランディングギアが飛行甲板すれすれに迫る。

ローター音がまるで着艦までのカウントダウンのように空を刻む。

渡辺航海長はひたすらにジャイロ・レピーターを睨み、操舵員《そうだいん》は針路保持のため緊張した面持ちで操舵コンソールを握っている。

アグスタAW139のギアは三点支持の車輪式で、機体前部に一脚、機体後部を両脇から支えるように二脚出ている。やや後傾気味になった機体はまず後部のギアを二脚同時に飛行甲板に着けた。わずかに遅れて前部のギアが着く。

碧は思わず身を乗り出してモニターに目を凝らした。

どうだ？

無事着艦した、のか？

手前に映っていた発着艦員の右手の旗がサッと上がった。せとわし二号のコックピットに向けての「OK」サインである。

その刹那《せつな》、今までかいていた汗がスーッと引いていった。

渡辺航海長がヘッドセットのマイクに向かって「艦橋了解」と告げている。

口元を感極まったように噛《か》み締め、「艦長！」とこちらに向きなおる。

「ホアン963着艦しました！　異状なし！」

叫ぶような報告を碧は驚くほど冷静に聞いた。

「了解」

モニターの中には、ローターを回したままのせとわし二号がいた。

コックピットの窓の下から機首が前方に長く突き出し、バンドウイルカの鼻先のようになめらかなカーブを描いている。

まちがいなく海上保安庁のヘリコプターがあおぎり飛行甲板に着艦した。

じつに鮮やかな着艦だった。

12

せとわし二号の胴体部分にあるキャビン扉が開くと、中からオレンジ色の救命胴衣を身に着け、白いヘルメットを被《かぶ》ったクルーが二名降りてきた。

名前等は知らされていないが、潜水士にちがいない。

二人ともさほど大柄ではない。むしろ、小柄といったほうがいい体軀だったが、動きからはプロフェッショナルの機敏さを感じた。

あおぎりの発着艦員たちと軽く挙手の敬礼を交わすや、格納庫のほうに向かって片手を挙げて「了解」のサインを出している。

やがて急患を載せた担架が運ばれてきた。

二名の潜水士は素早くあおぎり乗組員と交代し、迅速に担架を機内に搬入していく。乗組員たちは補助に回り、その後を看護長の保江二曹とデニムのショートパンツを穿《は》いた女の子が続いた。女の子は明らかに腰が引けた状態で、身体をくの字に曲げ、両手で頭を抱え込むようにして歩いている。

耳当てをしていても、ヘリのローター音と風圧は生半可なものではないのだ。女児の衣服が風を孕《はら》んでちぎれんばかりになっているのがわかる。

せとわし二号の機首に引かれた水色のラインと機体の白が炎天下の飛行甲板に清々《すがすが》しい。

モニターに黒く映し出されている操縦席のウインドウは、切迫した状況を物語るように、ときおりギラリと鋭い光を放っていた。

やがて、渡辺航海長がヘッドセットのマイクに向かって大きく「了解！」と叫んだ。

「艦長、急患たちの機内収容完了しました。発艦させます」

「了解。発艦」

せとわし二号が着艦してから急患たちの機内収容が終わるまでの、サイレント映画のような映像がまだ目の裏側で巡っていた。

緊迫した状態が続くあまり頭の中全体がかえって弛緩《しかん》し、実体のない夢の中にいるような気持ちになっているのかもしれなかった。

発艦する機体のローター音が、こめかみでどくどくと脈打つ音と入り交じり、鼓膜をとおして全身に流れ込んでくる。モニターの中のせとわし二号が、陽炎《かげろう》の立つ飛行甲板で膨張したりしぼんだりして見える。

しかし、それはほんの一瞬だった。

「まもなく航空機が発艦します！」

桃井士長のマイクで目の裏側の映像がプツリと途絶え、気が付けばもうせとわし二号の姿はモニターから消えていた。

機体はぐんぐんと高度を上げ、あおぎり飛行甲板上空でその場旋回すると、左舷側へと抜けた。

旗甲板から一斉にワアーッと喚声が上がる。

ウイングから身を乗り出すようにしてカメラを構えた乗艦者たちが、次々とシャッターを切る。

「危険ですから、身を乗り出さないでくださいッ！」

坂上砲術士が叫んでいる。

急患を乗せた機体はそのまま後方へと一気に飛び去っていった。

それまでの緊張は何だったのかと思わせるような呆気《あっけ》なさだった。

左舷の司令席で、堀田司令が腕組みをしながら、しきりに大きくうなずいているのが見えた。

左ウイングの出入り口で、半身になって後方を見ているのは座間水雷長だ。

坂上砲術士の姿は見えないが、左ウイングに出て警戒に当たっているのだろう。

遠藤通信士は海図台に残り、時計を見ながら冷静に航泊日誌をつけている。今回の発着艦の件を記しているのだ。

碧は艦長席を降り、右ウイングに出た。

せとわし二号の機影が、見る間に夏空に吸い込まれ、黒い点となっていく。

まだ感慨は湧《わ》かなかった。

あるのはただ、急患の無事を願う強い気持ちと搬送協力に対する深い感謝だった。

冷え切っていた手足に、じんわりと血が通い始める。

「ああ、行った。行きよった……」

魂が抜けたようにつぶやいている暮林副長の声が聞こえた。

続いて、しきりに鼻をすすり上げる音が聞こえる。

友梨佳だ。

一日艦長の派手なたすきをかけたまま、涙を流している。

中馬二曹が友梨佳の肩に手をやりながら言葉をかけていたが、そんな中馬二曹の目もまた赤くなっているのだった。

「すみません、艦長。感極まってしまいまして。なんというか本当にもう、みごとな連携でした」

「えい、まだ感極まるのは早い」

声を詰まらせる中馬二曹の横から、いきなり暮林副長の怒声が割り込んだ。

自身の急激な感情の高まりを怒ったふりでごまかしているかのようだった。

「まだT－5の救助が終わっとらん。現場はどうなりよるんじゃ」

そこへ絶妙なタイミングでCICからの艦内マイクが入った。

「ただ今、六七号機が残る二名のホイストを完了しました。遭難機の搭乗員三名は……」

報告はそこで一旦《いったん》途切れた。マイクを担当する内海三曹も興奮を必死で押さえているようだった。

「三名とも生命に別条ありません！」

それまで一貫して淡々と落ち着いていた声が初めて震えて裏返った。艦橋では一斉に拍手が湧き起こった。万歳をする者や、近くの者同士で「よかった、よかった」とうなずき合い、声をかけ合っている乗艦者もいる。

マイクはまだ続いた。

「なお、搭乗員を代表して二〇一教空教官、森三佐より本艦に感謝の言葉が伝えられました。『貴艦の迅速な救助および貴艦で体験航海をお楽しみ中の乗艦者の皆さんのご協力に心より感謝申し上げる』」

艦内のあちこちから喚声があがった。

艦全体が安堵《あんど》の喜びに震えた瞬間だった。

13

六七号機は救助した三名の搭乗員を岩国航空基地に下ろし、燃料を搭載したその脚であおぎりまで引き返すこととなった。

晴山飛行長と艦橋で口論となり、途中、堀田司令による思いがけない演出も入ったりなどして、けしてスマートとはいえない発艦だった。

正直なところ、発艦許可を出す寸前まで心中での葛藤《かっとう》があった。

六七号機があおぎりの飛行甲板を発《た》ってから、はや二時間あまりが過ぎようとしている。

「航空機視認。右艦尾！」

見張り員の報告に、乗艦者たちの中から「おかえりッ」「ご苦労さん！」といった声が次々と上がった。

久しぶりに帰宅する家族を迎え入れるような親しみがそこにあった。わずか半日の間に、一般の乗艦者たちと我々乗組員の距離がここまで縮まるとは思いもしなかった。

今日一日でたて続けに起こった不測の事態が、乗艦者たちと六七号機、そしてあおぎりを強く結びつけたのだろう。

ウイングに出て艦尾方向を見ると、大仕事を終えた六七号機が一定の高度を保ちながら右艦尾方向から左艦尾方向へとスーッと空中を滑るように移動していた。

夏空に機体の白が浮かび、黒いギアタイヤの並びまでもがよく分かる。

「艦長、航空機が近づきますので、航空機着艦用意をかけます」

「了解」

「航空機着艦用意！」

渡辺航海長と、このやり取りをするのは、今日何回目だろうか。

碧は感慨深い思いで、艦長席の後ろにある飛行甲板のモニターに目をやった。

発着艦員が後部旗竿《はたざお》を倒したり、外舷柵《がいげんさく》を外したりして、着艦準備を整えている。

さきほどせとわし二号が飛び立っていったこの甲板に、今度は六七号機が帰ってくる。

それは凱旋《がいせん》といってよいほどの、誇らしい帰艦にちがいなかった。

「航空機、左艦尾にかわって近づく！」

勇者の帰艦をいち早く目にしようと、乗艦者たちが左ウイングへと移動し始める。

その動きを見て、碧はふとした変化に気づいた。

同じ変化に気づいた様子の坂上砲術士と目が合う。

体験航海が始まった当初なら、こうした場合「我先に」「一ヶ所に殺到する」といった様相を呈していたはずなのに、乗艦者同士が整斉と移動し、互いに譲り合う姿勢まで見られるようになったのだ。

乗艦者たちの動きを統制するはずが出番がなくなり、「いったいどうしちゃったんでしょうか」といった顔つきの坂上に向かって碧は黙ってうなずいた。

これでいいのだ。

不測の事態発生の混乱にありながら、着実に任務を遂行して帰艦する六七号機に、乗艦者たちも襟を正す思いがあったのだろう。

坂上砲術士も碧に向かってうなずき返し、軽く頭を下げた。

退職希望者として前任艦長から預かったこの初級幹部が、行き詰った状況を打開する進言をしてきたのは想定外だった。

ヒョロリとした佇《たたず》まいが堂々と頼もしく見える。

「まもなく、六七号機が本艦に着艦します。危険ですので飛行甲板に立ち入らないようお願いいたします」

桃井士長の艦内マイクの声が震えていた。海上保安庁のヘリの着艦を告げるときもそうであったが、あのときとはまた違う。誇らしげで、万感の思いが籠《こ》められている気がした。

艦尾から六七号機のローター回転音が響いてきた。

横で暮林副長がスッと姿勢を正す気配がする。

いよいよ着艦態勢に入った六七号機がモニター画面に映り出した。

渡辺航海長がヘッドセットを押さえる。

「艦長、六七号機着艦させます」

「了解。着艦！」

着艦針路の先に行合船等はいなかった。

さすがに今日はこれが最終の着艦となるだろう。

最後だけに他船舶も遠慮して花道を開けてくれたのだろうか。

さあ、いよいよ仕上げだ、飛行長。フィナーレにふさわしい着艦を頼む。

碧はLSOで管制を行なっている晴山飛行長を思った。

——こんなに近くにいて、メーデーコールまで拾っているのに、見捨てて保安庁に任せるんですかッ！

海上保安庁への通報をめぐって、艦橋で嚙《か》みついてきたときの燃えるような瞳《ひとみ》がよみがえる。

一途《いちず》で勝ち気で、仲間や後輩を思うあまり、周りが見えぬほどつい熱くなってしまう。少々迷惑なところもあるが、それもまあ嫌いではない。

なによりせとわし二号の着艦について「許可さえあれば、必ず着艦させる」と言い切ってくれた、あの一言がどれほど心強かったか。あの一言で碧はせとわし二号の着艦許可を決断できた。

おそらく、今回の六七号機の無事の帰艦を誰よりも喜んでいるのは、晴山飛行長にちがいない。艦長に嚙みついてまで自艦ヘリで行ないたかった後輩たちの救助を後輩のクルーたちがみごとに成し遂げたのだ。

「よくやった」と心の中で労《ねぎら》いの言葉をかけているだろう。

モニター内の六七号機の様子は発艦したときと少しも変わらなかった。

白く輝く機体の機首に「67」の番号を掲げ、黒く見えるコックピットの窓がときおりギラリと夏の日光を反射させている。

現場海域で負傷者を含む三名の吊《つ》り上げ救助を行ない、その間、長時間のホバリングに耐えた機体が改めて着艦のためのホバリングに耐えている。

あともう少しだ、六七号機。

碧はモニターの前で、身を乗り出した。

さあ、今日のハイライト、そしてフィナーレだ。

——ステディ、ステディ……。

ＬＳＯで「そのまま、そのまま」と航空英語で指示を出している晴山飛行長の声が聞こえてくる気がした。

大きかった機体の振れがしだいに小さくなってきた。今、機体はわずか九〇センチ四方の着艦拘束装置めがけて、狙《ねら》いを定めつつあった。

その瞬間、聞こえてくるはずのない晴山飛行長の号令が碧の中で響いた。

――ランド、ナウ!

気が付くと六七号機は着艦の衝撃で軽く跳ねるようにして、飛行甲板に降り立っていた。

ギアタイヤが衝撃を吸収し、しっかりと飛行甲板を踏みしめている。

シューッと響くエンジンの圧縮機音は大任を果たした者の荒い鼻息のようだ。

モニターの中の発着艦員がサッと旗をふり上げる。

じつに堂々とした凱旋だった。

「艦長、六七号機着艦しました。異状ありません」

渡辺航海長が一言ずつ噛みしめるように報告を上げてきた。

「了解」

碧は浮かしていた腰を下ろし、艦長席に深々と身体を埋めた。

「ただ今、六七号機が着艦しました」

桃井士長による艦内マイクが入ると、途端に堰《せき》を切ったようにあちこちで拍手が湧き起こった。

「ありがとう」

「お疲れさまー」

拍手の波の合間から、さまざまな掛け声が上がる。

堀田司令が司令席から立ち上がり、スタンディングオベーションのように派手な拍手をしているのが見えた。

横では暮林副長が不動の姿勢で立ち、じっと目を閉じてなにかを堪《こら》えている。

碧も艦長席から立ち上がろうとした。だが、その瞬間、胸の奥から熱いものがどっとこみあげてきて、もう一度座り直した。

万雷の拍手はなかなか鳴りやまない。

目を上げてモニターに目をやる。

飛行甲板でまだローターを回している六七号機が映っていた。

クルーたちとLSOにいる晴山飛行長にもこの拍手が聞こえているだろうか。

白く輝く機体が滲《にじ》んで、陽炎が立っているようだった。

エピローグ

「クラフトマン呉」のテラス席には、夕方でもまだ暑さを引きずる生ぬるい風が吹いていた。

川岸に面したロケーションが人気の席で、この時期は予約を入れるのに苦労するという話だったが、幹事役の大久保船務士はそれを見越して、かなり早い段階で予約を入れてくれたらしい。

しかし、肝心の本人は当直士官講習でふいになった夏期休暇の代休を取っており、本日は坂上砲術士が代わりに幹事役を務めていた。

暮林副長の乾杯の音頭で整斉と始まった「士官室別法」は、今や宴もたけなわの頃を迎え、山小屋を彷彿《ほうふつ》とさせる丸太造りのテーブルには、ビールの空瓶や空になったジョッキが目立っていた。

名目こそ「士官室別法」だが、趣旨は一連の夏の広報活動の打ち上げである。

都合により参加できない者や酒を飲まない者のことも考慮し、碧は今日の昼食後にも艦の士官室でささやかな茶話会を開いていた。

よってこの別法自体は二次会のような位置づけとなり、最初の乾杯こそ士官室の席順にしたがったものの、その後は自由に席を移動したフリースタイルの宴会となっていた。

「すいません。ビールをあと三本。いや、五本追加で」

甲斐甲斐《かいがい》しくテーブルの上を片付けながら、坂上砲術士が店員にてきぱきと追加注文をしている。

瀬戸内海の海の幸を活《い》かした刺身や貝の盛り合わせは早々になくなり、残っているのは刺身のツマや焼き鳥の串、ポテトサラダの食べかけくらいのものだ。

「あと、小イワシと地ダコの天ぷら、がんす天にじゃこ天、お好み焼きと……。あ、艦長、なにか追加ご希望ありますか？」

長身をかがめながら、わざわざ席の近くまで聞きにきてくれた。

「じゃあ、もろ味噌《みそ》キュウリお願いしようかな」

「あ、私も！」

端のほうの席に座っていた晴山飛行長がわざわざ碧の席の隣まで移動してくる。

その前にも入れ替わり立ち代わり、碧の元には士《さむらい》や科長たちが酒を注ぎにきたが、向かい側の暮林副長はずっと定位置で豪快にビールの杯を重ねていた。

当初はいつもの渋面だったものの、宴の中盤あたりからだんだんと陽気になり、相《そう》好《ごう》を崩し始めた。川面《かわも》から吹いてくる、ほんのりと海の匂《にお》いのする風に体験航海での大騒動を思い出したのだろうか。

「いや、あのまま、六七号機が保安庁の船艇より先に搭乗員たちを見つけんかったら、ほんま、保安庁におんぶにだっこになるとこじゃったのう」

笑いながら空になったビールグラスをダンッとテーブルに置く。

「そうですねえ。思いのほか早く発見の報告が来たときは、よし、と思いましたね。結果的にヘリを二機運用したわけですが、ぶっつけ本番のわりに大混乱もなく良かったですよ」

「ええい、貴様ずっとCICに潜りよってから、よう言うわ。迷子は出る、客同士の喧嘩《けんか》は始まる。艦橋は大変だったんじゃけえ。のう？ 通信士」

稲森船務長をチクリと刺した後、暮林副長は離れた席にいる遠藤通信士に同意を求めた。

迷子をめぐる喧嘩の仲裁であざやかな手腕を見せた遠藤通信士は、控えめな笑みを浮かべたまま頷《うなず》いている。

とんだ瀬戸内海クルーズとなった体験航海を終えてから、約一週間が経《た》とうとしていた。

救助された二〇一教空の三名は病院で診察の後、無事原隊に復帰した。後日改めて堀田司令の元に教空司令から謝意を伝える電話が入ったという。

「いや、副長。正直なところ、我々はホッとしましたよ。ね？　機関士」

端のほうで黛機関士と差し向いで静かに杯を重ねていた本間機関長が赤くなった顔で黛機関士に同意を求める。

当初、あおぎりも最大戦速で現場海域に向かう予定だったのだ。それが、六七号機の迅速な働きにより、結局は高速を使わぬままミッション終了となった。

船体に負荷のかかる高速使用は、機関科にとって気が気ではなかったのだろう。

「ええ、こう言うてはなんですけんど、最初は我々もT-5は六七号機と保安庁の船艇に任せよったらええのに、思うたんですよ。じゃけえ、艦長自らの艦内マイクを聞いて、早乙女艦長がそういう覚悟なら、我々も覚悟決めにゃいけん、思い直してからま、結局は高速使わんで済んでよかったですけんど」

黛機関士は布袋《ほてい》様を彷彿とさせる恰幅《かっぷく》のいい身体《からだ》を揺すりながら笑った。

「入港前のあのカレーうどんもよかったのう。あんなうまいカレーうどん出されたら、入港が多少遅れよったって、お客さんたちも許さんわけにいかんじゃろ。さすが補給長。やりよるのう」

「いや、あれは料理長の発案でして。私はべつに」

佐々木補給長が照れたように、黒縁メガネの縁をいじる。

宇部入港が遅れたお詫《わ》びのしるしに、総員にカレーうどんを振る舞うという、北永料理長発案の計らいは、乗艦者たちに大いに受けた。

あおぎりカレーをかつおだしで和風にアレンジし、ねぎと油揚げとかまぼこを加えて煮込んだだけのシンプルな一品ながら、味は絶品だった。

――このカレーうどん、だしが効いてて本当においしいです。ぜひ、これも商品化してください。そしたら、私、絶対買います。ああ、疲れた後に美味《おい》しいものを食べると、ホッとしますね。

急患発生の際、医学部生らしく医学的見地から的確な助言をしてくれた一日艦長の友梨佳も、写真を撮るのも忘れて、夢中でカレーうどんを啜《すす》っていた。

飾りものの一日艦長ではない働きをしてくれた友梨佳とは別れ際《ぎわ》、舷門《げんもん》で握手を交わした。

「三好さん、今日はありがとうございました。あなたがいてくれて、本当に心強かった。あなたなら、必ず立派なお医者さんになれますよ。これからも勉強をがんばってください」

「ありがとうございます。がんばります。私、将来は早乙女艦長のような方と一緒に働きたいって思っちゃいました」

にこやかに笑った友梨佳の手はとてもやわらかく、あたたかだった。

宇部入港後は、堀田司令が海上保安庁の広島航空基地に礼の電話をするというので、碧もその場に立ち会った。

小月の二〇一教育航空隊司令が巡視艇を向けてくれた柳井保安署に救助の礼を入れた手前、堀田司令もヘリを回してくれた海上保安庁広島航空基地に感謝を伝えねばと考えたようだ。

「このたびは当方の急患搬送の支援に深く感謝いたします。おかげをもちまして、急患も無事岩国医療センターに搬送され、命に別状なしとのことで……」

広島航空基地長に繋《つな》がった電話は型通りの挨拶《あいさつ》の後、堀田司令の社交的な性格も相まって本来の趣旨から発展した会話が和やかに続いていくかに思えた。

だから、途中でいきなり「では、護衛艦あおぎり艦長、早乙女からも一言御礼を……」と堀田司令から受話器を渡されたとき、不意打ちをくらったような気がしたのだった。

「お電話代わりました。あおぎり艦長の早乙女です。このたびは訓練中にもかかわらず急患搬送の支援、ありがとうございました」

ほぼ堀田司令の言のくり返しとなったが、相手は途中で言葉を挟まず、最後まで聞き入れてくれた。

「広島航空基地長の田上《たのうえ》です。ご丁寧にありがとうございます。まずは急患に命の別状なしとのこと、なによりでした。今回は当方の機長以下、クルーたちも貴重な護衛艦着艦の機会を得まして、大変勉強になったことと思います。また機会がありましたら、いや、こうした機会はないに越したことはないのですが……」

そこで田上航空基地長は愛想のいい笑い声をあげた。堀田司令と同世代か、少し若い感じがする。人好きのする中にも知性の感じられる笑い方だった。

「しかし、今後は我々と海上自衛隊の共同訓練の機会は増えてくるでしょうねえ。現在、保安庁の定員は一万四千人強。しかし、実際は一万三千人ほど。その人数で日本全国の海の安全を守っておるわけですが、世間的にはまだまだ保安官の仕事について認知されてない部分は多い。先だっても、私の部下が海上自衛官に間違えられたとボヤいておりました」

田上基地長はそこでまた笑い声を上げた。

思わずつられて笑いそうになるが、そういうわけにもいかない。海上自衛隊の定員は四万五千人強。しかし、実質はこちらも定員割れの四万三千人弱。艦艇部隊にいたっては、慢性的に人手不足となっている。

互いに厳しい状況だが、もともと少ない人数で海上犯罪の取り締まりや救助活動、海洋調査や海洋環境保全活動まで、多岐に渡る仕事をこなす海上保安庁が世間の認知度の低さを嘆くのも無理はない。

「保安官の皆さんのお働きには敬意を表しております」

碧は受話器を握りながら一礼した。

感じるものがあったのか、田上航空基地長はサッと次の話題に移った。

「じつは当方にも女性の機長がおりましてね。そちらは女性艦長に女性のフライトチーフでしたか？」

「ああ、飛行長です」

「そうそう、飛行長ですね。もう今さら男女の差など関係ない時代なのでしょうね。同じ海上に勤務する者同士、互いに協力できる建設的な関係を築いていきたいと思っております」

「ええ、本当に。何かありましたら、当方もできる限りの協力をさせていただきます。今後とも、なにとぞ、よろしくお願いいたします」

「こちらこそ。今後とも協力し合っていきましょう」

最後にまた堀田司令に電話を返そうとしたが、堀田司令が目で「切ってよい」という合図をしたので、そのまま受話器を置いたのだった。

海上自衛隊と海上保安庁は創設以来、密接な関係にある。

そもそも海上自衛隊の前身である海上警備隊は海上保安庁内に設置されていた海上警備機関だった。海上警備隊は一九五二年四月に発足してから同年の八月には保安庁警備隊として海上保安庁から独立。さらに二年後の一九五四年には防衛庁海上自衛隊へと発展した。

つまり元を正せば同一組織だったのだ。ただ、独立にいたった海上警備隊の中核を担《にな》ったのが海軍兵学校出身の旧海軍士官であったのに対し、一九四八年の発足以来、海上保安庁の中核を担ったのは高等商船学校出身の旧海軍予備士官であった。

世間でとかく両者の不仲がささやかれてきたのは、この旧海軍士官と旧海軍予備士官との間にあった伝統的な軋轢《あつれき》に端を発しているのかもしれない。

しかし、そうした関係も、一九九九年三月に起きた能登半島沖不審船事件をきっかけに大きく変化している。

海自・海保が共同して不審船に対処するべく、両者の間で「不審船に係る共同対処マニュアル」が策定され、以降、共同訓練は二〇回を数える。

今回はふたつの危機を乗り越えた上に、海上保安庁との新たな関係をスタートさせることが出来た。災い転じて――、という言葉が脳裏をよぎる。

電話といえば、自衛隊山口隊友会の総会行事を終えて艦長室に戻ったところで、大《おお》湊《みなと》にいる地方総監部幕僚長の夏山恵美《なつやまえみ》将補からも電話があった。将補は旧海軍の少将にあたる。

「久しぶりだね、早乙女。元気そうだね。聞いたよ、今回のこと」

夏山将補は、碧が幹部候補生学校の候補生だったころの隊付で、碧があおぎり艦長の内示を受ける少し前に、市ヶ谷の防衛省内にあるコンビニで顔を合わせたのが最後だった。

「今度、呑《の》もう」と言われたきりになっており、なかなか約束が実現せずにいた。その夏山将補がなぜ絶妙なタイミングで電話をかけてきたのか。

「いや、たまたま呉からお客さんが来てるもんだから」

碧がまだなにも応答しないうちから、夏山将補はいきなり切り出してきた。

「え？　お客さん？　誰です？」

「替わるね」

受話器を誰かに渡す気配がした後、聞き覚えのある声が受話器から流れてきた。

「よう、大変だったな。ご苦労さん」

僚艦おいらせの小野寺聖一艦長だった。

「え？　小野寺君？」

どうしてそこに？　と言おうとして、そういえばおいらせは単艦行動中で大湊に入港していたのだと思い出した。

「今日のこと、内輪ではさっそくニュースになってるけど、明日あたり中國新聞にも出るんじゃないか？『海自・海保のみごとな連携』『あおぎり女性艦長の決断』とか何とかさ。自艦ヘリと保安庁のヘリ、合わせて二機をほぼ同時に運用したんだろう？俺も一度やってみたかったなあ」

「え？　じゃあ、ぜひ、替わってほしかった」

「いや、冗談だよ、冗談。こうして後から状況を知ったうえでだから何とでも言えるけど、T－5の救助と急患搬送の板挟みなんて、相当なプレッシャーがかかったと思う。本当によくやった、早乙女」

また受話器を渡す気配がして、夏山将補が出た。

「さっきまで小野寺とも話してたんだけど、自艦ヘリでT－5に対処しつつ、急患搬送には保安庁のヘリを使うなんて、よくぞ思い切ったね。的確な判断だったと思う。早乙女二佐、いい艦長になった」

碧は夏山将補の、いかにもおふくろといった和風の顔立ちと、飄々《ひょうひょう》とした小野寺艦長の風貌《ふうぼう》を思い浮かべた。事情を真に理解した上官と同期の艦長からの労《ねぎら》いは心に染《し》み入り、あの日の労苦が一気に報われた思いがした。

「ありがとうございます。候補生学校で夏山さんにご指導いただいたおかげです」

「そうそう。私の懇切丁寧で優しい指導のおかげよね？」

受話器からころころとした笑い声が響いた。

候補生学校では、寝室のベッドメイキングの不備により、夏山に何度かマットレスごとベッドを投げ飛ばされて、「やり直し」を食らった。お世辞にも懇切丁寧で優しい指導ではなかったが、不思議と反感を抱いたことはなかった。

「結局、最後は人なのよ、早乙女。この人にだったら最後まで着いていこう。この人の命令だったら従おう。部下からそう思い、慕われるような指揮官になりなさい」

卒業間際の謝恩会の席で語っていた夏山の言葉を思い出した。夏山自身、あの頃からすでにその言葉どおりの風格を有していた。

「あ、そうそう」

夏山将補は急に思い出したような声を上げた。

「総監も今回の件に興味を示されてたからね、このあおぎり艦長は私の教え子なんですって自慢しといた」

ペロリと舌を出す、夏山将補の顔が目に浮かぶようだった。

「まったく、あの頃はまだひよっ子だったあなたたちがねえ。こうして第一線で活躍しているんだから、私も感無量よ。護衛艦艦長の責務は重いだろうけど、その分やりがいのある配置だからね。同期の艦長同士協力し合って、今後もがんばりなさい。とにかく今日はゆっくり休んで」

最後はキリリとした口調になり、碧のスケジュールを気遣ったのか、電話は早々に切られた。

それにしても稲妻みたいな電話だったな。まあ、夏山さんらしいといえば、夏山さんらしい。いきなり小野寺君が出てきたのには驚いたけど。

あの日は電話の後も各方面の対応にいろいろと忙しく、結局、ゆっくりとは休めなかった。

その後、岩国医療センターに搬送された急患は意識を取り戻し、現在は広島の病院で通院治療をしていると、つい最近、本人からの丁寧な礼状で知ったばかりだった。

手紙には、楽しかったはずの体験航海を混乱に陥らせてしまったことに対する詫びと、救助に手を尽くしてくれたことに対する感謝がきれいな楷書《かいしょ》で切々と綴《つづ》られていた。

共に搬送された女の子による、色鉛筆で書かれたあおぎりのイラストも同封されており、「ありがとうございました。これからもがんばってください」というひらがなのメッセージもうれしかった。

「えー、こちら、ビールになりまーす」

ちょうど追加のビールが運ばれてきて、碧は急に我にかえった。

「副長、お疲れ様です」

すかさず栓を抜いて、坂上砲術士が瓶を差し出す。

「おう。わしはべつに疲れちゃおらんぞ」

ありがちな切り返しに晴山飛行長が小さく眉《まゆ》をひそめたが、暮林副長は気づかないようだった。

「砲術士。今回は貴様のリコメンドが珍しく役に立ったのう。いつもどうでもええ蘊《うん》蓄《ちく》ばかりこまごまと唱えよったのに、転勤を前にしてようやく冴《さ》えるとは……。ここまでの海路は長かったのう」

「副長のご指導のおかげです」

暮林副長は、まんざらでもなさそうな笑みを浮かべながら、注がれたビールを口に含んだ。

「それにしてもまさかあんな近くで保安庁のヘリが訓練中とはなあ。砲術士、最初から知ってたの？」

稲森船務長が横から口を挟む。

「いえ、僕が知っていたのはあくまで去年の例です。でも、向こうも我々と同様、年次訓練の回数は決まってるはずですからね。あの日は海のコンディションからしてまさに訓練日和《びより》。ひょっとしたらって考えたんです」

「いよっ！　さすが頭脳派。未来の情報幹部」

座間水雷長が離れた席から掛け声をかけると、坂上砲術士は照れ臭そうにガリガリと頭を掻《か》いた。

艦長着任当日の朝、呉教育隊桟橋まで内火艇で碧を迎えにきたときの姿を思い出す。ゼンマイ仕掛けの人形のようなぎこちない敬礼と不明瞭な発声に、「ああ、これが例の士《さむらい》か」と思ったものだ。

山崎前艦長から退職希望者として申し継がれ、預かった問題児。

自分は今まで一度も光り輝いたことがないと碧の前で言い放ったときの泣きそうな顔が嘘《うそ》のようだ。

「艦長、僕は情報を希望してましたけど、このまま艦艇でもいいかな、なんて思えてきました」

やけに澄んだ目で碧をみつめてくる。

今日の坂上砲術士は相当に飲んでいるはずなのに、つやつやと白く発光しているかのようだった。

「なあにが、艦艇でもいいかな、じゃ。貴様、艦艇をナメちゃいけんぞ」

暮林副長が横から軽くこづくと、坂上砲術士は簡単にバランスを崩したが、すぐに姿勢を正した。

「いろんな配置があって、さまざまな乗員《クルー》がいて、それぞれがそれぞれの所掌に着いて、共に一艦を動かしていくって、よく考えたらすごいことですよね。次の配置に行ったら、機関科のこと、しっかり勉強しようと思います」

「そうじゃ、砲術士。機関科をナメちゃいけん。しっかりやれ！」

遠くから黛機関士が笑いながらチャチャを入れると、渡辺航海長も「どうせなら、こっちでもうちょい操艦の腕を磨いて行かんと。わしのワッチでシバいちゃるけえ」と声を張った。

「はいッ」

あちこちから声を掛けられるたび、坂上砲術士はいちいち向きなおって返事をしている。その姿はやけに生き生きとしており、まるで別人のようだった。

「砲術士、あと残りわずか。あおぎりで吸収できるだけのことは吸収していきなさい」

「はい」

坂上砲術士の後任は、すでに決まっている。どんな人物か楽しみな一方で、手塩にかけた我が子を手放すような、名残惜しい気分を味わっている。

坂上砲術士が注いでくれたビールをゆっくりと口に運んだ。

出来の悪い子ほど可愛《かわい》いというが、おそらく暮林副長も似たような感慨を抱いているにちがいない。向かいの席で、ふだんの渋面をほころばせて杯を重ねている暮林副長を眺める。

――内海は、副長の実の娘なんですわ。

後藤先任伍長《ごちょう》による衝撃的な一言が思い出された。

体験航海ではCICからの艦内マイクで活躍した内海三曹だが、あの失踪《しっそう》事件が帳消しになることはない。

実の娘が事件を起こして懲戒処分を受け、まだ同じ艦に残っている。今のところ、この事実を知っているのは当人同士を除き後藤先任伍長と碧だけということになっているが、野庭《のにわ》電測員長もなにか感づき始めているらしい。

暮林副長もいろいろと難しい立場に立たされているのは間違いない。

そもそも、内海三曹が失踪した最大の理由は野庭電測員長との不仲という説が有力なのだ。

「砲術士、次の艦に行ってもがんばりなさいよッ。その緻密《ちみつ》な頭脳と豊富な蘊蓄を活かすのよッ」

坂上砲術士の肩をバシバシと叩きながら激励している晴山飛行長の声がよく響いてくる。

海上保安庁への通報をめぐり、暮林副長と晴山飛行長がくり広げた一触即発のやりとりには、ヒヤリとしたものだ。

いまだ「女は乗せない戦艦《いくさぶね》」を引きずる暮林副長は、直情的な晴山飛行長の性格をよく知っていて、わざとあおるようなところがある。いっぽう晴山飛行長は航空機管制、運用ともにたしかな手腕を持ちながら、状況に入ると、こうしたあおりにいとも簡単に乗ってしまう。

　あおぎりの主力幹部の二人なのに、なかなか厄介な組み合わせなんだよなあ。

　暮林副長と晴山飛行長の顔を見比べる。

「お待たせしました。追加のがんす天とじゃこ天になります」

　場の空気を切り替えるように、さきほど注文したメニューが次々と運ばれてきた。

「ああ、もう、わしはいらんけえ。あとは若いもんたちで食え」

　暮林副長が料理を押しのけるように、両手を振ると、離れたところにいた座間水雷長や遠藤通信士がいそいそと寄ってきた。

「では、遠慮なくいただきます」

　がんす天があっという間に姿を消し、こんもりと盛られた小いわしの天ぷらもみるみるうちに減っていく。

「じゃあ、僕もいただいちゃいますかね」

　坂上砲術士によってきれいに切り分けられたお好み焼きに、稲森船務長が箸《はし》を伸ばしたところで、晴山飛行長がすかさず口を挟んだ。

「船務長は遠慮しといたほうがいいんじゃないの？　またメタボで健診に引っかかるよ」

「いいんです。健診がこわくて艦艇勤務が務まりますか」

稲森船務長は顔を赤らめながらも、伸ばした箸を引っ込めようとしない。

「もろキュウにしとけば？　船務長」

碧の勧めにも乗らず、「止めないで下さい、艦長。僕は、もうどうなったっていいんですよ」と、お好み焼きをほお張る。

「ああ、いってまったのう、船務長。これでもう、確実に総コレステロールの基準値を超えたのう」

渡辺航海長が額に手をやり、首を横に振る。

「艦長、艦長」

盛り上がった席の間を縫うように、坂上砲術士が小声で碧を呼んだ。

「そろそろ時間ですので、お言葉をいただけますか？」

ああ、もうそんな時間か。さっき始まったばかりのような気がしてならないのだが。

坂上砲術士が宴席の端に出て注意喚起の声を上げる。

「えー、皆さま、宴もたけなわではございますが、そろそろお時間となってまいりました。最後に早乙女艦長より一言頂戴《ちょうだい》したいと思います」

一同が姿勢を正して座りなおす。

「それでは艦長、お願いします」

グラスを置いて姿勢を正したが、そういえば、締めの言葉はなにも考えていなかった。

碧はひと夏の航海をともにした面々の顔をぐるりと見まわした。

年齢も出身地もそれぞれ違う、さまざまな経歴の者たちが、こうして一堂に会して宴席を囲んでいる。考えてみれば不思議な縁だ。この面々とともに、これからまたあおぎりにどんな風を吹かせていこうか。

さて、なにを話そう。

川面からなまぬるい風が吹いて、かすかに海の匂いを運んできた。

碧は軽く咳払《せきばら》いして、まっすぐに立ち上がると、深く息を吸った。

謝辞

「MAMOR」(二〇一五年九月号、二〇二一年三月号) 扶桑社
「世界の艦船増刊号　自衛艦100のトリビア」海人社、二〇一一年
『実録「海猿」の世界　海上保安庁最前線』洋泉社、二〇一〇年
Jシップス編集部『護衛艦事典』イカロス出版、二〇一九年
岩尾克治『海の守護神　海上保安庁』潮書房光人新社、二〇一二年
岡崎拓生『翔べ　海上自衛隊航空学生―パイロット人生38年の航跡』潮書房光人新社、二〇一一年
川嶋潤子「海上自衛隊の女性施策に関する内面的アプローチ」「海幹校戦略研究」所収、海上自衛隊幹部学校、二〇一八年
河野克俊『統合幕僚長　我がリーダーの心得』WAC、二〇二〇年
高森直史『海軍カレー伝説』潮書房光人新社、二〇一八年
高森直史『海軍と酒　帝国海軍糧食史余話』潮書房光人新社、二〇二〇年
竹本三保『任務完了　海上自衛官から学校長へ』並木書房、二〇一二年
松田小牧『防大女子』ワニブックス、二〇二一年
渡邉直『帽ふれ　小説 新任水雷士』潮書房光人新社、二〇一四年
渡邉直『艦長を命ず　不変のシーマンシップ』潮書房光人新社、二〇一四年
渡邉直『司令の海　海上部隊統率の真髄』潮書房光人新社、二〇一五年

以上の文献及び、自衛隊関係、海上保安庁関係のＨＰ、個人ブログ、YouTubeなどを参考にさせていただきました。取材に関しては海上保安庁政策評価広報室にもご協力をいただきました。

また、宮永忠将さんには、ご多忙なところ、監修の労をとっていただきました。

あわせて、御礼申し上げます。

時武里帆

解説

大矢博子

シリーズ第一作『護衛艦あおぎり艦長 早乙女碧《みどり》』（新潮文庫）から一ヶ月、早くも第二弾の登場である。

二ヶ月連続刊行となったのは、この二作が艦長・早乙女碧の〈始動〉を描いた前編・後編のような関係にあるからだろう。単体でも楽しめるが、もし前作をお読みでないならぜひそちらも手にとっていただきたい。

主人公は海上自衛隊の早乙女碧二佐、四十四歳。大学卒業後に一念発起して海上自衛隊幹部候補生学校に入校し、さまざまな配置を経験した後、念願叶《かな》って護衛艦「あおぎり」の艦長を拝命した。

前作は碧が艦長として呉《くれ》に着任した場面から始まった。「あおぎり」は実戦を視野に入れた作戦要務に就く実働護衛艦、しかもヘリコプター搭載艦である。かつて碧が艦長を務めたことのある練習艦とは大きく異なる。さらに「あおぎり」は女性艦長を迎えるのは初めて。それでも熱望していた護衛艦の艦長職にやる気満々だった碧だが、着任当日いきなり、乗員がひとり定刻になっても艦《ふね》に戻ってこないという事件が起きる。しかも他の乗員はそれを艦長である碧に隠して出港しようとしていた……。

というのが前作のアウトラインである。

シリーズの始まりということもあって、海上自衛隊の組織や護衛艦の構造、装備、艦内の規則や習慣といった基本的な情報にページが多く割かれている。だが新任艦長が艦内を見て回るという様式をとっているため、読者にとっても普段馴染《なじ》みのない場所を案内されているようでとても興味深い。さらに部署ごとに今後物語に関わってきそうな重要人物の紹介が差し込まれ、読者がごく自然に護衛艦という舞台に馴染んでいけるよう工夫されているのがポイントだ。

そして前述の事件以外にも突然のトラブルに対応しつつ、碧の着任初日が終わる——と自分で書いて驚いた。前作は（碧の紹介を兼ねた回想を除けば）たった一日の話だったのか！

そして本書である。着任から一週間後、呉から豊後《ぶんご》水道を抜けての隊訓練が行われる。さらにその後、一般見学客を乗せての体験航海を実施。だがその体験航海の最中に非常事態が起きる。——この非常事態については物語後半の出来事でもあるし、できれば本文を読んで「そんな事態が！」とハラハラしていただきたいので、少々ぼかした表現になることをお許し願いたい。「あおぎり」は大勢の一般見学客を乗せている状態で、複数の案件で救命に関わるのである。しかも一刻を争う状況で。碧は艦長として次々と起きる不測の事態に向き合い、他者の命を背負った決断を下すことになる。

いやあ、手に汗握るとはこのことだ。読みどころはたくさんあるが、やはり第一はこの臨場感あふれるエキサイティングな展開だろう。終盤の、命がかかったクライマックス。決着がついたときには思わず大きな息が漏れた。前半の訓練の描写も臨場感たっぷり。狭い豊後水道を抜けて訓練海域に出るまでの様子はもちろん、荒天《こうてん》の中、実際に対潜ミサイルを発射しそれを回収するという具体的かつ詳細な訓練の様子は、読みながらこちらの息が止まりそうになったものだ。前作がほぼ着岸状態での物語だったのに対し、今回は大部分が海の上で動きが大きいという対比も、この二冊が前後編のように思えた理由のひとつである。

そんな海上自衛隊及び護衛艦のリアルが味わえるのがふたつめの読みどころだ。これは極めて特異な業界、ほとんどの人が生涯で一度も触れることのない環境の物語と言っていい。その業界が詳しく描写されるのは実に興味深いし、「そうなのか！」と驚くような情報もあってとても刺戟《しげき》的だ。本書に登場する艦の名前には架空のものもまじっているが、「あおぎり」は排水量や全長、兵装、年式などから護衛艦「あさぎり」や「やまぎり」が近いと思われるので、雰囲気を摑《つか》みたい方はそれらの画像を探していただくといいかもしれない（ちなみに「やまぎり」は初の女性艦長が就任した護衛艦である）。

詳しくは村上貴史さんによる前作の解説をお読みいただきたいが、著者の時武里帆《ときたけりほ》は海上自衛隊出身。別名義での自衛隊小説やノンフィクションの著書がある。専門知識と経験に裏打ちされた具体的かつ詳細な描写が圧巻なのはもちろんだが、専門性に偏《かたよ》ることなく〈説明〉は最小限に抑えてテンポを優先させるバランス感覚、揺れる海面が目の前に浮かぶような、ヘリのローター音が聞こえるような、登場人物の焦《あせ》りがこちらに伝播《でんぱ》するようなその筆力は、決して本書の魅力が「経験者だから」だけではないことを証明している。

これだけでもエンターテインメント小説として太鼓判を押せる面白さなのだが、本書の最大の魅力は、その先にある。それは、自分の役割をまっとうしようとするプロフェッショナルたちの姿だ。

着任して一週間、碧はなかなか乗員たちと距離を詰められない。辞めたがっている砲術士はいるし、曹候補生（幹部候補生と異なり、自衛官の一番下の階級から試験などを経て階級をあげていく）から幹部になった叩《たた》き上げの暮林《くればやし》副長は艦長の碧を無視するような態度が目立つし、新たに「あおぎり」の飛行長として着任した晴山芽衣《はれやまめい》三佐は碧と同性・同期の気安さからかずけずけと物を言ってくるし……。他の乗員も、風通しを良くすべく碧が提案したことに対し、どうも反応がよろしくない。さらに乗員同士の中にも相性の良《よ》し悪《あ》しがある。管理職である碧は、まず、職場の人間関係の難しさに直面するのだ。

こういった問題はどんな職場でも起きていることだろう。伝統を重んじる職場にありがちな女性差別であったり、考え方の違いでの衝突であったり、面従腹背の部下であったり。また、乗員それぞれが抱えている個人的な問題もある。それを碧が女性として、管理職として、どう克服していくのかがシリーズのテーマのひとつであることは間違いない。だが、一般の職場と同じように話し合ってぶつかり合って理解を深めてという手順を踏むと予想していたら――足払いを食らった。

後半、彼らが救命にかかわる事態になる、と書いた。緊急事態に「あおぎり」の乗員は全員、自分の持ち場で自分にできる最大限の行動をとるのだ。体験乗船の一般人のケアも要る。救命にかかわる隊員だけではなく、すべての乗員が自分の役割は何か、今すべきことは何かを判断し、動く。もちろん意見が対立することもある。感情的になる者もいる。そのぶつかり合いを調整し、方針を決め、決断を下すのが艦長の碧だ。ひとたび艦長が決めて号令を下せば、普段は気が合わない相手でも、最高のパフォーマンスでそれに応《こた》えるのが乗員たちなのである。

この連携たるや！

ひとりひとりのパフォーマンスに、そしてプロフェッショナルたちのチームプレイに圧倒された。のみならずそのチームプレイの結果、それまで理解できなかった相手が少しわかるようになったり、苦手だった相手の別の面が見えてきたりするのである。ああ、こういう方法があったのか！

個々の持ち場で力を発揮するプロたちと、それを統率し、決断するリーダー。ミリタリーファンはもちろんだが、警察小説や企業小説のような組織ものが好きな人にもぜひお読みいただきたいし、さらにはチームスポーツ小説に通じるものもある。

つまり、普遍的なのである。本書の舞台は海上自衛隊で、もちろん自衛隊小説として面白いのは言うまでもないが、ここに描かれるのは自衛隊に限らずあらゆる場所で起こりうる衝突でありトラブルなのだ。男社会に女性が入っていく困難であったり、仕事と家庭の両立の問題であったり、「こんなはずじゃなかった」と思いながら働く辛《つら》さであったり、評価してもらえない悔しさであったり。自信をなくしたり、上司や部下とうまくやれなかったり、そんな誰しもが抱く、ひとりの人間としての等身大の悩みがここにある。

それでもいざというときには人を助けるために全力を尽くす彼らの姿を、どうか存分に味わっていただきたい。それはひとつの業界小説の枠を超えて、あらゆる場所で試練に立ち向かっている多くの読者に、感動と勇気を与えるに違いないから。

自衛隊を舞台にした小説は多い。古くに目を向ければ、半村良《はんむらりょう》の『戦国自衛隊』（角川文庫）がある。山崎豊子の『約束の海』（新潮文庫）がある。福井晴敏《はるとし》の『亡国のイージス』（講談社文庫）がある。近年でも多くの作家が、エキサイティングな軍事サスペンスからミステリ、ラブコメまで、さまざまな自衛隊小説を手がけている。

そんな中、特にここ数年で多くなったと感じているのが、職業小説・お仕事小説としての自衛隊ものだ。本書もそのひとつと言っていいだろう。自衛隊にはどんな部署があって、どんな仕事をしているのかを中心に描き、その中で人が成長する様子をテーマに据えたものが増えている。

航空自衛隊の広報室を描いた有川浩《ひろ》『空飛ぶ広報室』（幻冬舎文庫）やPKOでのスーダン派遣を舞台にした神家正成《かみやまさなり》のミステリ『深山《みやま》の桜』（宝島社文庫）。福田和代には航空機動衛生隊の医官を主人公にした『天空の救命室』（徳間文庫）と、音楽隊の活動をコミカルなミステリに仕立てた『碧空《あおぞら》のカノン』に始まる「航空自衛隊航空中央音楽隊ノート」シリーズ（光文社文庫）がある。二〇二〇年から刊行が始まった数多《あまた》久遠《くおん》『航空自衛隊 副官 怜於奈《れおな》』（ハルキ文庫）のシリーズは、航空自衛隊の女性幹部自衛官が司令官付き副官を拝命するものだ。興味を持たれた方はぜひ他の自衛隊〈お仕事〉小説にも手を伸ばしてみていただきたい。

この中でも護衛艦を舞台にした本書はかなり硬派でミリタリー色の強い部類だが、戦闘ではなく隊訓練や体験航海という極めて現実的なモチーフを扱っていることで、「あおぎり」がぐっと身近に感じられる。隊訓練で専門性を、体験航海で親近感をという配分が実に効果的だ。普段の生活ではほぼかかわることがないと思っていた護衛艦という場所をこんなに近しく思えるとは。これも専門性と普遍性を見事に両立しているがゆえである。

ここまで、就任式・日帰り訓練・対潜訓練・体験航海という四つのイベントが登場した。今後、「あおぎり」と碧は何を見せてくれるのか。そこに待ち受けるであろうトラブルを碧と乗員たちはどう乗り越えるのか。今から次巻が楽しみでならない。

（二〇二二年一月、書評家）

本作はフィクションです。実際の護衛艦の艦級を参考にしていますが、「あおぎり」をはじめ実在しない艦が含まれています。登場人物についても、実在の方々とは一切関係はありません。

本書は新潮文庫のために書き下ろされた。

時武里帆著

護衛艦あおぎり艦長 早乙女碧

これで海に戻れる――。一般大学卒の女性ながら護衛艦艦長に任命された、早乙女二佐。胸の高鳴る初出港直前に部下の失踪を知る。

阿川弘之著

山本五十六

新潮社文学賞受賞（上・下）

戦争に反対しつつも、自ら対米戦争の火蓋を切らねばならなかった連合艦隊司令長官、山本五十六。日本海軍史上最大の提督の人間像。

阿川弘之著

米内光政

歴史はこの人を必要とした。兵学校の席次中以下、無口で鈍重と言われた人物は、日本の存亡にあたり、かくも見事な見識を示した！

吉村昭著

戦艦武蔵

菊池寛賞受賞

帝国海軍の夢と野望を賭けた不沈の巨艦「武蔵」――その極秘の建造から壮絶な終焉まで、壮大なドラマの全貌を描いた記録文学の力作。

吉村昭著

零式戦闘機

空の作戦に革命をもたらした〝ゼロ戦〟――その秘密裡の完成、輝かしい武勲、敗亡の運命を、空の男たちの奮闘と哀歓のうちに描く。

吉村昭著

プリズンの満月

東京裁判がもたらした異様な空間……巣鴨プリズン。そこに生きた戦犯と刑務官たちの懊悩。綿密な取材が光る吉村文学の新境地。

大沢在昌著　冬芽の人

「わたしは外さない」。同僚の重大事故の責を負い警視庁捜査一課を辞した、牧しずり。愛する青年と真実のため、彼女は再び銃を握る。

奥田英朗著　噂の女

男たちを虜にすることで、欲望の階段を登ってゆく〝毒婦〟ミユキ。ユーモラス&ダークなノンストップ・エンタテインメント！

垣根涼介著　室町無頼（上・下）

応仁の乱前夜。幕府に食い込む道賢、民を束ねる兵衛。その間で少年才蔵は生きる術を学ぶ。史実を大胆に跳躍させた革新的歴史小説。

北方謙三著　武王の門（上・下）

後醍醐天皇の皇子・懐良は、九州征討と統一をめざす。その悲願の先にあるものは――。男の夢と友情を描いた、著者初の歴史長編。

京極夏彦著　文庫版　ヒトごろし（上・下）

人殺しに魅入られた少年は長じて新選組鬼の副長として剣を振るう。襲撃、粛清、虚無。心に翳を宿す土方歳三の生を鮮烈に描く。

黒川博行著　疫病神

建設コンサルタントと現役ヤクザが、産廃処理場の巨大な利権をめぐる闇の構図に挑んだ。欲望と暴力の世界を描き切る圧倒的長編！

今野敏著
リオ
―警視庁強行犯係・樋口顕―
捜査本部は間違っている！　火曜日の連続殺人を捜査する樋口警部補。彼の直感がそう告げた。刑事たちの真実を描く本格警察小説。

今野敏著
隠蔽捜査
吉川英治文学新人賞受賞
東大卒、警視長、竜崎伸也。ただのキャリアではない。彼は信じる正義のため、警察組織という迷宮に挑む。ミステリ史に輝く長篇。

近藤史恵著
サクリファイス
大藪春彦賞受賞
自転車ロードレースチームに所属する、白石誓。欧州遠征中、彼の目の前で悲劇は起きた！　青春小説×サスペンス、奇跡の二重奏。

白川道著
終着駅
〈死神〉と恐れられたアウトロー、視力を失いながら健気に生きる娘。命を賭けた恋が始まる。『天国への階段』を越えた純愛巨編！

真保裕一著
ホワイトアウト
吉川英治文学新人賞受賞
吹雪が荒れ狂う厳寒期の巨大ダムを、武装グループが占拠した。敢然と立ち向かう孤独なヒーロー！　冒険サスペンス小説の最高峰。

志水辰夫著
いまひとたびの
いつかは訪れる大切なひとの死。感動という言葉では表せない、熱い涙。語り継がれる傑作短編集に書下ろし作品を加えた、完全版。

須賀しのぶ著
神の棘（I・II）
苦悩しつつも修道士となった男。ナチス親衛隊に属し冷徹な殺戮者と化した男。旧友ふたりが火花を散らす。壮大な歴史オデッセイ。

髙村　薫著
リヴィエラを撃て（上・下）
日本推理作家協会賞／日本冒険小説協会大賞受賞
元IRAの青年はなぜ東京で殺されたのか？白髪の東洋人スパイ《リヴィエラ》とは何者か？　日本が生んだ国際諜報小説の最高傑作。

谷村志穂著
移植医たち
臓器移植――それは患者たちの最後の希望。情熱、野心、愛。すべてをこめて命をつなげ。三人の医師の闘いを描く本格医療小説。

帚木蓬生著
蠅の帝国
―軍医たちの黙示録―
日本医療小説大賞受賞
東京、広島、満州。国家により総動員され、過酷な状況下で活動した医師たち。彼らの慟哭が聞こえる。帚木蓬生のライフ・ワーク。

帚木蓬生著
蛍の航跡
―軍医たちの黙示録―
日本医療小説大賞受賞
シベリア、ビルマ、ニューギニア。戦、飢餓、病に斃れゆく兵士たち。医師は極限の地で自らの意味を問う。ライフ・ワーク完結篇。

原田マハ著
暗幕のゲルニカ
「ゲルニカ」を消したのは、誰だ？　世紀の衝撃作を巡る陰謀とピカソが筆に託したただ一つの真実とは。怒濤のアートサスペンス！

早見和真著

イノセント・デイズ

日本推理作家協会賞受賞

放火殺人で死刑を宣告された田中幸乃。彼女が抱え続けた、あまりにも哀しい真実――極限の孤独を描き抜いた慟哭の長篇ミステリー。

本城雅人著

傍流の記者

組織の中で権力と闘え!! 大手新聞社社会部を舞台に、鎬を削る黄金世代同期六人の男たちの熱い闘いを描く、痛快無比な企業小説。

松岡圭祐著

ミッキーマウスの憂鬱

秘密のベールに包まれた巨大テーマパーク。その〈裏舞台〉で働く新人バイトの三日間を描く、史上初ディズニーランド青春成長小説。

松嶋智左著

女副署長

全ての署員が容疑対象！ 所轄署内で警部補の刺殺体、副署長の捜査を阻む壁とは。元女性白バイ隊員の著者が警察官の矜持を描く！

宮部みゆき著

模倣犯

芸術選奨受賞（一〜五）

邪悪な欲望のままに「女性狩り」を繰り返し、マスコミを愚弄して勝ち誇る怪物の正体は？ 著者の代表作にして現代ミステリの金字塔！

道尾秀介著

貘《ばく》の檻《おり》

離婚した辰男は息子との面会の帰り、32年前に死んだと思っていた女の姿を見かける――。昏い迷宮を彷徨う最驚の長編ミステリー！

新潮文庫最新刊

上橋菜穂子著

風と行く者
―守り人外伝―

〈風の楽人〉と草市で再会したバルサ。再び護衛を頼まれ、ジグロの娘かもしれない若い女頭を守るため、ロタ王国へと旅立つ。

白石一文著

君がいないと小説は書けない

年下の美しい妻。二十年かたときも離れることがなかった二人の暮らしに、突然の亀裂が――。人生の意味を問う渾身の自伝的小説。

七月隆文著

ケーキ王子の名推理《スペシャリテ》6

颯人は世界一の夢に向かい国際コンクール代表選に出場。未羽にも思いがけない転機が訪れ……尊い二人の青春スペシャリテ第6弾。

松本清張著

なぜ「星図」が開いていたか
―初期ミステリ傑作集―

清張ミステリはここから始まった。メディアと犯罪を融合させた「顔」、心臓麻痺で急死した教員の謎を追う表題作など本格推理八編。

新潮文庫編

文豪ナビ 松本清張

40代で出発した遅咲きの作家は猛然と書き、７００冊以上を著した。『砂の器』から未完の大作まで、〈昭和の巨人〉の創作と素顔に迫る。

志川節子著

日照雨
芽吹長屋仕合せ帖

照る日曇る日、長屋暮らしの三十路の女がご縁の糸を結びます。人の営みの陰影を浮かび上がらせ、情感が心に沁みる時代小説。

新潮文庫最新刊

八木荘司著
ロシアよ、我が名を記憶せよ

敵国の女性と愛を誓った、帝国海軍少佐がいた！　激闘の果てに残された真実のメッセージ。明治日本の戦争と平和を描く感動作！

白尾悠著
いまは、空しか見えない
R－18文学賞大賞・読者賞受賞

あなたは、私たちは、全然悪くない——。暴力に歪められた自分の心を取り戻すため闘う少女たちの、希望への疾走を描く連作短編集。

燃え殻著
すべて忘れてしまうから

良いことも悪いことも、僕たちはすべて忘れてしまう。日常を通り過ぎていった愛しい思い出たちを綴る、著者初めてのエッセイ集。

井上ひさし著
下駄の上の卵

敗戦直後の日本。軟式野球ボールを求めて、山形から闇米抱え密かに東京へと向かう少年たちのひと夏の大冒険を描いた、永遠の名作。

西條奈加著
芥子の花
金春屋ゴメス

上質の阿片が海外に出回り、その産地として日本や諸外国からやり玉に挙げられた江戸国。ゴメスは異人が住む麻衣椰《マイャ》村に目をつける。

西條奈加著
金春屋ゴメス
日本ファンタジーノベル大賞受賞

近未来の日本に「江戸国」が出現。入国した辰次郎は「金春屋ゴメス」こと長崎奉行馬込播磨守に命じられて、謎の流行病の正体に迫る。

試《し》　練《れん》

—護衛艦あおぎり艦長 早乙女碧—

新潮文庫　と-34-2

令和四年四月一日発行
令和四年七月十五日四刷

著者　時《とき》武《たけ》里《り》帆《ほ》

発行者　佐藤隆信
発行所　株式会社 新潮社
郵便番号　一六二―八七一一
東京都新宿区矢来町七一
電話　編集部(〇三)三二六六―五四四〇
読者係(〇三)三二六六―五一一一
https://www.shinchosha.co.jp

価格はカバーに表示してあります。
乱丁・落丁本は、ご面倒ですが小社読者係宛ご送付ください。送料小社負担にてお取替えいたします。

印刷・三晃印刷株式会社　製本・株式会社植木製本所

ISBN978-4-10-103842-1 C0193